岁 月 河

夏文瑶 / 著

北方文艺出版社

哈尔滨

图书在版编目（CIP）数据

岁月河 / 夏文瑶著. -- 哈尔滨：北方文艺出版社，

2025. 3. -- ISBN 978-7-5317-6538-7

Ⅰ. I267

中国国家版本馆CIP数据核字第2025Q1Z361号

岁 月 河
SUIYUEHE

作　者 / 夏文瑶　　　　　　　　封面设计 / 邓小林

责任编辑 / 富翔强　　　　　　　封面题字 / 戴启龙

出版发行 / 北方文艺出版社　　　邮　编 / 150008

发行电话 / （0451）86825533　　经　销 / 新华书店

地　址 / 哈尔滨市南岗区宣庆小区 1 号楼　　网　址 / www.bfwy.com

印　刷 / 三河市中晟雅豪印务有限公司　　开　本 / 710毫米 × 1000毫米　　1/16

字　数 / 180 千　　　　　　　　印　张 / 14.5

版　次 / 2025 年 3 月第 1 版　　印　次 / 2025 年 3 月第 1 次印刷

书　号 / ISBN 978-7-5317-6538-7　　定　价 / 69.80 元

生活与心灵的对晤（他序）

◇ 陈忠林

《岁月河》，阜宁本土作家夏文瑶女士的一本散文集。岁月是一条流淌的河。不管平静，舒缓，湍急，它总是一路向前。

作者以"岁月河"作为她散文集的书名，可以想见，此书一定充满着人间烟火的生活味道。当我打开目录，全书共分四辑，第一辑：乡愁是一棵永不老去的常青树；第二辑：回忆是思念的愁；第三辑：人生如逆旅，我亦是行人；第四辑：愿有时光可回首，且有欢喜度流年。

果然，从标题上看《岁月河》，确是作者留给岁月的一部生活记录！那么，此书除了渴求丰沛的物质生活外，还为心灵寻找归处，我在想……

一周后，我终于读完了夏文瑶笔下的《岁月河》！

纵观《岁月河》，证实了我的意想。这部作品既有对一个时代基层民众物质和精神文明不同追求的密切关注，也有对普通百姓乡亲乡情，生存生活的深度凝视。作者以散文的样式抵达现实与心灵的对话，展示了作者坚持"文学就是人学"的创作初心，以及她对新派散文写作所作的成功尝试。

《岁月河》，正是一部极好说明新派散文的作品集。它具有真实的情感流露和独特的艺术表达。全书通篇都用个性语言书写，呈现浓郁的情感色彩，形象化典型。许多带有时代特点和地方特色的语言运用，在一定程度上突破了本土文化的局限性，在延及了更多的社会内容后，形成了一种今昔沟通的历史气息。比如：作者在写串场河，万元街，故人庄……故事虽然远去，但那些与大众观念，集体记忆密切相连的因子犹在，即使若干年以后，也能以文学的形式来观照社会，因为它是一个历史命题。文瑶不仅抓住了这个主题，而且还通过生活化，人情化的艺术手段，写出在一定历史条件下所表现的时代特征，让人们在不知不觉中，回到再思考的新的生活中去。

文章带给你的启示远不止于对往事的追忆和对当下生活的重叙。而是可以从她的作品中得到多重的人生意义的解读。抑或是对生活，对前途，对现实，对未来，对自己，对他人的理解。高雅，通俗，大众，小众，作者从多层面的感觉体验出发，把岁月的余味表现得淋漓尽致。

持重自我，不失执迷的创作意图的努力实现，使得作品现场感很强。不仅作者在场，读者也在场。足以引起写作与阅读的双重共鸣。可以这么说，她的每一篇散文都能唤起你的感应和想象，牵动着你的幽思。

《母亲的行囊》《父亲的味道》《老朱》《祖父的碗根脚》《多少往事飘散在风中》……从一个个平凡的故事中，书写出人性之美，带着沉浮的厚重，透出烟云的尘世，去表达生活，探索人生。

文瑶笔下的岁月正是大多数民众曾经经历过的岁月。这些日子虽然慢慢地转向今天灯红酒绿的世俗，但这种无处不打上艰难标签的岁月，无论如何，也不会被贪求与迷恋，浮躁与欲望所淹没。她就像老屋上的砖瓦，在历史的长河里，永远排列出一种昭示未来的回天节奏！

丰厚的生活底蕴，特定的叙事风格。

生活是散文创作的源泉。本书不少是写人记事的优秀单篇，如《保洁夫妇》《对门女人》《装门师傅》《拖垃圾老人》以及《扒窗奶奶》等。作者善于抓住人物本质，从人物特点着笔，在体现人物品质中揭示主题。作品倾向于描绘本地人的生活，表达当地人的心声，传递熟悉的群众文化。在大众喜欢的基础上，通过平凡人的故事去书写社会的变迁。有着从小处着眼，大处落笔的文学机敏。常以一颗普通百姓的心去观察世界，去探索社会。作者时而以女性的视角时而以时代的视角，根据所表达的社会意义的不同，设置描写，结构和修辞的叙事方法。文章中还常常出现感染力强，风趣幽默的方言俚语，用以渲染气氛，烘托人物形象，收到吸引读者的效果。在《晒秋》《做辣椒酱》《老家的盐卤豆腐》等作品中，不仅是对过去时光的回忆，更是对生活的反思和对心灵的领悟。给读者带来了更深层次的思考。

流转不息的岁月，像时光的河流。散落在时间轴上的那些故事，被有心的文瑶给拾掇起来，并将它串成一根如同珍珠般的生活项链。

这根项链既平淡又耀眼，当你拥有它时，你会觉得之所以平淡而耀眼，是因为：它把智慧变成幽默，把凡俗化为神奇。作者独特的审美意识，将散文写成比传统散文的纯粹化多了一个娱乐效应。读起来轻松自在，甚至在不经意间，发出会心的笑声。

《岁月河》，是作者人生旅途中的经历、回味和感悟，也是她留给岁月的独特的生活印记，那些刻骨铭心的生活与心灵的对话，是一股不可多得的精神力量。无论于己还是于人！

此书的出版，其意义不仅仅在于她个人对生活的理解，更在于对他人或对社会会产生一定的影响。作者原汁原味地反映生活和深入生命内里地认识生活的态度，值得学习。同时，她这种讲究文学品位和追求文学韵味的散文创作精神更令人称赞！

现在，让我们来共同分享《岁月河》—— 这份留给时光的厚礼，愿我们的明天更美好！

（陈忠林，江苏阜宁人，中国散文学会会员，《华夏孝文化》杂志副主编。）

自序

"如果时间有记忆，岁月就是河"。

只要你用心静静地听，就会听到岁月流动的声音。她游弋在四季的更替中，飘荡在晨风暮雨里，在花开花谢时，云卷云舒间。从小她隐藏在大人们讲的故事中；长大，她深埋在我的思念和回忆里。如果说我们曾将流逝的岁月，走过的路，爱过的人，储存在记忆的U盘里，而思念和回忆，常驱使我将它倒回到从前，在夜深人静之时，我会悄悄地披衣端坐在电脑前，点击搜索，一遍又一遍地回放……

目 录

第一辑　乡愁是一棵永不老去的常青树

第二辑　回忆是思念的愁

第三辑　人生如逆旅，我亦是行人

第四辑　愿有时光可回首，且有欢喜度流年

附录　良师评点

第一辑

乡愁是一棵永不老去的常青树

悠悠串场河

我家门前有条河，名为串场河。

串场河，又名穿场河，古时称"官河""运盐河""大盐河"，是盐阜人民的母亲河。古往今来，多少才子佳人、文人墨客，以笔为舟，以墨为桨，歌颂着这条流淌在心中的河流，描绘着悠悠串场河的浩瀚辽阔，诉说着悠悠串场河的沧桑巨变，赞美着悠悠串场河的岸绿景美。每个人心中，都有一条独一无二的串场河。

在我眼中，串场河宛如一条淡绿色的绸带，轻柔地飘舞在我家门前。当万吨大船汽笛长鸣，劈波斩浪自南向北驶来时，浪花打湿我的衣衫，我惊叹于她的浩渺壮阔；当没有船只，风平浪静，阳光明媚时，鱼翔浅底，水平如镜，我又沉醉于她的恬静柔美。

串场河南北向，将我居住的小镇一分为二。河东，是一望无际的田野和炊烟袅袅的农家；河西，是青砖黛瓦、门面参差的老街。年轻时的我闲暇之时，喜欢在串场河畔徜徉，透过宽阔的串场河向东眺望，城乡差距比茫茫的串场河还难以逾越。那时，河西老街人家儿子若娶了河东人家的女儿，那一定是天仙样美丽。

彼时连接串场河东西两岸的纽带是一条渡船。我宿舍就在供销社和商业公司交界的渡船口，睡梦里常会听到河西有人喊渡，河西喊渡声和河东狗吠声遥相呼应，在河西的你有多急迫地想过河，河东村庄里狗吠声就有多急迫地催醒老艄公。

渡船最繁忙的时光当数清晨，乘渡的，是河东到河西上学的孩子，更多的是河东到河西赶集的大姑娘、小媳妇，她们将嘴里省出的粮食，田里长的瓜菜角子，鸡生的蛋，或扛或背或拎到老街的集市上去卖，然后再到合作社的门市，买一些生活用品，一块肥皂，一斤火油，二斤盐之类。奢侈的小媳妇会带几颗水果糖给孩子，爱美的小姑娘还会悄悄地买上两根扎头的"头绳"，再渡过串场河，满心欢喜地回家。河东身强力壮的男人是不会轻易走动的，为了一家人的生计，他们像牛一样在田野里辛勤劳作。

紧挨着这个渡船口的，是全镇数一数二的河码头——供销社仓库后的河码头。地基用石头垒叠，再将石子和水泥灌浆而成，层层阶梯，拾级而上，宽阔、平整、坚实。计划经济时期，在河网交错的小镇，供销社河码头承载着全镇农副食品的物资供应。这个河码头更是老街人汲水，洗涮的最佳去处。天刚麻麻亮，就有人挑水、淘米、洗菜，有时还要排队。上午九十点钟，则是河码头最忙的时候，老街妇人们，聚在这里一边洗洗涮涮，一边家长里短地闲谈拉呱，一边还觑看搬运工人打着号子上下的货，白糖、火油、缝纫机……这些货在那年月都是紧俏商品，要凭票凭证才能买到。有时也会有一渔人舴艋舟划来，吆喝着叫卖刚网上来的小鱼小虾……

夏天的傍晚，是串场河最热闹的时候，河东河西的"泥猴子""灰小鸭"，"扑通，扑通"像下饺子似的下到串场河里，一会像小泥鳅钻进水里，一会又像小白条跃出水面。河东放工的男人和河西下班的男人也会聚到串场河这天然浴场来，从东游到西，从西游到东，暗暗比拼谁游得美，谁游得快，谁游得远。

临河的老街人家，这时候爱把桌子搭到河岸边，边吃着晚饭，边看着热闹。老奶奶喝着能照见"三代老亡人"的稀薄粥，用蒲扇拍打着像小麦麸一样蜂拥而至的蚊子，爱那么一口的老爹爹就着老咸菜，啜着白酒，乘着酒兴还拖腔拉怪地吼两声老淮调，那绵柔的酒香多远都能闻到，那粗犷的声音多远都能听到。

东方风来满眼春。这年初春，河边柳树上的柳枝冒出新绿，小草从泥土里顽皮地探出头，贪婪地吮吸春天的气息，迎春花悄悄盛开。联产承包责任制，如一声春雷，在串场河两岸炸响。当河东的第一个男人，放下沾有泥巴的裤管，提着行李，通过渡船，走出小镇，成了串场河岸边第一个万元户时，串场河亢奋了。河东的哥哥带着兄弟，兄弟带着婆娘，婆娘带着姐妹，姐妹带着闺蜜……南上北下，小渡船来来回回送别远行的人。

要得富，先修路。小镇村村通上路，串场河上架起了高桥，渡船消失在岁月的长河里，封存在人们记忆中。老街好像在一夜之间冒出了幢幢高楼，卷闸门替代了木板门。企业改制，我在串场河边拥有一间面街临河的小楼，常伫立在小楼窗前，向东遥望。河东人家，有的在河西买了门面，有的安家县城，还有的在大城市买房定居，成了他们父辈日思夜想，羡慕不已的街上人或城里人。村庄炊烟稀薄，隆隆的农业机械轰鸣声替代了农耕时代的牛歌悠悠……

一天天，一年年，曾经在串场河里游来游去的"小泥猴子""灰小鸭"们，都"脱胎换骨"了，一个个西装革履，衣着光鲜。当年从渡船走出去的大丫、二蛋、招弟、引弟……经过数年异乡的艰苦奋斗，孜孜努力，成了总裁或老板，成了时代的精英和能人，屁股底下坐着比小镇楼房还金贵几倍的豪车，往来于串场河大桥。他们没有忘记家乡，他们在串场河边建起幢幢厂房，赞助学校，医院，开百亩鱼塘，建万只养鸡场……争做乡村振兴的"领头雁"。曾一度憔悴寂寥的串场河，因游子的反哺变得丰盈鲜活。

近年家乡人民对串场河又进行整治改造，沿着串场河两岸铺设一个观河赏光的风景带。"景点设计颇具农事特色，凉棚、桌凳、粮仓和码头，呈现的是农耕文化。团团簇簇的乡野小花，顺着岸边一路铺撒，天真稚拙地点缀在天地之间。一排排梧桐，一棵棵紫薇和一株株垂杨与脚下的奇花异草互相映衬。步步拂风弄影，处处醉意撩人。"白墙黛瓦的别墅楼群掩映在绿荫深处，宁静悠然。

串场河从盛唐走来，她用自己的语言讲述着岁月的故事。她说盐城的盐不仅是晾晒海水，蒸发去除水分而得，还有世代盐夫的泪水和汗水风干而成的。悠悠串场河水和祖先的泪水和汗水一样有着咸味。不知经过多少岁月的流逝，串场河水变甜，景变美，一天一个样地变。和串场河一起变化着的，是世世代代喝着串场河水，生活在串场河两岸的有着"盐"（爷）味的人民，他们正意气风发，一步一个脚印，朝着如诗如画的乡村振兴的明天走去……

记忆里的沟墩老街

　　我一直渴望将沟墩老街的故事诉诸笔端，然而深知自己才疏学浅，难以尽述其韵味，但内心那股冲动难以抑制。毕竟在最美的年华，我来到了这条街，在这里度过了漫长的岁月，它给我留下了太多难以忘怀的记忆……

　　那年我二十岁，被分配到沟墩供销社工作。第一次见到老街。那时老街还不叫老街叫沟墩街。那时沟墩还不是镇，是公社。沟墩街是沟墩公社独一无二的街。后来随着经济的发展，沟墩又有了人民路，万元街、安全街……四通八达的新兴街道，沟墩街就显得十分有资历了。为了突出它的年代感，沟墩人民冠之为沟墩老街，简称老街。

　　第一次来沟墩老街，我竟然不能辨别它的方向，摸不着北。这是我平生第一次出远门。其时的沟墩老街于我就像《安徒生童话》里古老的城池一样神秘，我觉得每一扇木板门后面都有一双神秘眼睛在窥视我，让我无所适从。这时从木板门内走出一位银发老奶奶问我要去哪？她知道我不识路，就领着我一路向南来到沟墩供销社。至此，在沟墩老街，我度过近四十年的岁月，至此，我一直叫这位领着我走进老街的老人叫干妈，她叫我干闺女。

　　在老街生活久了，自然而然对沟墩老街也有了观风一羽的了解。沟墩老街南北向，南起景云桥（又称沟墩东大桥）北至沟墩中学，全长二里多。派出所、工商所、文化站、医院、邮局、供销社、农具社、食品站、油坊、浴室、药店、缝纫店、饼店、小吃店……齐集于此，煤球厂、木器厂、三级站、粮站、小学、新华书店、公社大院、电影院、中学……又以老街为中心向南、向西、向北扇状散布。沟墩街的东面是一条蜿蜒曲折的串场河，柔美的串场河将沟墩街轻拥怀中……

听老街的老人们说，很久很久以前沟墩老街车马辚辚，店铺林立，商贸广达。有一座天桥连接老街东西，很是气派。只可惜老街发生了三次摧毁性的火灾，大火烧红了半边天：一次是抗日战争时期，一次是解放战争时期，还有一次是20世纪60年代。三次大火竟没能烧掉沟墩老街的繁华，反而使沟墩老街越发生意昌隆。

沟墩是个人杰地灵的地方。东与射阳县相连，南与建湖县接壤，西与陈良相邻，北与阜城毗邻，得天独厚的自然条件，在计划经济时期沟墩老街有"苏北小上海"之称。

那时候沟墩老街最耀眼的地方当时数供销社两个商场，一南一北，北边的叫一商场，南边叫二商场，位居沟墩老街黄金地段。供销社是计划经济时代的宠儿。买布、买烟、买酒、买糖、买大糕果子，买手表、缝纫机、自行车……都上计划，要么要证，要么要（纸）条子。能在供销社工作，就是近水楼台先得月。那时的老百姓有"七世修来的供销社"的说法，很幸运那时我就在供销社工作。做过门市营业员，批发部开票员，花站结算和现金出纳。看过老街人潮如涌的盛况，看过门市人头攒动的繁忙，更看过洋溢在供销社人脸上的那份自信和优越。多少年后我下岗了，当有人提起往事，我只能发出"好汉不提当年勇，梅花不提前世绣"的叹息。

那时住在老街的人不是定量户口就是定销户口，大部分人都是有工作、手捧铁饭碗的人。收入大大高于纯粹的农民。赶上五天一集的时候，老街家家会把长凳搬出去，门板除下搁成一排排摊点供人卖货，也会有些进项。所以老街人相比于在土里刨食的乡村人家手头要活便些，衣着也体面些，老街上大姑娘小媳妇的皮肤相对于村庄里的女人要细白许多。

老街上生意人的吆喝声可谓别具一格。街南的施家做的米饭饼，街中陈家炕的烧饼，街北彭家卖的大饼，这些饼店都也炸油条卖，不知为啥人们习惯叫卖米饭饼的、卖烧饼的、卖大饼的，不提油条两字。但顾客都离不开油条：米饭饼包油条，大饼包油条，烧饼包油条……我最喜欢吃的是"黄鼠狼裹被单"，就是用百页包裹油条。这些做面食人家会早早起来做炉炕饼，烟气和雾气包裹着，看不清人，只听到男人咳嗽声，看到炉中跳动的火苗。每天清晨把老街贪睡的孩子还有我叫醒的不是闹钟，是大饼、烧饼、米饭饼和油条那诱人的香味……

老街人讲究"早上皮包水，晚上水包皮"。沟墩街的老浴室，位于沟墩老街南，二商场北。那是全沟墩公社唯一的浴室，一到寒天男女童叟都跟下饺子似的挤在这里洗浴，进了腊月门，浴室更忙，长年在外打拼的人到年根岁底都会到浴室冲把澡。多远都能看到老浴室的上空，冒着腾腾热气。真是"故园水热洗一路风尘，乡人情深暖万里归心"。多少年过去，老浴室不在了，旧址上的房屋拆了建，建了拆，数易其主，现今房主还会自豪地告诉别人，我家住在原来沟墩老浴室附近，你不知道？感觉你不知道沟墩老浴室就不配称作沟墩老街上人似的。

在通信不发达时代，邮局承载的不仅是数不清的思念与牵挂，更是一群人的青春与信仰。沟墩老邮局位于老街北首，南面供销社一商场，北倚沟墩医院。那时我们寄信、打电话、发电报，订书刊、报纸都到邮局，对于热爱写作的我，偶尔还悄悄地去投稿件。老邮局门前立着油漆斑驳的绿色的邮筒，风里雨里，一年四季立着。她像一位老眼昏花的白发老母，年年月月，期盼游子归来。她又似一位痴心的女子，用最美的时光，无怨无悔坚守她的忠贞爱恋。让你自然而然地会想起"从前的车马很慢，书信很远，一生只够爱一个人"。我的第一篇文稿就是从邮筒发出的。那是一个星夜，我把装着文稿的信封悄悄地塞进邮筒，慌忙走开，既紧张又兴奋。小小的绿色的邮筒曾经承载着年轻时的我无穷无尽的希望和梦想……

时光之舟载着老街人走过悠悠岁月，多少年过去，老街的街道由烂泥路变成水泥路，再由水泥路变成柏油路，老街的商铺由原来的草屋变成瓦房，再由瓦房变成楼宇……老街越来越繁华。

今天的老街逆生长了，变得越发生机勃勃，神采飞扬。变得漂泊的游子都找不着回家的路。好在沟墩镇政府在串场河景观工程建设时，还原了老供销社、老轮船码头、老渡口……好多"老"字号的原始风貌，还重建了老大桥——景云桥。远归的游子会从这些标志性的"老字号"的旧时光里，打捞记忆的碎片，找寻老街旧巷深处的原乡。

老街越往岁月的深处走，越神定气闲，老街不老，他之所以被沟墩人民冠之"老"，是因为他除了具备苏北平原新兴街巷阡陌无穷无尽的生命活力之外，还多一份厚重与沧桑。

远方的游子提起老街，会情不自禁地说起老街的旧时模样。老商场、老浴室、老邮局、老轮船码头、老车行、老铁匠铺、张二爹的剃头铺、姚记中药铺、照相馆……仿佛就在眼前，却再也走不回去。

那年那月那条街

深圳有深南大道，北京有中关村，武汉有汉正街……

在我的家乡江苏省阜宁县沟墩镇，四通八达、纵横交错的街衢巷陌中，要数万元街最出名。在外地，听说我是沟墩人，很多人会说"哦，沟墩。知道。你们沟墩有条万元街"。

万元街是自老街以后沟墩镇发展起来的第二条街道。万元街不同于老街，老街的形成是满足早期交换的需求和优越的地理位置（国道边）。她饱经战争沧桑，穿透岁月的风烟，难寻旧时模样。万元街是沟墩人民在新中国成立以后建起来的第一条街道。她生来自带胎记，名字里深深地打着时代烙印，不管何年何月，不管你和她远近亲疏，只要听到"万元街"三个字，自然而然会让人想起她的曾经过往。

万元街，东西向，东自大圆盘（沟墩人民路西），西至跃进村204国道东。街道全长676米，街宽16米。街道两侧门市房深25米，房高有两层也有三层，参差不一，家家白墙黛瓦，户户门前青石板铺就，主街道是沥青路面……

很久以前204国道就像一条巨龙横穿沟墩镇向东南方向蜿蜒而行，后来国道西移，老国道就成了沟墩镇第一条街，四乡八里的人都到这里赶集，买卖、交易，人们称之为"沟墩街"。随着沟墩经济的飞速发展，沟墩镇又有新的街道，沟墩街就叫"沟墩老街"。那时，西边半个镇的人想赶集、上学放学、乘车坐船……必经一条自镇西跃进村，穿渔深河、过新204国道（现在的人民路)的羊肠小路。这条羊肠小路晴天坑坑洼洼，坐在二八大杠自行车上身子骨能被颠散架。雨天泥泞不堪，要么脚底打滑迈不开步，要么被烂泥陷住拔不出脚。真是行路难，路难行。小路两旁是农田，夏天插上秧，晚风轻拂，蛙声阵阵。沟墩街上的小青年在漆黑的夜晚，会打着手电筒去秧田里找蛙子(青蛙)、捉长鱼、逮甲鱼、钓龙虾……这条小路和这片秧田便是万元街的前身。

20世纪80年代，中央提出让一部分人先富起来，以先富带动后富，最终实现共同富裕。中国出现了一批万元户。有资料记载，万元户是指存款或者年收入在一万元以上的家庭。那时工人工资一个月才二三十元，老人给小孩压岁钱还有一角二角，人情往来两元或三元，一个劳动日几角钱，因此存款有一万元的寥寥无几。万元户其实是那个时代"有钱人"的代称。

据沟墩镇志记载：1985年沟墩镇贯彻国务院《关于农民进入集镇落户问题的通知》精神，规划在新改道的204国道西侧(现在的人民路)穿越深河跃进桥向西新建一条农民街。研读沟墩镇史时我才明白原来万元街的大名叫农民街，"万元街"只是她的外号。外号叫顺、叫久了人们竟不曾记得她有过这么响亮的大名。

1985年2月，沟墩镇成立农民街领导小组，专门召开动员大会，下发沟墩镇人民政府《关于农民进镇若干问题的意见》。据说，进农民街的农民必须是沟墩镇农业户口，必须有一定的经济实力，必须是想做生意、会手艺、有经营头脑的人……1986年12月底，120多户进镇农民按照标准图纸，建好造型各异的两层以上楼房，成为阜宁县第一条农民街。"万元户"进镇成为沟墩镇的新鲜事，有人称这条农民街为"万元街"。

当年的沟墩镇陈必度老先生回忆说，那时，万元街上万元户，盛名之下，其实难副，很多人家都不是真正意义上的万元户。有的人家把猪圈里养的猪、鸡窝里下蛋的鸡、田里还没收获的庄稼都算进去，还不足一万元；有的人家只能交上押金钱，余款都是东挪西借来的；还有的人家手里没一分余钱，就靠父子、兄弟边打工边自建……

有一位笔名叫苏皖的张姓万元街人曾写文章回忆："万元街始建于20世纪80年代，政府拿出中心路两侧的地，鼓励乡下人到小镇落户经商，各家自建但要求统一建筑风格。家父兜里没钱，靠七拼八凑买了一块最小的地皮建起二层小楼，隔壁邻居几个月就开张大吉了，老张家则前后搞了好几年，分期建设。"

沟墩婕燕美发店老板一家是首批报名上万元街的，算是当时人们眼里很有钱的人。提起万元街，老板唐燕感叹说："过去家里穷，掏不出钱，上万元街建房，公公连押金钱都掏不出来。那会，我刚结婚，没法子，只好把'压箱钱'拿出来交了押金。"

岁月走过许多年，现在的人再叫"万元街"，有戏谑，有嘲讽，还有不屑一顾。是啊，一万元，在这丰衣足食的年代叫什么钱？工作人员一个月工资而已。但在那个年代是让许许多多人羡慕和惊叹的一大笔"巨款"！

第一批走进万元街的人虽然不全是人们想象的万元户，不是有钱人，但他们是真正意义上的富人——心富。思想先进、思维活跃，有想法、有办法、敢作为、能吃苦。他们学手艺、学技术，有的人不仅有手艺、有技术还是天生的做生意的料。祖祖辈辈面朝黄土、背朝天的困苦生活，困住了他们手脚，没有困住他们的思想。他们先从最苦、最累、最不起眼的，铺底资金最少、风险系数最低的工作做起，做大货车司机、学理发、照相、修钟表、跑采购、做小买卖，做瓦工、木工、水电工……八仙过海，各显神通。一日两，两日三，于是万元街有了曹阳建筑建材门市、陈昌田玻璃门市、陈必套的沙发厂，有张龙家电门市、戴明济药店、唐师傅酱油店，还有刘守怀的塑料厂、东方饭店、浴室、宾馆、服装厂、采石厂、装潢公司、运输公司……麻雀虽小，五脏俱全。生意以万元街为中心辐射到北京、上海、广州乃至全国各地，甚至海外。一时万元街声名远播，她不仅是小镇财富的聚集地，也是众人心中的吉祥地。

从"老破小"的泥墙草屋，一跃到白墙灰瓦的楼房，楼上楼下，电灯电话，这本身就是一个神话。街道宽阔整洁，门牌整齐艳丽，白天人流如织，夜晚街灯明如白昼，万元街人过着我们祖祖辈辈永远不敢奢望的美好生活。他们在忙碌一天后，会在月光洒落的夜晚，漫步在万元街上，徜徉在渔深河畔，感知着新时代的澎湃激情。

时光荏苒，斗转星移。万元街还在，昂首挺立。当年的万元户现在大多进军县里、市里、大城市里……开公司、做老总、定居大都市……有关那年那月万元街的那些事，没因岁月的流逝而遗忘，反而随着光阴的挪移更让人记忆犹新。有关万元街的传说，随着万元街人越走越远，飞得越来越高而越发神化。万元户和万元街以其独特形象留在沟墩乃至阜宁人的记忆里，他成了一个时代的符号。

无论经过多少年，人们心中依然记得那个春天，那个"风流清香、绿草满汀"的春天，记得从春天的原野走来，英姿勃发、踌躇满志的万元街人。

蔷薇花盛开的小院

这是一个开满蔷薇花的院子。

院子不大也不小，像极了老北京的四合院。小院坐西面东。三面被居民小区环抱，正面是一条车水马龙川流不息喧嚣的城市马路。走进小院，迎面就看到写着"职工之家"的红色大字的两层小楼，那是职工吃住的地方，一楼是食堂，二楼是宿舍。坐北朝南一排平房，是车库和仓库。在仓库一侧靠近马路边有一间房是门卫值班室。坐南朝北的是一幢办公大楼，是这座小院的灵魂。连接办公大楼和值班室的是一堵开满蔷薇花的花墙，大门将花墙一分为二。花墙，冬天你不觉得她有多美，光秃秃寂寥无比的藤蔓相互缠着，形成一种天然的篱笆，从里向外望，能清楚地看到路上的行人车辆，从外向里瞧也能一览无余地看到里面的一切。"常恐秋节至，焜黄华叶衰"。秋天的花墙上蔷薇叶子渐渐变黄变脆，就像一个风烛残年的老人，风一吹，生命之光就熄灭。小院里积着厚厚的黄叶，一阵西风吹过，遍地飞舞，这时传来了"情海无惊波涛凶，风流淹没红尘中，大浪淘尽多少痴情种……"这首《千古绝唱》使人倍觉秋意深重。夏天的花墙蓬勃葳蕤，青枝绿叶的蔷薇向四面生长延伸，爬到值班室屋顶，攀上办公楼的窗户上，她像一个丰满且活力十足的少妇，美丽又野性。她把头伸出墙外，用她那如美人的纤纤玉手般的枝丫顽皮地勾住行人的衣衫，撩拂行人的头发，常听路人说"你看看，这蔷薇长疯了"。春天，百花盛开时节，是蔷薇的高光时刻。花墙上蔷薇花最初只是一朵两朵零零星星悄悄地开，后来是三朵四朵，五朵六朵……开得那么优雅，开得那么矜持，那么漫不经心。突然，在某天清晨，你起床打开门会发现，满院的蔷薇花就像约好似的一夜之间都开了，一簇簇，一团团，你挨着她，她挤着你，推推搡搡着，盛开。那粉色的花朵映得你的脸都粉嘟嘟的，屋里屋外，楼上楼下都是蔷薇花的香气，感觉自己置身在陶渊明的桃花源里一样。

蔷薇花盛开的时节，清晨，你还没睡醒，就有人在院外轻声说话"啊！这花多美啊，叫什么名字？""叫蔷薇花。""开得真好看"。拍照，欣赏，感叹。蔷薇花开得最热烈、最欢快、最疯狂的时候，有人竟带来剪刀想偷偷把蔷薇花摘回家，这时，院子内会走出衣着清爽的老人说："别剪啊，别把蔷薇剪伤……"

就是再匆忙的上班族，也会在小院前驻足流连一番。在办公楼上班的小美女会偷偷地跑下楼小心翼翼地摘几枝蔷薇花放到办公桌前的玻璃瓶里，一贯不苟言笑目不斜视的办公楼上的领导也会被盛开的蔷薇花吸引住，他们站在办公室窗前，推开一冬紧闭着的玻璃窗默默凝视肆无忌惮盛开着的蔷薇花……美丽的蔷薇花，有多少人为你低眉，为你驻足，为你感动。整个院子都是蔷薇花的世界，都是蔷薇花香，这是多么美的院子啊，没有人会想到在繁华的都市一隅居然会有这么美丽的一个小院子，谁会这么有福气拥有这样一个小院？一个开满蔷薇花的小院？

拥有这个小院的是一对退休老人。老夫妻儿女成家，孙子上学，退休后无事可做，为了打发寂寥的晚年时光，在这小院里做起了保安和保洁，吃住在小院里。老爹爹负责人员车辆进出安全管理，收发报刊信件，开门关门，老奶奶负责打扫院内外卫生。老奶奶年轻时就渴望能拥有一个小院，过着"采菊东篱下，悠然见南山"的田园生活，一直没能如愿，没想到人生暮年遇见这个小院，圆了她半世清梦。

星期天，小院里只有两位老人，老爹爹修剪修剪蔷薇的枝蔓，老奶奶会戴着老花镜在蔷薇花下看书，有春风，有蔷薇花，有书相伴的时光要多美就有多美。她逢人就说她不承想余生会拥有这么美丽的小院子。有人嗤笑她俩只不过是这里保洁和看大门的，小院咋就成了你们的了？老人淡然一笑。令人想起梁实秋的《雅舍》里一段话："雅舍"非我所有，我仅是房客之一。但思"天地者万物之逆旅"，人生本来如寄，我住"雅舍"一日，"雅舍"即一日为我所有。即使此一日亦不能算是我有，至少此一日"雅舍"所能给予之苦辣酸甜，我实躬身亲尝……怪不得老人打扫卫生那么专心，那么开心，原来她是把小院当成自家打理的。怪不得有人夸小院洁净美丽，她笑得脸上褶皱就像盛开的蔷薇花一样好看，怪不得你撷一朵蔷薇花，她都会那么心疼……

后来老夫妻离开小院，回老家了。蔷薇花年年如期盛开，都说万物有情，小院，还有在春风里欢笑的蔷薇花啊，可还记起有两位老人曾经那么地喜欢你们，珍惜你们，守护过你们？

哦，美丽的蔷薇花盛开的小院……

老 屋

要建新房钱不够，我们卖了老屋。老屋其实没有多老，只是我们夫妻在单位时分配给我们的住宅。后来单位倒闭就卖给了我们，下岗后，老屋是我们夫妻在单位——辉煌岁月中残留给我们的唯一念想。

卖老屋，我十分不舍。可熊掌和鱼翅不可兼得，万般无奈还是要卖老屋的。从老屋搬出后，我思念老屋。从不敢走近老屋，遇到老邻居我会拉着她们问老屋装修得怎样，老屋的新主人搬进了吗？黑夜里我辗转反侧，彻夜难眠，忘不掉在老屋的点点滴滴的往事。

老屋最先是单位的会议室。那时会议很多，俗说"文山会海"。每周不是一三五必定是二四六晚上，单位全体职工都要在这里学习、讨论。季末、年终要在这里召开总结表彰大会，我永远都记得工作第一年年底，我拿了平生第一次也是最多的奖金时的惊喜。会议室欢声笑语，人声鼎沸，大家满面春风，欢聚一堂，现在想想，那是我们单位最鼎盛时期。年复一年，会议渐渐少了，会议室就改成了几间职工宿舍。老屋最早的主人是单位的一位领导，老屋一切改造都是单位拨款，所以在当时，老屋是非常"豪华"的，那时我们夫妻住的是低矮潮湿的泥地小屋，老屋之于我们犹如一位风华绝代的美人，高贵、典雅，可望而难以企及。

过了一段时间，领导们渐渐地都有了自己的自建房。老屋又成了我们单位一位出类拔萃的职工的住房。不久，搬进老屋的那位职工成了我们单位少数先富起来的那部分人，他有了自己的小楼，老屋就转到了我这迫切需要房子又十分仰慕老屋的人手里。那时女儿已上初中，实在不宜与我们夫妻共居一室，有了两室一厨的老屋，把女儿高兴得成天合不拢嘴，女儿从此有了自己的房间、自己的书桌、书橱，还有自己的天地。

老屋是宁静的，准备中考的女儿每天都可以在自己的房间里夜读。女儿夜读有个习惯，喜欢吃零食，"咔嚓""咔嚓"吃零食声和女儿"沙沙"的写字声，还有闹钟"滴滴答答"声是老屋在黑夜里最和美的乐章，是我们夫妻最美丽的催眠曲。

每天的黎明我就起床，将老屋收拾得窗明几净，然后站在窗前看日出、远眺、遐思、看书、写作，我在这里勤劳耕耘着我理想的土地。

老屋的生活是清贫的，单位亏损，我们夫妻两年多没拿一分钱，后来单位倒闭我们又四处筹钱买下老屋。我们第一次有了自己的房子，成了"资产阶级"（这是我女儿说的），后来我们自谋出路，在商海里扑腾几乎沉到了水底，我们做啥啥不行，四处碰壁，可每当我们走进这温馨的老屋，烦恼消了，困乏解了，苦涩无了，悲凉淡了——每天清晨当我打开窗子，望着红红的太阳，从东边冉冉升起，心中充满着希望……

搬进老屋的我，没有老屋第一主人拥有权力，没有老屋第二主人富有钱财，所以没有住出老屋先主人们鹤立鸡群的感觉。春华秋实一年年过去，老屋周围又冒出了幢幢高楼。匍匐在高楼夹缝中的老屋犹如一位风烛残年，人老色驰的贫妇，往日的妩媚容颜、风姿绰约的体态都已是明日黄花，她落寞的神情让我无限伤感。

一天，我偶遇老屋的新主人。她说没有装修老屋，她原来信誓旦旦要装修的，为什么不了呢？她说老屋太旧了，就要拆迁了，装修了不划算。老屋，我曾经的巢。也许在某一天你会消失的，因为陈旧的终究被崭新的替代。但不管你存在与否，不管我身在何处，我都会怀念我曾经像燕子一样辛苦经营的暖暖的巢——我的老屋。还有我在老屋里度过的那些日子……

小　巷

　　我记忆里的小巷没有戴望舒的《雨巷》那么有诗意，没有撑油纸伞的君子如玉，也没有丁香一样的女子，更不悠长悠长……

　　它，窄窄的，东西向。一条老街道将百米小巷分割成东西两巷。小巷的最西端是一条蜿蜒曲折的小河，小河上有座晃晃悠悠的小木桥，小木桥下流水清澈宁静，河岸上柳丝参差披拂，杂花、野草，随意地散落在河边、桥旁。我家就住在这河岸上的街西边小巷里。小巷的东端是美丽的串场河，串场河浩渺宽阔，时不时有大轮船驶过，两岸绿树浓荫，芳草萋萋，没有船时，风平浪静，河水清清。我上班的地方就在街东串场河边的小巷里。

　　我家在小巷里开了个门，门对着小巷。和我家对门而住的刘爹刘奶，他们家也在小巷里开了门。刘爹刘奶的儿女都在外地工作，有一个小孙子和他们同住。这小孙子和我女儿一样小，两个孩子成天在一起玩耍。刘奶照看孙子时便也照看着我的女儿，有什么好吃的也少不了我女儿一份。两位老人处处关照着我们，教年轻的我们许多生活方面的技能，教贫穷的我们怎样精细地过日子。

　　小巷是普通的，但因为东有热情丰美的串场河，西有纤瘦婉约的小桥流水，更有住在小巷里像祖父、祖母一样慈祥、温善的刘爹、刘奶，小巷竟别样的美丽。

　　小巷是美的，四月的小巷更美。她的美有别于串场河的高贵和小桥流水的娇弱，她像一位素装不着粉饰的农家女，虽衣着简朴，却掩不住那天然的灵秀。早晨，孩子们一睁眼，就在小巷里玩耍，走上那晃悠悠的小木桥，到草丛里捉毛毛虫，听树上的小鸟欢叫，看天上的白云悠悠，或缠着我一遍又一遍讲"小红帽与大灰狼"的故事。

黄昏，我喜欢领着女儿静静地坐在串场河边，看落日的余辉映红了串场河水，看渔人收网，看渔家那缕缕炊烟，还有河岸农家晚归的鹅群鸭趟……有时触景生情会和女儿一起一字一句地背着古诗词。

夏日的中午，小巷特别阴凉，两个孩子在小巷里玩耍，我就捧着厚厚的书边读边照看他们，他们喜欢趴在倒塌的矮墙上张望墙外边的景致：瓜角藤蔓，上下飞舞的蝴蝶，各色的花草，并说着悄悄话。一次，有路人抱着西瓜走来，女儿愣愣地盯着那又圆又大的西瓜，好久，仰起那涎着口水的小脸问我："妈妈，为什么叔叔买的西瓜像大篮球而妈妈买的西瓜像宝宝的小碗？"

那时，我们家很穷，很少买西瓜，即使买，也是剖开的廉价西瓜，正因为贫穷，我没钱给女儿买毛线打毛衣，买高级玩具，买女儿喜欢吃的各类零食，能给女儿的是我儿时拥有的各类读物。因而，我不会像别的母亲那样总为孩子打着颜色各异，款色不同的毛衣。我的手里捧着的是《安徒生童话》《格林童话》《幼学诗词一百首》……还有我喜欢看的书。也因为贫穷，从我那小小的女儿嘴里吐出的不是糖果和巧克力豆，而是先贤们意味深长、韵味悠悠的古诗词。我想，那永远捧着书，在小巷里边走边读的母亲，和跟在母亲身后的，涎着口水，走路蹒跚，却能背诵好多古诗词的小女儿，一定是那小巷里最美、最独特的风景。

后来，我下岗了不再到巷东去上班，我家搬离了小巷。城镇建设又将小河填平，上面竖起了幢幢高楼。再后来刘爹刘奶逝去，小巷两边房屋拆了建，建了拆，我以为不会再有小巷，哪知多少年过去，小巷仍蜿蜒在高楼华宇之间……

岁月的河缓缓地流过，漫漫人生的路上回首往事，眼前总会出现那时的小巷，也会想起在小巷里生活的日子，尖锐复杂的人际关系搞得我精疲力竭、无所适从时，我会想起小巷里刘爹、刘奶的宽仁与慈祥；风霜和忧患，使我变得浮躁，感到无奈时，我会怀念小巷里淡泊宁静的生活；黄昏里，流水旁，每当我感叹岁月的苍凉与匆迫时，我又会回忆小巷里年轻的我是怎样享受人生的温馨与绵长。

呵，小巷，您不仅留着我心爱的女儿儿时小小的、浅浅的、歪歪扭扭的足迹，还有我曾经年轻的希望，年轻的梦想。

伯母回乡记

在阴暗逼仄的老房子里，我一遍又一遍细数手中的糖果，心中，盛满欢喜。无数次抚摸后，终于忍不住剥开一张粉色纸片，小心翼翼地将露出的一端，轻轻送往口中，突然一声响，糖果，从手中滑落……梦，醒了。

唇边，似乎还留有糖果的香甜气味，是伯母的大白兔奶糖的味道。这才想起，今天是伯母从上海回乡的日子。

伯母有近四十年没回老家了。早年，倒是常回来，每次回来都会从上海背回很多东西，有旧衣服，有大白兔奶糖、桃酥、饼干之类的食物，大包小包，前隆外鼓，把腰压成弯弓，这是伯母留给我童年记忆中最深刻的印象。奶糖的甜，饼干的脆，桃酥的香，至今难忘。

老家人除欢欢喜喜拿了伯母带回来的衣物外，更喜欢伯母讲上海的人和事。真是热闹，众人围绕左右，目光架着目光，似乎这样，就能瞅出大上海的模样。那一刻，我静静立在角落里，似一株孤独而瘦弱的芦苇，一株有思想的芦苇。大上海，一定是天上仙境。我的向往，像一粒种子，在心中发芽抽穗，写了作文《我的伯母在上海》，被老师作为范文在课堂上朗读……

年年岁岁，岁岁年年，转眼就是四十年。已是耄耋之年的伯母越发思念家乡。听堂哥说，伯母近来老是做回家的梦，醒来后，一直吵着闹着要回来。经过无数个夜深人静的辗转不眠，和一段时间的筹划，老人今天终于"起驾"回乡下老家了。

大家决定让我和二毛带伯母到处走走看看。我，嘴甜。小时候乖巧可人，能说会道，颇受伯母喜欢，伯母叫我"二甜嘴"。二毛，嘴馋。那时成天黏着伯母，说伯母身上有奶糖味道，好闻。几十年前伯母从上海带回来的大白兔奶糖，兜兜转转，大部分都顺到二毛肚子里去了。这次由我和二毛陪同老人，真是再合适不过的了。

当二毛站在刚下飞机的伯母面前时，老人怎么也认不出是谁。难怪，这浅浅的笑容，这笔直的身材，这飞扬的风衣，怎能与拖着鼻涕，体瘦发枯的二毛联系上呢。半晌，伯母才从那张历经漫长岁月都没改变的"菱角嘴"上认出了二毛。我上前亲拥伯母时，她也没能认出我。岁月风干了老人的容颜，却把我这个"小人干子"滋养得白白胖胖。我说我是"二甜嘴"时，伯母满是皱褶的脸笑成盛放的菊花，她魔术般从衣兜里掏出几粒大白兔奶糖塞到我手里，我心头一热，好熟悉的动作，小时候伯母就是这样变糖给我吃的，她哪里知道而今的我们早已不喜欢吃糖了。

汽车在宽阔的国道上疾驰，路两边的树木、村庄、河流、原野、厂房……从车窗一一闪过。路经一座刚刚新建的小学时，伯母讲起二毛小时候糗事，二毛刚上学那会，一写字，就一头汗，他父亲说二毛写字比家里老母鸡下蛋还难。后来，夏蛋（谐音"下蛋"）就成了二毛的外号……不想事隔多年，老人还记得。我笑着告诉伯母，如今的二毛，下的可都是金蛋蛋，学校毕业后仍坚持学习，考了很多的证书，二级建造师，一级建造师，会计师……一路畅谈一路欢笑，不知不觉车子已到家门口，伯母惊讶地说，还一步没走，就到家了？如今公路都伸到家里了，哪还劳您走路，您只管移步进屋就行。我们笑答。

听说伯母回来，家里人早就将老人最爱住的老宅收拾干净，侄儿侄女们也从外面赶了回来。饭，是用老宅铁锅土灶烧的，还用我们小时候常用的风箱助力……新米饭香喷喷，白菜、猪肉炖粉条，大铁锅爆炒韭菜，还有马家荡的生态野味，糖醋炝活虾、清蒸大闸蟹……大锅烧，大碗盛，我们大快朵颐。伯母边吃边赞，还是家里的菜"投口"。几十年的远离，竟没能改变伯母的口味。

乡音和味觉，那是家乡的印记，无论你在天南海角，你离家时间多久多远，它都顽固地存在着。

"暧暧远人村，依依墟里烟。狗吠深巷中，鸡鸣桑树颠。"原始乡村的景致在老家依然可寻。鸡鸭鹅猪猫狗的畜禽味，庄稼生长拔节的泥土芳香，构成乡下老家特有的气味，这久违的气味，让伯母睡得踏实安心。伯母住在老宅这几天，早晨鸡叫鸟鸣都不醒。她兴奋地告诉我们，原来在上海有失眠毛病的，这两天不治而愈。

马家荡，是伯母的娘家，四十年没回，已变得认不出，马家荡景点更是陌生。我们乘二毛的车来到马家荡的景区，观赏了月牙湖畔的依依垂柳，领略了淮东古寺的神秘庄严。我们还乘画舫小艇于茫茫荡区，看鸟飞鱼跃、蟹肥虾蹦。在湿地里连天的芦苇旁，我告诉伯母，于马家荡芦苇来说，更好看的是冬天的马家荡，大片芦苇花开，风一吹就像成群的仙鹤的羽毛飘洒在半空中，很是壮观。伯母说，我小时候，她曾用芦花做过"毛窝"给我穿，暖和至极。伯母还说，春天芦叶青青更是让人喜欢。曾经有一少年，喜欢用芦叶作笛，吹着家乡的小调做暗号，和女孩约会于葳蕤葱茏的芦苇深处，最终赢得美人归，"执子之手，与子偕老"。那少年就是伯父……极目马家荡的十里荷塘，与天际相接，那荷，似柔桡轻曼的美人，那田田荷叶，亭亭如仙女的裙。"藕田成片傍湖边，隐约花红点点莲。三五小船撑将起，歌声嘹亮赋采莲"，说的就是这样的场景吧。"二毛小时候晒成黑泥鳅样，最爱往荷田里钻，潜在荷叶下。"伯母又打趣二毛。

晚上回到县城二毛的别墅时，伯母的惊讶不亚于在马家荡景区。二毛的别墅，面朝射阳河，背靠阜城大街。室内雕梁画栋，金碧辉煌，室外亭台楼阁，小桥流水，花红叶绿。伯母说，真没想到上几代住丁头舍，到二毛这代拔穷根了。老家真美，美过上海了。是啊，上海的楼高人拥，繁华喧嚣，哪有老家的天蓝蓝绿水清安静悠然，更没有乡土乡音乡情的温暖舒服。

几天后，伯母急着要回上海，我们再三挽留，还告诉她有好多景点没看呢，阜宁外滩，金沙湖，七彩农业园……可怎么留都留不住，我很纳闷。直到接到堂兄电话，才恍然大悟，原来伯母急着回上海是要卖房子，她要回老家买房养老。老人算是彻底地回乡了。

多少年来，老人尽管走得很远，把他乡作故乡，可她心心念念的，仍是这片衣胞之地。他乡层层叠叠的繁华风景，终究抵不过生她养她的故乡。她更希望多年后，长眠于家乡温润的土地之下。

这一刻，我的眼前出现了一幅画面：一位年暮的老人，静静坐在门前树荫下的竹藤椅上，望向远方。她的目光越过了过往岁月里的繁华和热闹，呈现的是，田野，小溪，还有带着丝丝香味的清风。平静的老人，淡淡的景致，似一幅旧时光里的老照片，韵味绵长。

不识故人庄

一次大走访和同事无意路过一个美丽村庄，美得令人窒息。陶渊明的"芳草鲜美，落英缤纷"，"土地平旷，屋舍俨然"桃花源的美，之于田家庄犹如中国旧式女子之于年轻的奥黛丽·赫本。绿树掩映下的笔直宽阔的水泥路，蜿蜒缓行的河水，整齐划一阡陌纵横的碧绿原野，蓝天白云下，烟树浩渺处一排排黛瓦白墙的别墅群……我沉醉于这美丽风景之中，同事告诉我这是田家庄。

田家庄？这难道就是宁儿的前婆家庄？

宁儿，我的闺蜜。

宁儿和前夫是大学同学。到了结婚的年龄，她俩碰出了爱情火花，恋爱了，是很爱的那种。前夫家在农村，一直生活在城里的宁儿父母不同意这门亲事，城乡差别，贫富悬殊，牵扯出诸多的不满意。宁儿觉得父母过于世俗，为了爱情，她不惜伤害父母感情，坚持跟前夫结婚。婚礼就在前夫的老家田家庄举行。

所谓婚礼，也就是请一些走得近的邻居亲戚吃顿饭，婆婆到合作社扯了几尺花洋布，给宁儿做一套内衣，算是婆家的所有。在那个女孩子订婚、结婚至少也要六套衣服的年代，宁儿的婚礼是寒酸的。婆家连散喜糖的钱都拿不出来，都是宁儿掏的。宁儿从公婆焦虑眼神里读出了拮据与无奈。最让宁儿难以置信的是婚假结束回单位，因为没搭上车又折回家，到家一看，好像遭抢劫似的，桌子，梳妆台，床，床单，棉被，蚊帐……被洗劫一空。只剩下红双喜还贴在墙上像是在嘲笑她。宁儿惊讶地在目光里打了个大大的问号，前夫羞愧地说："我告诉过你的，我们这里很穷，谁家结婚都靠借，借粮，借油，借衣服，借家什……借遍全村。二伯一件中山装被借出去结过十几次婚……"

真正的爱情会让忽略很多东西，比如金钱，比如贫穷，宁儿不在意。回到单位，她们将两人的东西合并在一起，就成了家。宁儿的父母因为生气，和宁儿断绝一切往来，包括经济上的。没有父母的补贴，两个年轻人的生活十分拮据。但爱情中的人虽苦犹甜。五个月后宁儿怀孕了。

结婚第一年的新人要在婆家过年。这是苏北农村的习俗。宁儿从长途汽车下车，乘上去田家庄的三卡。那时公交车还很稀少，有，也通不到家，没有路。从公共汽车站到田家庄这一路是坑坑洼洼的油泥路，雨天把人陷在泥路上，鞋子都拔不出来；晴天这路凹凸不平，坐车能把人颠死。三卡在弯弯曲曲凹凸不平的硬泥路上颠簸，宁儿感觉身上的骨头都被颠错了位。到家宁儿就感觉小肚子隐隐地疼，夜里更疼得厉害，前夫找个独轮车，将宁儿推到十几里外公社医院，医生说小产了。那个小月子就在婆家坐的。最高级的菜就是鸡蛋和豆腐，还不能随心地吃。鸡子不生，蛋没有；阴雨天卖豆腐的不来，豆腐没有。十五天产假过后，宁儿由原来的105斤变成89斤。成了"人干子"。

恢复了一年多，宁儿又怀上了。足月之时恰逢中秋，两人合计去老家生，有人伺候月子。再回田家庄，从长途车站下车后，改走水路。午后上船，一路小船悠悠。夜半才到家。宁儿的肚子隐隐地疼，要生了。丈夫说去医院吧。婆婆说自己生了一趟孩子，没一个上医院的。丈夫实在忍不住，推着宁儿去医院，到医院，孩子因缺羊水胎死腹中……

后来几年中，宁儿一直没怀上孩子。再丰满的爱情，也敌不过贫穷岁月的风干。终于宁儿提出协议离婚，前夫也同意。因为爱情而结合的两个年轻人因为贫穷而分开。

这是宁儿无数次跟我讲的往事。我耳朵都听出茧子了。后来宁儿去了南方，但田家庄的"穷相"一直存储在我脑海里。一睹今日田家庄的风采，着实让我不敢相信这就是宁儿口中的穷乡僻壤。我把宁儿的那些事讲给我同事听，他唏嘘不已，并肯定地说眼前田家庄就是宁儿口中的田家庄。同事告诉我改革开放四十年农村变化很大。而今乡村振兴战略就是按照"农业强，农村美，农民富"的远景规划的。以美丽乡村为主题，"让农业成为有奔头的产业，让农民成为有吸引力的职业，让农村成为安居乐业的美丽家乡"。积极推动市民下乡，能人回乡，企业兴乡……过去的穷乡，如今的天堂。你看这是学校、医院、老年公寓、度假村、工业区……同事一边开车一边指着风格各异的高大建筑向我一一介绍，同事还告诉我，若选准时候来田家庄，那"粉如胭脂，软如云霓"的桃花盛开的美景更是摄人心魄……

时光化作流水，四十年前那个贫穷落后的田家庄已随岁月消逝，而今的田家庄呈现给我们的是丰足进步和富裕美丽。宁儿好多年没回来了，我想即使回来，她也不识这故人庄。

夜游阜宁外滩

李晓月，上海人，当年曾随父母下放至阜宁。我很荣幸和她从小学同学到高中。国庆中秋期间她故地重游，我们约几个发小和她在林海国际大酒店小聚。晚宴结束后，我力邀一行人要么去喝壶茶，要么去"新潮流" K 歌，她头摇得像"拨浪鼓"一样。我又添新招，迫不及待地说："就近就是我们阜宁外滩，要不去夜游阜宁外滩？"她拊掌称妙。

记得当年李晓月的母亲，那位上海知青使用频率最高的词就是"上海外滩"。风情万种的上海外滩，给我童年增添无穷无尽梦幻般的色彩，很多个夜晚我竟像李白"我欲因之梦吴越，一夜飞渡镜湖月"般好多次在梦里神游过上海外滩呐。让我想不到的是多年以后我们阜宁也有一个让人神往的外滩，阜宁人自豪地叫她阜宁外滩。

阜宁外滩，始建于 1998 年 1 月 10 日，同年 10 月 1 日竣工。北靠古朴的庙湾古城，南依碧波荡漾的射阳河，东始新阜宁大桥西，西止老阜宁大桥东，全长1836 米，占地面积 4～5 万平方米，是阜宁县城一个美丽景点。由于她地理环境酷似上海外滩，因而赢得了阜宁外滩的美誉。

我们一行人一边述说着阜宁外滩的"前世今生"，一边向阜宁外滩迈进。首先映入我们眼帘的是步行桥。步行桥由南向北盘旋，像一条舞动的神龙翱翔在射河两岸，桥两边光芒四射的彩灯，犹如龙体上闪闪发光的鳞片，无比璀璨耀眼。

我们赞叹着步行桥独具匠心的美，向东逶迤而行，夜色下的外滩真美，远处河两岸树影婆娑朦胧，有一种神秘的美。近处灯光交相辉映，明如白昼，地上的灯比天上的中秋的月更显光华。只见地面上人流如织，欢声笑语。劳动一天的阜宁人，晚饭后把碗一推便忙不迭地，不约而同地会集在这里，男女老少皆有，他们玩滑板车、垂钓、唱淮剧，养一份爱好；他们散步、夜跑、跳广场舞，练一副好身体；他们摆地摊抑或开抖音直播与时俱进，做一份副业，每个人都能在外滩自得其乐，悠游其间。

走在外滩的塑胶跑道上，我感觉就像行走在沙滩上，脚下软绵绵的"舒服"，我悄悄地退至人群后脱掉脚下的"恨天高"，一手拎一只鞋，赤脚前行，引得一路行人惊诧而观，继而掩嘴偷笑。我做"赤脚大仙"，这一刻我仿佛找回童真，回到孩提时代，回到和小伙伴们在沙墩上嬉耍奔跑的日子。晓月说我提鞋赤脚奔跑的模样一定是今夜阜宁外滩最独特的风景。同行好"摄"者、手机控们抓拍了这最难得的瞬间，发到我们的"亲亲发小群"，竟各有各的标题"提鞋奔跑的女人""赤脚大仙""童趣"……

我们这群老小孩，在草坪上漫步，假山后流连，雕塑前留影，回音壁前畅笑……晓月感慨万千地说"出走半生，归来已不是少年。遍历山河，还是故乡最美。"

在我如痴如醉忘情于眼前的美景时，晓月福至心灵似的问我"射阳河老轮船码头在哪？"老轮船码头，已被新阜宁大桥替代，但它深深刻在老阜宁人的记忆里，新阜宁大桥和我们家乡所有桥一样，"一端连着昔日的贫困，一端连着今日的繁荣。"我手指东边新阜宁大桥说：就在那。她遥望灯光闪烁，七色彩虹一样美丽的新阜宁大桥，深情地"啊"了一声。我懂她的一声意味深长的"啊"更懂她的欲言又止。此时无声胜有声。置身在这良辰美景之中，我觉得再华美的辞藻都显得苍白无力。只有静静地欣赏，慢慢地品读！大美阜宁外滩！大美阜宁！

走过的路

记忆中，我走的第一条路是祖母屋后那条小径。小径窄小，小到好像容不下祖母独轮手推车的车轱辘，稍不留神，独轮车就会"刺溜"到路边的菜田里；小径小到"爱跟脚"的我都不能拽着祖母的衣角并着走。小径很长，像极一条细长的蛇，在祖母家菜畦、瓜地，豆田间，扭来绕去，游到村口。我的小小世界仿佛在这儿画了一道线，线的外边是永远到不了的远方。

那时我爱站在祖母屋后的小径这头，向小径的那头延颈鹤望。我凝望的不是背着柳篓割草的"应美"姐姐，不是荷锄下田的耕叔，不是在夕阳下划草，拾边角的"兆贵"二嫂，也不是串村走户一路"卜浪卜浪"的货担郎。我凝望，是盼望路的那头能出现在外地教书的父母的身影。记得父亲的自行车的"叮铃铃"声，是我在村庄里听到最悦耳动听的声音，父亲踏着自行车箭一样飞来的样子在我看来非常威风。阳光照得自行车的车轮发出耀眼的光芒，让我睁不开眼睛。可我十次的专注凝望换来的是九次的失望。

我在祖父祖母生活的村庄里一待就是八年，感觉自己像是被父母遗落在小径上的一颗小小的菜籽种。祖母说路太远，父母工作忙来来回回不容易。不想有一天父亲突然来了，说接我回去上学。父亲推着自行车沿着小径走，我在车上拼命哭闹，频频回望，祖母泪眼跟着，叮咛嘱咐，小脚深一脚浅一脚地在小径上蹒跚，直至村口……

父亲骑上自行车上马路，一路向北。走了好远回望过去，祖母还如雕像样立在斜阳下，夕照下祖母发更白，背更驼，腰更弯，个更小。

马路比小径宽，比小径长，到底长多少，我不知道。它像橡皮绳一样，随着我上小学，上初中，上高中，不断地拉长。工作了，还是来回在这条马路上。我在这条马路上行走十几个春秋，有时候会傻傻地想，沿着这条路一直走，路会通向何方……

一个春天，在这条马路上，我遇着了我先生。先生家在僻静的乡村，比祖母的村庄还要偏僻。第一次去先生家，先生骑着刚买的凤凰车，载着我，一路欢歌一路笑。婚后才知道买车钱是借来的。不想走到半路遭上大雨，路又是油泥路，先生心疼新车，扛在肩上走了十几里。穿着高跟鞋的我，一走一个坑，鞋总是陷在泥里拔都拔不出来，只好提鞋赤脚而行。本来衣着光鲜的我，到了先生家一身泥水，狼狈不堪。

婆婆见到我心疼地叹口气说："难为你了。我们乡下就这路，难走难行啊。"回来的时候，婆婆让小叔送我们，小叔扛车，我穿着弟妹的雨靴，送到大路，我再脱掉雨靴，让小叔带回去，穿上自己的高跟鞋。去一趟老家，如同下到河塘里摸鱼般泥泞不堪。

结婚半年后又去先生家，以前好好的路不知怎么断开成了一条深沟，先生一跃过去了，我胆怯，不敢跳。他想抱我跳，我又太沉。先生来回试跳，我就是不敢跳。后来先生叫我先跳入沟底，他再用力把我从沟底拽上来。哪知回去以后就觉得身体不适，一检查先兆性流产，最终孩子没保住。

事隔两年，我怀着六个月身孕去先生家过中秋节，再去先生家特别小心，先乘坐公共汽车，离家有段路不通汽车，转乘三卡。那年干旱，高洼不平的油泥路硬得像石块，一路颠到先生家感觉骨头都颠错了位置，浑身散了架似的疼，肚子更疼。致使身孕六个月的我再次流产。

至此，怀孕生女儿带女儿期间，我再也没去过先生老家。婆婆一次一次捎信让我回去，说现在路好走了，铺平整了。过几年，婆婆来电话说，老家路又修过了，都是石子路。又过了几年，婆婆来我家说，老家的路由石子路变水泥路了，车子能一直开到家门口。

当老家水泥路变成柏油路的时候，我再次去了先生家，是那个说路越来越好的老人离开了我们。

正如老人预言的那样，路越来越好，高铁来到了家门口。我暗暗发誓一定"偷得浮生半日闲"乘上高铁，抵达从儿时就梦想的"心之所向，素履以往"的远方。而当我站在高铁站台，环顾绿波荡漾的原野，如置身在美丽的画卷中，眺望直抵远方的轨道，竟像极一首首诗行。人生处处是风景，吾心安处是故乡。诗，不一定在远方，就在脚下。就在这哺育我长大，美丽如画，遍地文章的家乡，她才是人人向往，梦想抵达的诗和远方！

蚕豆花开

在小巷的尽头，有一小块空地，没铺砖，没长花草，没建屋搭棚，是一块泛着泥土味的空地。我见过一位老奶奶弓着腰，背手在这空地上转悠来，转悠去，多日不见竟变成一畦绿油油的蚕豆地。这在小街上是少见的风景。

蚕豆长好高了，春风浩荡，它越发精神，绿油油的叶，肥嘟嘟的，紧贴着枝茎上的由浅紫到白，由白到浅紫色的花，还有花瓣上小黑点，风吹枝摇，像极一只振翅欲飞的紫蝴蝶。我痴痴地俯首凝视蚕豆花，思绪随着可爱的紫蝴蝶飞到很久以前。

这是一个小学校。小学校前有一小渠，渠堆上有一老一小。老人用锹挖着小窝窝，女孩往窝窝里放着蚕豆，说是点蚕豆。一锹一窝三四粒蚕豆，整个渠堆边都点上，浇水，上粪……到了春天，渠堆上蚕豆叶绿如碧，成行成排，整整齐齐，春风吹过蚕豆花开，香气四溢。小女孩指着蚕豆花说：看，蝴蝶。老人说这是蚕豆花。

这小女孩不是别人，是我。老人是我的外婆。

我十岁的时候，恰是种蚕豆的季节，外婆自城里来。在城里住过的外婆，对土地的热爱比一直住在乡村里的老人要执着一百倍。外婆来了第二天下午就领着我们种蚕豆。后来还种葱、蒜、韭菜、大椒、茄子、豆角、白菜、山芋、萝卜还有玉米……门前渠堆被外婆整理成一块块一畦畦的菜地，一年四季，赤橙黄绿青蓝紫的、变换色彩，就跟生活七彩农业园似的。美是十足的美，却害苦了我们，我们跟着外婆抬水浇粪，播种收获。

初见外婆，外婆一身蓝洋布斜襟外褂，虽旧但没有褶皱。黑色的管脚裤（和现在时兴的哈伦裤相似），干净利落。粽子大的小脚用白棉布包裹一层又一层，外加一双白棉袜，再穿着黑布鞋，纤尘不染。雪白没有一点斑点的脸，脑后梳着一个光溜溜的髻。一看就知道外婆年轻时一定是个美人。唯一不足的是一只眼看不见。听母亲说外婆的眼是哭瞎的。外公盛年去世，留下一儿五女，为此外婆没少流泪。后来舅舅又出天花，外婆以为舅舅活不过来，日夜守着，天天流泪，哭瞎了左眼。

那时小，不懂事，爱躲懒。有一次点（种）蚕豆，外婆叮嘱我一个窝窝里只能放三到四粒蚕豆，我想出去玩，趁外婆不注意一个窝窝里放一把，一个窝窝里放一把，心想点完了蚕豆就可以去玩了。我这心思和行为被外婆发现，外婆严肃地批评了我，我反怼外婆，就你独眼慧中，外婆听后，不但不生气，反而细声软语对我说，一个人做什么事都要认真，不能马虎了事。比如种蚕豆，不认真播种，就不会有好收成。

外婆很会弄吃。她用蚕豆烧出很多美味，蚕豆刚长成，是青蚕豆时，外婆会用豆腐烧蚕豆，咸菜烧蚕豆，蒜苗烧蚕豆，菜粥里也放蚕豆……那时吃菜粥，我们会把菜粥里蚕豆一个个拣出，用棉线串起来，挂在脖子上，到处显摆，蚕豆项链在饥饿年代是十足的奢侈品……

蚕豆老了变黑的时候，外婆把蚕豆连棵拔出，蚕豆角摘下，剥出仁，晒干。待到冬天可以炒蚕豆让我们当零食吃，还可以将炒熟的蚕豆用盐水煮软，拍两三粒大蒜瓣当咸吃。记得有一个星期天外婆指挥我们炒蚕豆。我烧火，姐炒。蚕豆炒好，外婆说今天换一种吃法，就是将刚炒好的滚烫的蚕豆放在小笾里。一人一把，从大到小，依次用手抓。多抓多吃，少抓少吃，怕烫的不抓不吃。一贯偏疼弟弟的外婆强调，弟弟太小不能烫着，由她"老手"代抓。你一把，我一把，烫得跳起来，烫得要流泪，还是要抓。外婆最后说："要懂得能吃苦，才有饭吃。"多少年过去，我们都还记得那次老老小小抓蚕豆的欢乐场景。

还记得外婆在裂缝的桌面上，把刀背卡在裂缝处，将干蚕豆放在刀口上，用擀面捶将蚕豆敲成两半，放到热水里泡，蚕豆泡得胀鼓鼓的时候，很容易去除外壳，成了蚕豆米。热锅冷油葱姜一炸，放水、放蚕豆米、豆腐，烧烂，春天吃就再放些切段的韭菜，冬天就放菠菜，透鲜。

外婆用蚕豆烧出很多美味，在那贫穷的年月，在我们"半桩子，饭仓子"少年，享受到别的孩子享受不到的舌尖上的幸福。

蚕豆花期比别的花期要长许多。外婆也比别的老人辛苦许多。外婆92岁去世，90岁之前都一直不停息地劳动。她的六个儿女，除了大姨二姨，因为各种原因没读多少书外，其余五姨六姨都是初中毕业，母亲和大舅还是老师范毕业生，这在解放初期绝大多数人是"文盲"的时代，是很不容易的事。家里的事，田里的活，都落在小脚的外婆身上。外婆领大了自己的儿女，又带大了我们。我一直记得小时候外婆在我们家一洗一大长绳衣服，风吹衣衫的那情那景……

由白到紫，由紫到白的蚕豆花，没有黄灿灿的泼皮样的油菜花开得张扬，没有"粉如胭脂，软如云霓"的桃花开得热烈，没有"细嫩洁白，如乳似玉"的梨花开得那么可人意。蚕豆花是那么朴实、沉静、内敛……每当春风浩荡时，看到摇曳的蚕豆花就会不由自主地想起我的外婆，想起和外婆一起度过的有欢笑、有眼泪的少年时光。

"土鳖子"和"蟑木虫"

网络时代，每个网民都给自己起了诗一样的网名，而我和妹妹的网名却土得掉渣——一个叫"蟑木虫"，一个叫"土鳖子"。好多网友奇怪，这两位多少喝了一点墨水的"美女"，网名里怎么一点文化含量都没有？她们哪里知道我们的那些年那些事……

我出生不久，被父母送到祖父母身边抚养。因为行三，庄子里的人都叫我大三子。十个月大的我，还没有狸猫大，并且还害着一种疮，满身都是，别人都说我养不活。听人说有一种秘方，就是用被雷劈死的人的坟茔头上的泥土包裹患者的全身，然后泥土干了脱落，像蛇蜕皮一样，就好了。祖母费了不少心思才找到这神奇的"土方"，没头没脑地把我裹成泥人，一段时间过后，我的疮真的好了，皮肤也变得白白净净。由于我体质弱，像一只病猫，祖母对我的关爱就格外用心，我六岁还要祖母喂，不喂，就不吃。同龄的孩子，大奔大跑了，我走路还走不稳，老是跌倒。瘦骨嶙峋的样子，颇像《包身工》中的"芦柴棒"。

妹妹四岁时也来到了这个村庄。她比我小两岁，本该随我叫大四子的，一来母亲在娘家排行老四，怕叫乱了，二来比我大两岁的哥哥三岁时不幸夭折，所以那时妹妹有个让人匪夷所思的小名，叫小四三子。小四三子虎头虎脑，聪明伶俐，就是铁头犟。惹毛了，哭起来没个头，能历时几个小时，精力充沛，声音洪亮。

小四三子的到来，显然动了我的"奶酪"。于我来说，这个妹妹就是一个入侵者，她抢夺原本专属于我的一切，比如祖母的怀抱，她占；小花碗，她抢；小凳子，她夺；好吃的东西，她争……从此，我的童年生活里有了竞争对手，全武行更是天天上演。

　　有一天，我俩又因为争夺某样东西，厮打得难分难解，恰逢一位大队干部检查"除四害"工作路过，那干部费了好一番力气才把我们两个滚打成球的小丫分开。他仔细端详着面前灰头土脸的两个小东西，忽然指着瘦骨伶仃的我说，活像蟑木虫；又指着胖乎乎的小妹说："你，团头团脸的，活像土螯子"。还故作恶狠狠地吓我们："四害，另加两害，一起除。"从此我们俩有了难听的外号"蟑木虫"和"土螯子"。

　　蟑木虫和土螯子在苏北农村特别多。蟑木虫大概就是现在的蟑螂吧，土螯子，也叫土元，是人人讨厌的非常丑陋的小东西。它们都生长在阴暗潮湿的地方，锅灶边和水缸旁是它们经常栖身的地方。我和妹妹特别厌恶这个外号，妹妹因为有一个人喊她"土螯子"，哭得把这家的披墙草都踩掉一面。为了抵制这个外号的传播，我们摒弃前嫌，一致对外，经历过艰苦卓绝的斗争。谁叫，我们就和谁斗。然而，越抵制，传得越快，以至村庄里的人很快都知道我们叫"蟑木虫"和"土螯子"了。渐渐地，外号取代了我们的乳名。

　　本来，我和妹妹都有很美的名字，妹妹叫文娴，我叫文珥。在我的小伙伴们都叫花、草、云、凤的年代，我们能有这么优雅别致的名字，完全得益于师范毕业的母亲。可惜，无论我们的名字起得多么优雅和别致，还是鲜为人知，而丑陋难听的"蟑木虫"和"土螯子"却家喻户晓。

　　庄稼人善良敦厚，在那物资匮乏的年代，总是用最朴实的方式关心我和妹妹。春天，小腊妈做青团子会带两个给"蟑木虫"和"土螯子"；夏天，小康妈炕糊子饼会送两块给"蟑木虫"和"土螯子"；还有秋天的梨子，冬天的馍馍，兆亮大嫂、猫秀姐、宝康哥、大队干部……有这么多人的惦念和关心，"蟑木虫"和"土螯子"在村子里茁壮成长。

上学的年龄到了，我和妹妹依依不舍地离开村庄，到父母身边读书，终于有人叫我们的雅号了，没人再叫我们"蟑木虫"和"土螯子"。但我们总想念村庄和村庄里的乡亲，特别怀念有人叫我们"蟑木虫"和"土螯子"的时光。记忆中的村庄时不时浮现在眼前，岁月的风尘怎么都吹掩不去的童年生活的画面，像一部美轮美奂影片在我的记忆深处一遍又一遍地回放……

低矮的两小间泥墙草屋，草屋上空飘荡着云朵和缕缕炊烟。杂树棍横搭着的凉棚，夏季纳凉避暑，寒冬堆放柴火。沿河生长的一排排桃树，春天开着比彩虹还美丽的花朵，我和妹妹每天站在树下，仰着小脸，企盼着桃树早日结果，亦会时不时地向小路的尽头望去，因为路的那头，会奇迹般地出现在外地教书的父母的身影。夕阳下，收工的叔叔婶婶们，会特地弯到祖母家来逗逗"蟑木虫"和"土螯子"……

一晃几十年过去了，孙辈们也长成当年"蟑木虫"和"土螯子"一般的年纪。带着往日的回忆，我去了儿时的村庄，追寻童年的印迹。可惜，村庄已不再是从前的村庄，就像我们不再是从前的小丫一样。儿时的老人大多逝去，小孩已长成大人，少年的玩伴要么远嫁，要么外出打工，要么搬到城里定居。好不容易找到一两个坐在屋檐下晒太阳的老人，我谦恭地报上自己的雅号，她们摇头不知，了无反应。情急中，我连忙解释自己就是当年的"蟑木虫"，她们先是一怔，接着颤巍巍地从板凳上站起，一把拉着我的手紧紧不放，眼里闪动着激动的泪光，左看右看，问这问那，还特别追问"土螯子"现在在哪？怎么没与你一起来？在老人们心中"蟑木虫"和"土螯子"是分不开的。她们搂着我，细数着"蟑木虫"和"土螯子"那年那月那种种糗事……

"蟑木虫"和"土螯子"，网名中的另类，为了纪念童年的那份美好，那份乡情乡谊，土，就土点吧，在我们心中，那是最有文化的符号！

晒秋

这年头，日子过得美，爱晒。朋友圈各种晒让人羡慕嫉妒恨。进了秋天乡村人家也喜晒，他们不晒别的，晒秋。

秋之于村里人来说就如抖音里美颜过的少妇，成熟，丰腴，诱人。晒秋对于村庄的老人来说好比一个年轻的后生，在微信朋友圈晒自己刚买的新车、刚装修好的婚房、晒自己挚爱的女朋友一样是控制不了的，忍不住的事。

我家门前有一条串场河，串场河东边是村庄，西边是街道。住在串场河西的我，就爱站在河西向河东眺望，望原野，望村庄，望那片土地，还有生活在那片土地的人家。

我看到一进秋，那边人家原本一年到头放在阁楼上的柴帘、竹竿，挂在后山墙上的簸箕、大匾、小匾，收在储藏室里竹篮、柳筐、长凳……这些平日里难得一见的旧家什就像是魔术师变魔术似的从你想不到地方一下全冒了出来。这些变出来的宝贝，年代久远，藏污纳垢，先拿到门前屋后的串场河里去涮洗，你来我往，宁静串场一下热闹起来了，她们这些老家什涮得干干净净后在秋阳下晒，在秋风里吹。

天高气爽，阳光耀眼的日子，村庄人家的门前一下就热闹起来，家门口的大场就是一个华美的大舞台。村庄里的老奶奶，是晒秋这幕大戏的总导演、总编剧、总策划、主角集一身的重量级人物。这个季节需要翻干晒潮的一切食物、植物，一家子需要晒的一切，粉墨登场，次第亮相，真是"无画处皆成妙境。"

对河人家自进入秋，门口就没有空荡过，天天摆得满满当当。柴帘上晒的是新腌的萝卜干、现切的山芋干，大匾小匾里晒着黄豆、红豆、扁豆，簸箕里是新做的小麦面饼、切片的卷干，还有红的大椒，白的大蒜瓣，青的大咸菜干，丝瓜瓤，马菜干……色彩斑斓，声势浩大。老奶奶时不时从屋内伸出头来张望一下，就怕爱皮闹的小孩弄翻了东西。过一会还挪着不太灵活的腿脚走出屋子，翻翻这块翻翻那块，随着阳光的移动，小心翼翼地挪动匾、筐、篮、簸箕、柴帘……然后一脸满足地走进屋子。

我认识村庄里叫她二老太的老人，青年时守寡，一人种地养育着一双儿女，她说从前逢年过节，她就想哭，爱抹眼泪，眼睛总是红红的。到娘家，她母亲先陪她一起抹眼泪，然后叹气。

后来日子一天天好过了，真正丰衣足食。二老太的孩子也长大有出息了，按理她该享福了。苦惯了的二老太，却闲不下来，还在种地。二老太种的地不用化肥，少打农药。只为远在大城市的儿女能吃上家乡的绿色产品，找到家的感觉，闻到妈妈的味道。

过两天萝卜干晒好了，她用花椒八角熬一锅开水，将晒成的萝卜干倒入清洗，吊卤，然后放到竹篮内淋干，再放入白糖、白醋、白酒、白酱油、生姜、辣椒、蒜瓣，搅拌，冷却后放入瓶或小坛里密封，半个月后就可以吃了。她的小儿子就爱吃蛋炒饭就萝卜干。儿子说，妈妈腌的萝卜干和媳妇炒的蛋炒饭，相得益彰，绝配。想起儿子咯嘣咯嘣嚼着萝卜干的声音，二老太十分开心。山芋干是为小女儿准备的，讲究养生又爱美的小女儿爱吃山芋干玉米面粥，说美容减肥又健康。小麦面卷干是晒给害喜的大孙媳妇吃的，喜欢吃面食的大孙媳妇特别爱吃二老太做的小麦面饼，有筋道……黄豆、红小豆、糯米面、玉米面，角干子、大蒜瓣，还有二老太做的豆瓣酱、黑酱、大椒酱……都是住在城里儿孙们的最爱。

想到孩子们，看看这场上晒的，二老太从心里笑了出来，她觉得每天晒的不是田里长的、土里刨的农产品，晒的是家里的传世之宝，这些宝贝将她和远在大城市的儿孙们紧紧地连在一起，一刻也没分开过。这些宝贝温暖着千里之外游子的心。

村里人都和二老太一样年年晒秋，不仅在门前场上晒，有时还晒在田埂上、晒在河岸上、晒在窗台上、晒在南山头，晒在阳光照耀的地方……

不信，你来看看。

做辣椒酱

在我们老家，夏天过后，辣椒要下市时，家家都做辣椒酱。到了雪花飞舞的冬天，煮鱼放点辣椒酱去腥提味，吃火锅，吃羊肉、喝羊肉汤，最是离不开红红的辣辣的大椒酱，那种从嘴辣到胃，再从胃暖到心的感觉，绝对是吃辣椒酱的至高境界。

我从前的一位邻居，最爱大白菜烧肉，一块方方正正的大块肉，用辣椒酱一蘸，放入口中，到嘴到肚，爽！后来我也照着样子吃了，真是美味！不仅仅是羊肉、猪肉，还有牛肉，红烧大肠，大煮干丝，辣豆腐，这些菜，对于喜欢吃辣的人来说，是非放辣椒酱不可的。听人说辣椒酱越存越好，存在椒酱还有治病的功效。但我仍喜欢一年一做的新鲜大椒酱。

每年，我都是在空气中闻到辣椒和大蒜的香辣味，才想起："要买辣椒做辣椒酱了"于是赶忙去菜场找熟识的卖菜老板定下斤重，说上要求，请他代批，第二天带钱去取。今年我窝在城里的高楼里，没闻到熟悉的辣香味，少了嗅觉的提示，竟忘了买辣椒做辣椒酱了。

眼看过了重阳节，天，一天冷似一天。一天，看到微信朋友圈里的"坚持做传统食材搬运工"的小岗人发了一段话："寒风起，天转冷，暖壶老酒炖黑羊……"哇！我这才惊呼：今年我还没做辣椒酱呢！

连忙催先生买红辣椒。先生是个慢性子，爱磨叨，一会说这几日是阴天，不能买；一会说又涨价了，再等等看；一会又说没有看相好的红辣椒……又拖了好几日，终于在一个有阳光，天气晴朗的日子买来了红辣椒、大蒜瓣、生姜还有食盐，比例是十斤辣椒，二斤生姜，二斤大蒜瓣，二斤盐。只是红辣椒比先前贵了一倍多。

辣椒，买的是小米辣。不是本地的红辣椒，本地红辣椒辣不到位。先生说，小米辣做成辣椒酱，到了冬天，羊肉一"拖"，保把你头上吃得汗直淌。

买好了小米辣，先生从邻居奶奶家借来小竹匾，把小米辣倒进去，先拣掉烂的，有虫的，有斑点的次椒，再放入大盆里用水清洗。一遍，两遍，三遍……直到清水为止。然后摘除梗。摘梗要戴上皮手套，有一年我摘梗没戴手套，手辣得一夜没法安眠。火烧火燎。后来我有经验了，拣椒，洗椒，摘椒梗一连套的操作都戴上皮手套。这次我和先生轮番摘。他摘会儿就去喝杯水，我摘会儿看会儿抖音，劳逸结合。整个上午我们两人就耗在这小米辣的梗上去了。摘完辣椒梗，路过的邻居奶奶说辣椒梗还可以不摘。就有人家连梗粉的。我"啊！"了半天说不出话来。

摘完小米辣的梗，正中午，我们将小米辣平摊在竹匾里，放到太阳下风干水汽，收到一个我家每年做辣椒酱专用的红色塑料桶里拎去"粉"，有人叫"机"，也有人叫作"碾"辣椒。

我们正提桶欲行时，热情的美邻说："没听机响不要去。第一家上机，机是空肚子，没准能吃掉你二三斤大椒不费劲。等机响了，别人机过你再去。"我和先生听美邻的劝告，左等机不响，右等机不响。慢性子的先生都等着急了，说"个个都不想第一个上机，会不会今天就不开机？不等了，去机。"想想也是。和先生一前一后，他提辣辣桶，我拎盐姜蒜，去粉大椒。

粉辣椒的地方我是熟悉的，二十多年一贯的老地方，老门面，有点陈旧。粉辣椒的师傅我也认识，是位小个子男人，几十年过去，看上去他身材好像是被时光缩过水似的更小了。师傅看了看小米辣，又看看我俩问："怎么到现在才粉大椒的？太迟了。"我说："什么时候粉才算是最好的时候？""最好是立秋前三天。""哦？""立秋前三天，是二茬椒，皮厚籽少，最好。你这是尾椒，你瞧瞧都是筋和籽，没肉相，不好吃。再加上你买的不是本地椒，是东北小米辣，更是少一等味。"师傅不厌其烦地说。我说:"本地椒不够辣。"师傅说:"你可以根据喜欢吃辣的程度五五,或三七放本地椒,这样做出辣椒酱会更好吃。"说着师傅就将生姜、蒜瓣、盐和小米辣用手搅拌,"盐也少了,十斤辣椒要放三斤盐。"我连忙说:"我再买一袋盐""再买两袋。姜蒜也是斤重,不放盐吗?"说着师傅还准备放水,我尖叫:为啥放水?我好不容易将水晾干……"不放水,太干,没法粉,你瞧你这小米辣都是种子,种子吸水。""早知道我洗过就不吹晒了。""以后,辣椒水洗后,淋水送来粉正好。""哦!师傅,那我的配料合理吗?""这因人而异,有人家,放酒;有人家放芝麻;还有人家放味精放糖……放姜、蒜、盐的属传统口味,也可以说是大众口味。"说得我像听天书样惊奇。这时师傅插上电源,拉开电闸,机器轰鸣。小米辣的辣香味呛得我们直打喷嚏,把我和先生呛得躲到师傅家后门去了。

哇!师傅家后门外,另有一个天地。竟有老北京四合院的美,偌大的庭院里长的不是树木花草,是一畦畦,一行行,青菜、萝卜、葱、蒜、香菜,方寸之间,葱葱郁郁,整齐划一,美感十足。我惊奇在这市井之地还有田园之美。

不一会辣椒酱粉好,辣香味满屋。这时门外来了几家粉辣椒的,大概听到机器声响的吧?

我和先生拎着辣椒酱正往外走,师傅叫住我们说:"到家别急着装瓶,先放三天,三天后再装瓶……""为什么啊?"我和先生像傻子样同时问。"辣椒酱会发酵,早早装瓶子会爆炸。"我终于知道,有一年我家辣椒瓶盖半夜"嘭"地飞上屋顶,是什么原因了。

"生活里处处皆学问。做个辣椒酱,都学到不少知识。你看,粉辣椒酱师傅懂那么多,服务又那么好,再平凡的人身上也有耀眼的光芒;谁又会想到那么简单的一个门面后面竟有我们想不到的美景……"回到家,先生一直咕咕叨叨不停。

平凡生活里,美好无处不在,只是我们行走的脚步太过匆忙,没在意而已。

童年的中秋节

中秋节的名儿很是不少，祭月节，月光诞，月夕，秋节，拜月节，月亮节，团圆节……不过在我童年的时候，我们那儿把中秋节叫作八月半。

记得一过七月半，祖母就会说，好快啊，一晃马上又到八月半了。她也常会用"八月半不给我们糖饼吃"之类的话，来吓唬调皮捣蛋、不听话的小妹和我，每当夜晚来临的时候，忙活一天的祖母，会在晚饭后，叫我帮她点上一袋烟。我将她的小烟斗装上烟末，就着煤油灯点着，偷着嘬一小口，再递给她。祖母接过小烟袋深吸一口之后，慢悠悠地说：今天是初几，一晃就到八月半了，到了八月半，年过一大半。时间过得真快啊！一心巴望着吃糖饼的我急忙说道："不快，我觉得过得太慢哩。"

乡村里人平常日子过得再怎么紧巴，到了八月半这天，中饭也要比平时吃得好——喝了几个月稀汤薄粥的人家，这天也一定会吃上米和糁子饭——这天村庄的空气里都会飘着丝丝葱花油盐的香味，有的人家窗户缝还透着肉香味。在乡村除了过年，很难闻到这种让人馋涎欲滴的诱人香味。吃完中饭，祖母就忙着炒芝麻，做糖饼，赶着晚上赏月。糖饼的面是祖母起早发下去的，面有"雪子面"、小麦面、大麦面……小麦面和雪子面，细白，在当时属精粮，少有人家舍得吃。贫穷人家大多用大麦面做饼，大麦面浅棕色，是粗粮。祖母会做一点小麦面饼和"雪子面"饼用来待客，给我们则只让浅尝辄止，然后再做多一些大麦面饼给全家人吃。炒好芝麻，拿到药店里的药碾子上碾碎，拌上白糖，再包起来，外形看起来如满月一般圆。然后再贴锅而炕，反复翻动，直至两面脆黄，寓意全家团团圆圆，甜蜜美好的糖饼就这样诞生了。

夜晚，明月升起来的时候，祖母会把刚做的糖饼和家里囤的所有食物端出来，摆放到桌子上，再抬到院子中间，敬拜月神。祖母嘴里还念念有词，小时候我曾千万次问过祖母说的是啥？祖母就是不告诉我。现在想想一定是祈求月神保佑，五谷丰登，阖家团圆，生活美好之类的话。敬过月神以后，我和妹妹才可以享用桌上的糖饼，菱角，藕，柿子之类的美食。这等待的过程十分漫长，美食当前又不能食用的感觉让我和小妹备受煎熬，这期间因为我们的心急，不耐烦，禁不住美食的诱惑，伸出去的小手被祖母的大手敲回去若干次。拜过月神以后我们一边吃着美食，一边缠着祖母讲故事。大字不识的祖母不会讲什么故事，她只会仰望天空感叹："啊！今晚的月亮又大又圆又亮。"有一次祖母告诉我们月亮里住着一个非常美丽的仙女叫嫦娥，可我年年瞧就是没见着嫦娥的影子。

一晃，祖母已逝去三十多年了，我们将八月半叫成中秋节，糖饼也叫成月饼。每近中秋节，看到超市琳琅满目的月饼，就会想起我童年的中秋节，会想起乡村的天空里飘着好闻的油香味，想起祖母揉面做饼，锅前灶后忙碌的微驼背影，想起祖母将炕好的大麦面饼、小麦面饼、雪子面饼……一一呈放在桌子上敬月神的那份神圣与虔诚，十分怀念饥饿岁月里吃上祖母做的糖饼的那份甜美，那是人间至美的美味，让我唇齿留香，终生不忘。

南瓜饼

在我们老家有过冬（冬至）这天吃南瓜饼的习俗。传说过冬这天吃南瓜饼，一年不会头痛。在冬至的前几天，女儿就提醒我数日前的那个承诺，冬至做南瓜饼。

是夜，我端坐桌前，想把记忆中祖母做南瓜饼的步骤写下来，便于操作。不知不觉，笔下竟出现了一圈圈图案，南瓜饼的图案。在这块似乎带着温度的南瓜饼上，印出了我每一次品尝南瓜饼的经历。

那是一个有风有雨的冬至的早晨，因为祖母病着，我第一次过冬没吃上南瓜饼，也没吃早饭空着肚子上学，第一节课时就饥肠辘辘，三节课后饿得浑身出冷汗，身体越发寒冷，小小的我，蜷缩在教室的墙角处。突然，一阵香味直扑鼻翼，我抬起头，眼前是一块烤得黄灿灿地冒着热气的南瓜饼，透过热气，我看到了祖母那张布满慈爱的脸。原来祖母知道我没吃上南瓜饼，也没吃早饭就上学，心疼。强撑着给我做了南瓜饼。我吃着又香又甜的南瓜饼，觉得这是世上最好的美味，多少年过去南瓜饼那特有的味道，一直在我的唇齿间留存。

记忆中，一直有这样一幅画面，颠着小脚的祖母，家里家外忙碌着，将自家田里长的南瓜，去皮，洗净，切成小薄片上锅蒸熟，加入糯米面白糖揉成面团，分成小团子，做成窝状中间包上炒熟的芝麻拌糖的馅，搓成饼放入锅里炕，直到诱人的香味弥漫满屋子，祖母用沾满面粉的手，捏了一下我的鼻子，再从锅里铲一块热气腾腾的南瓜饼，放进碗里，送到我手里。

上高中，我是住堂生。那年冬至我没能回家，祖母托邻居同学给我带来南瓜饼。当我打开用棉布一层又一层包裹着的、温热的南瓜饼时，泪水模糊了我的双眼……

我结婚有女儿了，祖母从遥远的老家捎来南瓜饼。吃祖母做的南瓜饼，想着风烛残年的祖母，我的心竟有些许沉重。一年年，一岁岁我一直吃着祖母做的南瓜饼，直到祖母逝去。

父亲小时候家里很穷，受饥挨饿，靠吃瓜菜萝卜充饥，长大后对瓜菜之类的特别排斥。年纪大了以后父亲又是糖尿病，母亲血糖高，从不做南瓜饼。祖母离开我们以后，父母深知我对南瓜饼的偏爱，每到冬至亲自做。甚至每年的年夜饭也少不了南瓜饼。每次做南瓜饼时父亲是主打，母亲是帮手，他（她）们常在厨房里研究讨论怎么做南瓜饼好吃，争论得不亦乐乎。父母做的南瓜饼的形状、口味和祖母做的南瓜饼如出一辙，致使我品尝着父母做的南瓜饼，便会禁不住思念已故的祖母。

几十年来每到冬至我一直吃南瓜饼从未间断，以前是祖母做，后来是父母做，这何尝不是一种爱的传递。所以，当父母去世后，一向笨拙的我决定以爱的名义，亲手为我女儿做一回南瓜饼。

我在头脑中一遍遍回放着祖母当年做南瓜饼的情形，又到百度上搜索了南瓜饼的做法，还找楼下的一位老奶奶询问了做南瓜饼要点，自我感觉准备工作做得很充分。冬至前一天，我按照记录下来的工序，开始做南瓜饼。

不长时间，各种食材齐全，动手拌面。面有点多，我就加点水，水有点多，我就加点面。正当我胸有成竹，准备大显身手时，不知什么环节出了问题，面越搅拌越稀，越搅拌越稀，无法做成饼，无奈中，只得一遍又一遍地加糯米粉，从小半盆，拌到大半盆，从大半盆，一直加到满盆。南瓜饼，本该唱主角的应该是南瓜，却被糯米粉硬生生地逼下台，变成了糯米面饼了。

倒腾半天，我才做成南瓜饼。我呆呆地望着面前这一块块没有南瓜味、形状丑陋的南瓜饼，一点食欲都没有。特别是那一大盆面糊糊，怎么处置？不知什么时候女儿悄悄来到了我身边，拿起一块南瓜饼就往嘴里塞，她望望满盆的稀面，又望望盘中形状奇特的南瓜饼，再望望满手满脸都沾着面，一脸狼狈的我，笑嘻嘻地问：妈妈，你确定你小时候吃的南瓜饼就是这形状？你确定外公外婆做的南瓜饼就这口味？我悠悠地叹口气说："就名字一样——叫南瓜饼……其他都不一样。"女儿笑着说："妈！很好吃。"我知道女儿是在安慰我，大概为了证明我做的南瓜饼的确好吃，紧接着她又伸手拿了一块饼送进嘴里。

此时，我最纠结的是这盆面糊糊，送人？还是……女儿连忙说，妈，这不能浪费，放着慢慢烤着吃，我喜欢吃妈妈做的南瓜饼，无论好丑，都喜欢。因为有妈妈的味道，爱的味道……说着还在我的沾有面粉的老花脸上亲一口。

女儿说的话让我陷入沉思，我终于明白这么多年来为什么我总怀念祖母和父母做的南瓜饼，不是因为当年的南瓜饼有多美味，有多精致，而是怀念那逝去的时光里弥足珍贵的爱的味道……

老家的盐卤豆腐

在我老家有名的豆制品是豆腐、百页、茶干。位居三大豆制品之首的是豆腐。阜宁特产中有"硕集的百页，戚桥的茶干"，就没有某某地方的豆腐，因为在我们老家只要是盐卤豆腐，都很好吃，不分伯仲。如果一定要分出高低，我就说我的二爷爷做的豆腐最好吃。

20世纪70年代初，父母回乡教书，没有房子住，大队就把我们一家安排到一个废弃的旧队房里，在我们住房的隔壁就是二爷爷的豆腐坊。我曾有幸目睹二爷爷做盐卤豆腐的全过程。

二爷爷做豆腐都选新收的黄豆。我常看到二爷爷在餐前饭后用筛子筛，簸箕簸黄豆，去掉草木和沙土等杂质，再用清水洗净。二爷爷把洗净黄豆浸泡于水中，夏天泡豆4—6小时；冬天要长一倍，泡好了豆子，再用石磨磨。二爷爷推磨，二奶奶帮磨，帮磨可也不简单，要瞅着磨速加水加黄豆，添加黄豆和水的动作要与磨速协调一致，这样才能磨出细腻而嫩滑的豆浆。接下来由二爷爷用滤网布把磨好的豆浆糊5千克（约相当于1千克干黄豆）加入约20℃的温水2.5千克，拌和均匀后装入布袋，吊起布袋，用手摇动，待浆液流出，反复这过程3—4次，直至浆液沥干为止。再将过滤后的生豆浆放入锅内，猛火加热煮沸，煮至锅里面豆浆泡沫破裂，停火便得熟豆浆。把熟豆浆舀出冷至80℃时即可点浆。点浆时用小勺将豆浆向前不断搅动，慢慢加入盐卤水，当豆浆粘勺后，搅动放慢，加盐卤水的速度也相应放慢，直到豆浆出现玉米大小的豆腐粒时，停止搅动，盖上锅盖，半小时再进行包浆工序。包浆就是把豆腐脑倒在铺有棉布的木格内，包好，用重物挤压，把水挤干成型。

做豆腐过程十分复杂，不但要掌握好火候，还要保证水和卤的精确用量。所以做豆腐的人要心细人巧，还要能吃苦耐劳。二爷爷五更起，睡半夜做好豆腐，天还黑漆漆的就挑着豆腐担子走村串户去卖豆腐。

我家乡盛产豆腐，但我小时候很难吃到豆腐。因为贫穷，也因为那时二爷爷还没做豆腐。那时要么是祖母赶集买上一块豆腐，要么是卖豆腐的人隔三岔五地吆喝上门才有豆腐吃，每吃到豆腐，我都喜欢得跟过节似的，早早地趴在锅台旁专等祖母敲豆腐。敲豆腐，就是左手轻握豆腐，右手拿刀，将豆腐切成需要的块状，我们老家的土话叫"敲豆腐"。祖母一敲豆腐，我就伸出小手要，祖母经不住我央求，就敲一小方块豆腐放在我手心里，并用刀背轻敲我的手说"小馋猫"。一小块豆腐到手便到嘴，到嘴到肚。祖母把豆腐敲得方方正正，非常好看，我好喜欢看祖母敲豆腐的样子，几十年过去，我还记忆犹新。当祖母把炕得金黄滚烫豆腐端上桌时，我迫不及待地要先拣一块进嘴，祖母用食指敲打我的筷子，将到嘴边的豆腐打掉说："烫！心急吃不了热豆腐，小心烫着。"而这时父亲和母亲会心一笑说："豆腐就是我的命啊！"长大才知道父亲说这话是有典故的。从前有个秀才，很爱吃豆腐，豪言说："豆腐就是我的命。"有一次去应酬，桌上有豆腐也有肉，秀才大块吃肉，旁人就说你不是说豆腐是你命的吗？秀才说：有肉我就不要命了，后来大人们都用豆腐就是我命，形容自己多爱豆腐。

因为豆腐，有"都富""陡富"的谐音。寓意富足美满。在我们家乡逢年过节，生日满月喜庆的日子少不了豆腐上桌。老家有俗语："豆腐不耐馋，吃的是热和咸。"也有一歇后语叫"咸菜煮豆腐——有盐（言）在先。"说的就是豆腐要热得烫嘴，咸得入味才好吃。除了喜庆的节日吃豆腐之外，在我们老家清明节、七月半、过冬，还有先人的祭日这些特殊日子也有吃豆腐的习俗，传说滚热的豆腐能温暖老亡人冰冷的心。

二爷爷年事已高了，眼神不好使，丢东忘西，做不了豆腐，腿脚不灵便，也不能走村串户卖豆腐。但每到过年二爷爷还会颤颤巍巍地为我们家单独做一包豆腐，放在装满清水的木桶里，水每天换一次，能吃一个月。整个正月，豆腐是主角。萝卜煎豆腐，大咸菜煮豆腐，戳豆腐，豆腐羹，饭锅头炖豆腐，青菜豆腐汤，萝卜豆腐汤，慈姑豆腐汤，蚕豆米豆腐汤……贫穷的岁月，有客至，豆腐上前，是最高的礼遇。喜欢吃辣的人再蘸上自家做的红辣椒酱，又咸又辣又烫，把客人头上吃得直冒热气，额上沁出汗珠。这时才能真正领会秀才说的那句话："豆腐就是我的命。"

时光如流水般地流逝，一天天，我们的日子越过越宽裕，物质也越来越丰富，不差钱的人啊，疯了似的胡吃海喝，在大鱼大肉，山珍海味面前，豆腐显得那么平淡。经过数年饕餮盛宴过后，有不少人得了糖尿病、高血压、高血脂、脑血栓……这时他们才想起老祖宗说过的话："青菜豆腐保平安"，想起美味、健康、绿色豆腐来了。于是，豆腐又频繁地出现在快捷餐厅、饭店、寻常百姓家的饭桌上了。

后来，我离开家乡，二爷爷又过了世，我想，我很难再吃到乡情浓郁的盐卤豆腐了。哪知每到过年，侄儿都会做好多包豆腐送给我们远在他乡的兄弟姐妹们分享。这么多年过去，豆腐，都富。亲人的美好祝愿，乡味乡情乡愁一直氤氲在异乡游子的心中……

做黏团

在我们老家过年除了蒸馒头以外，还会蒸黏团。特别是乡村，十有八九的人家过年一定会蒸黏团。馒头和黏团的区别，它们的外皮一是用小麦面做，另一用糯米面做。

过去村庄里的大人们进了冬，农事闲了，就忙过年。忙年首先就是晒雪子面。淘糯米，浸糯米，碾糯米成粉，在暖阳下晒，远远望去，呈白雪皑皑状，老人们就称之为"雪子面"。雪子面，是做黏团的主要食材。

做黏团准备的食材不仅要雪子面，还要碎米面，红豆、芝麻、猪油、糖。听姐说十斤雪子面加三斤碎米面搅拌后，才能做黏团。全用糯米面，做出的黏团太黏且瘫软无形。过年诸多讲究，"瘫软"形状的黏团要不得。

先做馅，别小看那团馅好比演员们上台，"生旦净末丑"每一样食材都不能少。将准备好的食材按比例，照顺序，粉墨登场。一斤芝麻粉，二斤猪油，二斤糖放在锅里熬，等糖化开后，再放四斤红豆沙，拌炒，直至均匀，再搓圆成馅。做黏团的外皮，用滚热的水搅拌雪子面、碎米面，反复揉搓，做成窝状，装馅入窝，包馅成团，大小盈盈一握，形如元宵，又比元宵大。然后将一个个团分批放在热水里氽滚，即刻捞起放到盛有糯米的小扁子里，让团在小扁子里自由自在地滚来滚去，干糯米就像晶莹剔透的白珍珠吸附在团的表面。将滚好的珍珠团，即刻放在蒸锅里蒸，20分钟后出锅。香甜可口、营养丰富、晶莹剔透的黏团就这样诞生了。

这些过程都是我姐教给我的。此时我才知道看似很简单的小小的黏团，做起来竟这么复杂。我姐说她每年过年都要做三百多个黏团，断断续续要忙三天。忙得腰酸背疼，站都站不直。

父母在世时，姐和我们一样，从不为蒸馒头、做黏团操过心。每到过年，父母都会从老家出发经小镇去县城到市区，儿女的家就是父母的农田，他们像农民播种一样每到一家就撒下他们辛劳得来的"种子"：馒头、黏团、咸鱼、腊肉、香肠、肉圆……我们不问西东，只管收获。

直到那一年，父亲因脑梗，成了植物人，又一天母亲突然腹痛不已，胃穿孔需要手术。临上手术台，母亲紧紧抓着姐的手说："我走了，记着过年过节做吃食，别忘给他们带点啊……"当时，我们觉得那是小手术，母亲说了多余的话。有她在，我们就有好吃的馒头、黏团、腊肉、香肠、肉圆……哪知这是母亲今生最后的嘱托。七十二天后父亲也离开了我们。

一年年，姐不负母亲的嘱托，年年为我们做黏团、蒸馒头。姐，是巧人，做啥，啥好。姐做的黏团，口味纯正，妥妥的家之味。

人在不同年龄，会有不同的想法。一直不谙家事的我，从不烧烧煮煮的我，近来突然对传统美食制作大感兴趣。那日，我对姐说想学做黏团。姐悉心教我，我记在脑里，恐日后忘记，今又写在纸上。我想，不管时间多久远，不管我们身在何方，都记着家乡的美味！

蒸馒头

这辈子没有人指望我能蒸馒头。因为我拙。不是一般的拙，是特拙的那种。

记得我小时候的小孩子没有玩具，只能玩泥巴。每年芦叶青青的时候，我们就会用芦叶包裹泥巴，玩包粽子的游戏。最先，我和姐姐一起学，一年年，待姐姐包的粽子吃到我嘴里时候，我还不会包粽子。后来我又和妹妹一起用泥巴学包粽子，妹妹也会了，并且有实战经验，我仍没学会。有了女儿，我又和女儿用泥巴做学包粽子游戏，女儿也学会了，我仍然没学会。女儿很小的时候临到过年过节，我就心事重重。真可谓："知我者谓我心忧，不知我者谓我何求。"我惭愧五月端午一家人吃不上我包的粽子，八月半吃不上我做的糖饼，过年吃不上我蒸的馒头……

有年端午节我对父亲说出我的忧愁。清晰地记得，父亲手指上夹着香烟，使劲地吸了一口烟后，安慰我说："拙闺女，别焦心思，只要你妈在世一天你就有得吃。我们不在了，爸告诉你一个法子，电饭煲煮饭你会不？"我点点头。"淘点糯米，一层糯米一层粽叶，爱吃大枣粽子，在糯米里放点大枣，爱吃葡萄干粽子放点葡萄干……像煮饭样放水，煮好就是。除了样子不像粽子，其他口味都像。"说完哈哈大笑而去，我这才知道，父亲在取笑我。

我不仅不会包粽子，也不会搓圆子、包水饺……这些主妇必备技艺我都没有，因此在我们家没人指望我过年能蒸馒头。

在乡村一年中最盛大的节日是过年，而蒸馒头又是过年这大节日里的头等大事，一个聪明能干的主妇往往都会为过年蒸馒头这事着急忙慌，谁会指望一个这辈子连粽子都不会包，饺子捏不好，圆子都搓不圆的拙妇蒸馒头呢？

那一年母亲胃穿孔手术，手术前母亲拉着姐姐的手说："记着，过年过节别忘了给弟弟妹妹带点东西啊。"母亲在生死攸关的时刻竟说出这句话，可想而知母亲有多为我们担忧。

以后年年过年过节姐姐不忘母亲嘱托，五月端午的粽子，八月十五的糖饼，过年的馒头和黏团，都会为我们准备。这一年姐做个小小手术，没能忙年，我就想替姐姐完成母亲交代的任务。

进了农历十一月，就有人家忙年事了。进了腊月门就有人家蒸馒头了。我问姐和妹"今年蒸馒头吗？"她们都头摇得跟拨浪鼓似的说：不蒸。吃不了多少，到外面买点就可以了。我自告奋勇地说：我蒸。帮你们带点。她们慌忙说："你别，务必不要给我们带。"我知道她们不是不需要，是怀疑我的能力。这不能怪她们，连我自己心里都没底。

尽管姐妹们一再拒绝，我还是在私底下悄悄地准备着蒸馒头的事宜。

首先预订蒸馒头的店铺和时间。馒头我不想在小镇蒸，想去县城蒸。我们小镇人家包的馒头，个头特大，一顿一个吃不了，浪费。最主要，包心少。你一口两口别指望咬到包心，第三口，有可能会咬过了，感觉不是吃馒头，吃的是个大面卷子。县城蒸出的馒头，小巧玲珑，皮薄芯多，不但吃上去有滋有味，看上去也有模有样。但县城蒸馒头的店铺多呢，谁家最好？不知道。于是我想起闺蜜的姐姐，我的同事，她在做吃食方面，达至高境界。我就打电话给她，并请教蒸馒头有关细项。做过居委会领导的老大姐，热心善谈、有能力，在几分钟内她把蒸馍头店铺的地址，位置，姓啥、长相、性格、优点，都一一告之于我。总结了一下，主要是这家包心包得多，面又筋道，卫生，收费不高，还服务周全。

我立即按照老大姐说的，去找这家店铺。中途打了几个电话，还视了频，确定无疑，才走进这家店铺。这是个早点铺，代卖包子。接待我的是老板娘，长得跟过年的馒头似的白白胖胖的，见人一脸笑，讨人喜。听我说要来蒸馒头，说先登记，留下姓名，留下电话号码，写下蒸馒头日期和斤重。老板娘建议日子往月头定定，不忙。我说腊月初六初八，吉祥数字。她说初四以前已被人订满了。我说那就定腊月初二行不？老板娘说，行。斤重蒸多少，我犯难了，蒸多了，万一不好吃，又不能送人，自己吃到猴年马月？蒸少了，兄弟姐妹不够匀。也不行。我纠结。"多少斤？"老板娘又催问。我牙一咬："定四十斤。"登记好，我在屋里打着转自言自语：先买肉，还是先买萝卜、马齿菜呢？低头忙活的老板娘接话说："一看你就没蒸过馒头，我告诉你，先买马齿菜干。在炒包心的前两天放在冷水里泡，一遍遍洗，马齿菜脏呢。在炒包心的前一天买好猪肉放在冰箱保鲜里，等到炒包心这天早上买萝卜，洗萝卜，刨萝卜，放盆中。再洗肉摇肉。马齿菜用热水一焯，甩干，切碎待炒。然后焯萝卜丝，甩干待炒。简单呢。"

听着就不简单，哪有简单的事啊？我突然羡慕起包子铺的老板娘了，能干。还有一个比她更能干的丈夫——包子铺的老板，听说发面、包包子是一把好手。

这以后直到腊月初二的漫长日子里，我神神道道，满脑子都是馒头、包心，包心，馒头……走到哪遇着熟人、朋友扯着扯着，就扯到过年蒸馒头这事上来了。

那天去菜场碰到孔奶，孔奶在我们周围是顶会弄吃的人，也讲究。听说我要蒸馒头，孔奶嘱告我说，炒包心不能都用素油，素油用多了，馒头颜色不好看，会发黄。多放点猪油。用猪油炒出来的包心，包出来的馒头有滋有味，扮相也好看。马齿菜要早泡，提前一两天泡，多清洗。还有，炒包心要比平时吃菜咸点，一蒸会淡许多的……热心的孔奶一心想把有关蒸馒头的重要知识毫无保留地传给我，一直说，连逗号都没有。

以前我也听人说过蒸馒头尽量少用植物油，多用动物油。今听孔奶一说，更是确定。于是我买了十斤猪油，熬油。这熬油也需要技术，我先到百度和抖音上搜索熬油大法。然后结合老祖宗留下的一些方法，进行糅合，我有了自己熬油的方法：先将猪油用温水洗净，切小方块，用冷水焯开。然后捞起，洗净。少加点水在锅内用文火烧热，慢熬。熬好放入有几颗五香八角还有几粒黄豆的钵子里。还可以放点盐。说便于存放。

一天亲家母打电话，聊着聊着，又聊到蒸馒头这事上来，亲家母说马齿菜清洗干净后，用冷水焯一下，焯过压干后要迎着灯光或阳光照看有没有杂东西，一看一准。一把一把看，然后再切碎。

我记着所有热心人的提示，小心翼翼地做准备。初二包馒头，初一一定要把包心炒好，二十九晚前泡四斤马齿菜干。十一月三十早买二十五斤猪肉（猪前夹）放冰箱保鲜，初一买好二十五斤萝卜洗净，刨好，放盆里备用。然后将猪肉拿骨，除皮，切块。我正焦心思肉皮的吃法，邻居马奶奶来了，她说肉皮，洗净，去毛，焯水，煮熟，切块，到摇肉机里摇碎，放到包心里好吃呢。马奶还说，上次熬的猪油渣放绞肉机里摇碎，做包心味高一等。

我选下午一点顾客稀少的时候去菜市场摇肉。把肉皮摇好放一袋，猪油渣摇好放一袋，瘦肉摇好放一袋，肥肉多摇几遍放一袋，二斤葱一斤姜摇好也放一袋。

吃过午饭，先焯萝卜，甩干备用。后焯马齿菜，甩干。灯下照看杂质，看完切碎备用。然后倒菜油（孔奶说菜籽油香）用文火把生姜葱炒香，先放肥肉煸炒，再依次将瘦肉、肉皮，猪油渣放入大炒，炒干水分，炒出油，炒出香味来，再放萝卜或马齿菜炒，放猪油继续炒，后放盐、味精继续翻炒，炒匀盛起。美味无比的包心成功。放入大盆中冷却。

第二天下午将包心送到包子铺……

蒸好的馒头送给姐，姐夸。送给妹，妹赞。送给弟，弟竖起大拇指，说好吃。老公吃一只馒头说一次："我敢说家陀螺（家乡话周围）没有人家馒头超过我家的。"此时，我心里想的是可惜爸妈这辈子没能吃上我做的馒头。

原来，世上有好多事，只要我们肯努力，都能做好。

团　子

　　团子，有的地方叫"肉丸子"，有的地方叫"坨子"，有的地方叫"肉圆"，感觉都没有我们苏北阜宁老家叫"团子"好听。老家年年大年三十家家户户吃团子，大年初一家家户户吃圆子（元宵），合起来是团团圆圆，寓意阖家团圆、幸福美满。

　　我小时候除了年三十能吃上一顿团子，还有就是吃酒席才能吃上团子。儿子结婚、女儿出嫁，盖房子上梁、生孩子满月……有酒席就必有团子。老家酒席的"六样头"和"八大碗"都离不开团子。故在我们老家会把儿女婚庆喜宴称作"喝喜酒"，或称"吃团子"。

　　十月向后，乡村里喜事多。办喜事首先得炸团子。炸团子一定是请村庄里厨艺最好的妇人炸。她炸的团子口味一定是得到庄上绝大多数人认可的，吃起来会让人欲罢不能。但再好吃的团子，也不是任意吃的，由于生活条件限制，团子是当时酒席上的头牌硬菜，因此老家有个硬性规定，每桌酒席按人数乘以三加二上团子，每人平均三只，留两只给主家表示"积善之家，必有余庆"。团子之所以在酒席上如此受欢迎，最主要的是人肚里没有油水，而这种用猪肉制作的食品一可以解馋，二可以补充油水。当然还因其为肉糜所做，宜嚼宜消化，牙口好的青壮年可吃，刚长牙的膝下之童、无牙的耄耋老人都可以吃。

　　乡村人对喝喜酒——吃团子是十分向往的。我现在还记得，一直都在家烧锅摸灶、大门不出二门不迈的小康妈、小腊妈穿上常年压在箱底的竹布褂子，对祖母说要去吃团子时的兴奋和欣喜。大人去吃团子，有时会带上自家最疼爱的小老巴子(最小的孩子)，土话叫作"锅铲子"。做锅铲子小孩没有席位，不上桌，只能在边上吃。带小孩子的大人可以把自己该吃的三个团子省下来留给自家孩子吃。喜酒，喝得歪歪扭扭。团子个头大，肉多配料少，吃得好，微醺的客人会借着酒兴对待客周到，处事大方的主家赞不绝口。

过年炸团子不会早早炸，都会在年三十晚前一天(小三十晚)炸，因为炸早了，经不住馋嘴的孩子磨摸，因此炸团子成了家家户户忙年的压轴戏。炸团子那天孩子们是没心事玩的，会围在桌旁锅台边一步不离地盯着看。记得有一年爸爸边炸团子边问围在锅边的四双小眼睛今年你们要吃几个团子？"三个""十个"争先恐后地作答，只有我望着锅里金灿灿的、肉香扑鼻的团子豪气万丈地说：三百个。引来一阵嘲笑，一年年，每每吃到团子，家人们就会用"三百个"来糗我。再后来我上学读过唐诗了就理直气壮地回怼：李白"桃花潭水深千尺，不及汪伦送我情""飞流直下三千尺，疑是银河落九天""白发三千丈，缘愁是个长""危楼高百尺，手可摘星辰"和我"吃三百个团子"一样都是用的夸张修辞手法……我搜肠刮肚把学过的几首唐诗一股脑背了出来。

炸团子可以用纯猪肉做，也可以加些其他食材。那年月没有一家舍得做纯猪肉团子的，都会根据个人喜好要么放山药，要么放白萝卜、要么放荸荠或糯米……放这些不是为了好吃，是为了分量多。不管放了什么，放多少，我们还都叫它团子。在我们老家团子里放得最多还是白萝卜。一来白萝卜营养价值高，乡村里老人说萝卜上市，医生气得断气。再来，我们老家盛产山芋、萝卜，萝卜不值钱。

婚后我们炸过一次团子，纯手工操作。剁肉、霍(搅拌)肉都让年轻有力气的先生包了，一波操作下来累得他龇牙咧嘴，大呼腰酸胳膊疼。兑料是最要求技术的，我亲自上阵。记得那次团子总是做不圆，要散，一遍又一遍地放团粉(山芋粉)还是散。我手忙脚乱，一筹莫展。后来请来了邻居奶奶帮忙才把团子勉强炸好，不散，撂多远都不散，但特难吃。自此，我再也不炸团子了，听老人们讲，一年到头团子炸不好，新年运气也会孬。这话虽然迷信，但让我从此没了炸团子的勇气。怎么办？请人炸。求人难，逢年过节，炸团子就成了我一桩大心事。幸运的是后来我认识了做家宴的陈五妈夫妇，五爷炸团子是小镇出了名的好吃，我家炸团子的事就包给他们。有陈五爷陈五妈鼎力相助，我们天天都可以吃团子，有时清蒸，有时油炸，有时汤烩，有时红烧……

炸团子需要哪些食材？陈五爷说"你只管买十斤猪肉、六七斤白萝卜、十只鸡蛋、五两姜、五两葱，其它调料我贴。"其他调料还要啥？我也没问，这是五爷的"商业机密"。虽然现在所有人都有条件吃上纯猪肉团子，但绝大多数人还是喜欢炸萝卜团子，一来放萝卜提鲜提色，二来萝卜团子养生健体，最主要萝卜团子那种特有的香味会把你我尘封在旧时光里的小馋虫都钓出来。

五爷还特别交代，先用三四斤瘦猪肉和葱姜多绞三四遍，这样葱姜不会有炸糊的味道。要想团子有劲道，一半肉丁一半肉末。萝卜少放点，萝卜放多了会变味，不放又没味。味精也要少放或不放，鲜过了不好吃。肉要好的猪后腿肉。猪肉好团子才香。我喜欢吃炸得老些的团子，喜大大且圆圆的。大，有大发之意；圆，寓意团团圆圆。吉庆。

陈五爷炸的团子始终氤氲着老家的味道，是乡村的特色。我把五爷炸团子的照片发到朋友圈引来远方游子们一大波口水和思乡的潮水。

年　味

春节将至，居住的城市里弥漫着浓浓的年味，街头蒸馒头的店铺，热气腾腾，忙得不亦乐乎。随着氤氲的热气，我的思绪穿越了半个世纪，回到我童年的时光……

那时大人把过春节都叫过年。过年，对于小孩来说意味着有好吃、好穿、好玩。那时候，我每天掰着小手指算时间，期待着过年，而年就像一位蹒跚的老人，行走在四季的小径上，我延颈鹤望，她行迈靡靡。

初春，祖母用独轮车从集市上推回了一只小猪崽，说等猪崽养成肥猪，过年杀年猪吃；仲夏，祖母在田野里汗流浃背地劳作，说收了麦子磨成面，过年蒸馒头；晚秋，祖母在屋前的柳匾里晒着刚舂成的糯米粉，她一边用小铲翻着如雪的糯米面，一边对我说，过年搓汤圆；隆冬，如豆的油灯下，祖母一边穿针引线，一边哄我说，做成新棉鞋，过年给我穿。我睨望祖母刚纳两行不到的鞋底，就想离过年还远呢。

冬去春来，祖母的一切辛苦劳碌似乎都是为了过年。而年就像祖母屋后那弯弯曲曲通向村外的小路，遥无尽头，让我望眼欲穿。

那时过年不仅仅是一个节日，而是一串仪式。

冬至过后，年的脚步似乎已清晰可闻。腊月，是新年的前奏，接二连三的仪式仿佛在催促年的登场。初八，家家煮腊八粥，记忆中祖母煮的是菜粥，放入莲子、蜜枣、赤豆、扁豆、花生、百合、桂圆、薏仁等食材，我和妹妹咻溜咻溜地喝着比平时香几倍的粥，数着碗里的扁豆和过年的日子；二十三送灶，灶台上方贴张红纸，红纸上写着字，长大后才知道是希望灶王爷"上天言好事，下界保平安"；二十四扫尘，家家户户将屋里屋外打扫得干干净净，同时也将过去一年的烦心事、晦气事一股脑儿抖落到九霄云外；二十五六发面蒸馒头、炸肉圆是过年的重头戏。我和妹妹这两个小野人就不外出玩了，要么尾随在祖母身后，为忙碌的祖母添乱，要么扒在锅台上，看祖母炒馅心，炒瓜子，炒花生，炸肉圆……兴奋之余，会迫不及待地抢吃偷尝，记不清我们伸出去的小手被祖母敲回去多少次。

祭祖，是年前最庄重的仪式，从来是由家里辈分最高的长者主祭。常年奔波在外的亲人千方百计地在大年三十赶回老家，只有祭奠过先人，才能心安地过年，否则就是不孝。祖父虽然经常生病在床，这一刻他一定要让我们将他扶起，颤颤巍巍地主持祭奠，大家依次而立。堂屋正中的贡桌上，早就摆满了"八大碗"或"六样头"。即使在最艰苦的年代，淳朴、忠厚的家人也要用最好的食品祭奠祖先，"有酒食，先生馔"，孔夫子的名言已成为无形的家规被子孙们一代代传承。智慧的人们把有限而粗陋的食材，打造成美食美味，赋予它们美好的意境：油炸肉圆，寓意团团圆圆；卜页，谐音"都富""陡富"的美好愿望……

对先人的怀念，伴随着视死如生的习俗，在祭告先人享用酒菜的同时，向前人烧纸送钱、祈祷先人们的保佑，也是除夕祭奠的重要环节。金黄的草纸上，用铜板或银圆打上密密麻麻的印记，折叠成元宝和成贯铜钱的形状，烧化给先人，作为他们一年一度的压岁钱。只有当阵阵清风将烧成灰烬的纸钱卷入天际，子孙们才感受到祖先们收到了后辈的心意，才能心安理得地享受年夜饭的丰盛。

春联是来年平安的护身符。除夕吃完中饭，就忙着贴春联。此时最忙碌的是我的父母，写得一手好字的父母，总要忙上三四个小时，才能满足乡亲们的要求。春联上的一笔一画，寄托着乡亲们对来年的幸福憧憬，那遒劲有力的是父亲的手笔，飘逸灵动的则是母亲的墨宝。从小我就喜欢挨着门，一家一家地看春联，读着对偶的诗句，感受人们对新年的祝愿，我对诗词的喜欢大概就源自春联的熏陶。

开口茶是新年的第一口食品。初一醒来，说话前先要吃的开口茶十分讲究。要是新婚夫妇，开口茶肯定得吃枣子，预示早得贵子；假如是工作人员，开口茶通常是大糕，盼得步步高升；倘若是做生意的，开口茶则往往是花生，它的形状像元宝，寓意招财进宝。小时候，祖母首先塞到我和妹妹嘴里的开口茶总是甜甜的水果糖，是希望我们在新的一年生活甜甜美美。

拜年，最有人情味的过年仪式。初五之前，父母带着一身新衣的我们挨家挨户向长辈们拜年，长辈们也总是向我们的口袋里装上满满的花生和葵花籽，条件好的长者还或多或少地塞给我们压岁钱，虽然是一毛、两毛，也足够暖心。春酒是乡村团拜的古老传统，乡里乡亲，沾亲搭故，往往是几拨人同时到一家拜年，热热闹闹，于是隔篱相呼，三大爷、二大婶，随兴摆下一桌酒席，大块吃肉，大碗喝酒，隔阂在酒醅中化解，亲情在祝福中升华。跟着大人吃春酒，感觉老老少少都是一家人，那氛围，让我回味了半辈子。

元宵节是过年的最后一幕，逛灯会，放烟花，踩高跷，划旱船，把年味推向了高潮……

过了正月十五，村庄里人忙着春耕春种，在犁铧翻动得泥香味十足的地头，我拉扯着躬腰劳作的祖母衣角，又一遍遍问祖母，还有多少天再过新年？祖母用食指点着我的小脑袋说："小馋猫，巴望天天过年才好呢!"

"吃包子，吃包子。"老板的客套拉回我穿越的思绪。

几十年过去了，而今丰裕的物质生活，如祖母所愿：天天过年。童年望眼欲穿的年，随着时代的发展，社会的进步，赋予了更多的文化元素，过年的形式越来越简约文明科学。过年一切食物（馒头，肉圆，炒瓜子，炒花生……）都可定制；网络时代，各种拜年和问候的活动都能通过键盘和视频实现，猫在暖暖的被窝里，微信传递着亲友的问候和祝福，老人的年礼，小孩的压岁钱，网购和红萝卜包就能搞定。写字楼里的城里人到农庄去守岁，辛苦一年的村里人去城里五星级酒店订年夜饭……年味越发清新香甜。

多少往事飘散在风中

读王安石"茅檐长扫净无苔，花木成畦手自栽"我会想起小徐；读杨万里"篱落疏疏一径深，树头新绿未成阴。儿童急走追黄蝶，飞入菜花无处寻"我会想起小徐；读范成大"新筑场泥镜面平，家家打稻趁霜晴，笑歌声里轻雷动，一夜连枷响到明"我也会想起小徐；读"梅子金黄杏子肥，麦花雪白菜花稀，日长篱落无人过，唯有蜻蜓蛱蝶飞"……我想的还是小徐。

"小徐"，你一定以为我在呼唤一位明眸善睐的少年，其实不是。是漂泊的游子魂思梦萦的故乡，一个白云深处，绿树掩映下，炊烟袅袅的村庄，一个将会消逝又永不消逝的原乡。因村庄里人大多姓徐，曾经叫小徐大队、小徐村、小徐庄。而我念念不忘的小徐，是20世纪六七十年代的小徐大队。

小徐是继祖父和祖母生活的地方。那时的我爱叫继祖父小徐爹爹，爱叫祖母小徐奶奶。小徐爹爹的茅草屋位于村子中间。用小徐爹爹的话说是块高草地。茅草屋坐西朝东，"室小才容膝，墙低仅及肩"我现在还记得夏天小徐奶奶低头进出茅屋时汗流浃背的背影。

芦秆编成的篱笆将茅草屋隔成南北两屋，南屋锅灶、一张旧小桌、几条小板凳。这小桌缝能"吃下"一根筷子，小板凳有时会夹住小孩屁股上的肉。桌子上方的屋梁上吊着一个铁钩，铁钩上勾着旧淘米箩，旧淘米箩勾着我和妹妹两双小眼睛，勾着我们的小馋虫，勾着我们单薄的童年里最美味蕾。旧淘米箩里面盛着的"好吃东西"：有时是一两根油条，有时是一把馓子，或者是一两只烧饼……屋梁上的旧淘米箩大人伸手可及，却是我整个童年一直仰视无以企及的巅峰。我和妹妹无数次试想在小桌上放上小凳子，小凳子上再站上我……终究没能如愿。

北屋放一张旧木床，晚上床上挤着小徐奶奶小徐爹爹还有我们姐妹俩，冬天里特别暖和。北屋还有一个旧木柜。旧木柜据说是小徐爹爹和小徐奶奶结婚时置办的，那里似乎存有我看不见的宝贝，每次只要我企图去打开，就被小徐爹爹或小徐奶奶喝住，直到我出嫁，我都没能打开旧木柜，也不知道里面到底藏着啥。

那时煤油、火柴都上计划，村里人一是因为白天劳动辛苦劳累，二是为了节省火油，冬天晚上会早早上床睡觉，还自嘲"没钱买肚肺，睡觉养精神"。但小徐爹爹家的茅草屋冬天夜晚特别热闹，人挨着人。一丢晚饭碗，庄上人就会陆续来小徐爹爹家，虽然灯火如豆，但在漆黑的乡村冬夜显得十分明亮和温暖。先来的乡亲会围坐在小桌边，点上一袋小徐奶奶早就放在小桌上的旱烟，吧嗒、吧嗒地抽着。后到的或倚在锅台上，或一屁股坐在水缸上，我和妹妹还有小徐奶奶有时候会被挤到屋门口，蜷缩在草堆里，听着大人们讲今年收成，来年的打算，村里村外的稀奇故事……听着听着就睡着了。

晚饭后来小徐爹爹家扯闲的人当中有位兆祥叔肚里有好多你没听过故事和稀奇古怪事。只要兆祥叔来小徐爹爹家扯闲的夜晚，小徐爹爹家茅草屋就差被挤破，小徐奶奶和我还有妹妹一定被挤到屋门口。

小徐爹爹家茅草屋到夏天门前会挂上柴帘，挡蚊虫，冬天门口挂着草帘，我们那里人叫它"门纳子"，挡风挡雨挡霜雪。冰天雪地有"门纳子"、有泥火盆的小茅草屋暖暖的。我和妹妹经常会围着火盆炸棒头花。就是将玉米（我们叫棒头）粒放到火盆里，用热灰盖一会儿就噼里啪啦炸成花，我们叫它棒头花，这是我和妹妹在冬天里最爱干的事。小徐奶奶走进走出的忙活，一会抱着草进来，一会又拿着篮子出去，门纳子掀来掀去。小徐爹爹围着火盆一边烤火，一边抽着旱烟，一边咳嗽。

冬天的午后常团在小徐爹爹家烘火、抽旱烟、扯闲的人当中记得有个老人叫福老爹，一天，竟然给我和妹妹每人两块水果糖，我问小徐奶奶："福老爹为啥给我们糖吃？"小徐奶奶说："福老爹要走了，他想给我们留个念想。""为什么要留个念想？"小徐奶奶："说你也不懂，长大你就知道了。"不久就听到福老爹去世的消息。我一直记得福老爹冬天爱穿件旧灰长袍，每天午饭后都会来小徐爹爹家，和小徐爹爹围在火盆边一袋接一袋默默地抽着旱烟。

紧挨着茅草屋有一个坐北朝南的草棚我们叫它凉棚或敞棚，放一张宽约一米二，长两米小床，床三面都有棒头秆围着挡风遮雨。床前放一个小木桌，放小木桌的地方用树棍搭成三面透风的草棚，遮挡阳光。从春末到秋初，我、妹妹还有祖母都在凉棚里度过。吃在小桌上，睡在小床上，感觉十分美好。夏天夜晚透过帐纱可以数天上星星，白天可以看到白纱帐上刀郎和蚂蚱跳跃。但是临到发大水的季节，电闪雷鸣，风雨交加，我会很害怕，凉棚在风雨中摇晃，雨水打湿帐纱，我很担心自己和凉棚会一起被大风卷走……

那时我最喜欢看夏天清晨姑姑在凉棚下梳头的样子，秀美的长发披到腰际，姑姑的美是震撼人心的。"镜中貌，月下影，隔帘形，睡初醒"不及姑姑美。在我心中小徐庄最美的姑娘就数姑姑，最有文化的女子也数姑姑。姑姑就是天上的仙女，有姑姑梳妆的凉棚是村庄最美丽的风景。

紧挨凉棚有一条像蚯蚓一样蜿蜒的小路，小路东面长着一棵桃树，春天开着粉嘟嘟的花，特别好看。小徐爹爹爱在桃树底下抽旱烟，我们爱在桃树底下数毛桃子，在桃树底下小徐爹爹教会我们数数和一百以内的加减法。从桃树开花到桃子熟我和妹妹眼睛除了睡觉几乎没离开过桃树，直至桃子下市为止。

小路，弯弯曲曲拐向北，直达一条大路。大路北边是兆亮大嫂家。我和妹妹都叫她妈妈，兆亮大嫂烧菜特别好吃，大队来客招待都是兆亮大嫂掌厨。兆亮大嫂最拿手的菜是羹、膘、团子、红烧肉、煮鱼……那时我和妹妹没少吃兆亮大嫂的饭菜。

兆亮大嫂家向西隔几家人家便是小嘴妈家，我和妹妹也叫她妈妈。小嘴妈有个儿子叫小嘴，嘴真小，有针箍那么大。听大人们说小嘴妈养小嘴时，接生婆用针箍套了小嘴的嘴，所以纵然小嘴长成英俊少年，嘴还是针箍那么大，一点都没长。小嘴后来当了解放军，成了军官。我长成大姑娘时，小徐奶奶曾对我说，把小嘴谈给你做小女婿才好呢。这终究是小徐奶奶一厢情愿的梦想，在小徐奶奶的心中她一手带大的孙女最美，只有小徐大队最帅、最有出息的小嘴才配得上她。

桃树东边隔一块田的地方是酸子家，酸子是个剃头的。这人特别酸，他打孩子，从来不像小徐奶奶打我们雷声大，雨点小，撵着我们满庄跑。他像猫一样，蹑手蹑脚、悄无声息走到小孩身边，然后揪起耳朵，直到孩子央求告饶为止。酸子婆娘小徐奶奶叫她小康妈。我和妹妹也叫她妈妈，这个妈妈活到九十几岁。八十多岁的时候还到离家五六十里外的沟墩供销社找过我，我给了她一包计划尿素，又给她二十块钱。她买了尿素还专车扛了回家。

在小康妈家南面是小腊妈家。我就想一定是小腊妈的头生孩子是生在腊月，名叫小腊子。记得小腊妈皮肤雪白，在蓝竹布褂映衬下更白。乡村女人很少有这么白皮肤的。小腊妈很会弄吃，小腊妈家的菜总是特别诱人。庄上人吃饭习惯端碗，大概因为农事太忙，没有闲时光，有啥事只有利用吃饭的工夫交流。小徐奶奶最喜欢端碗去小腊妈家，大多逼着我们去，怕我们跟路。有一次我们跟路的情景我现在还记得：小徐奶奶端碗在前面走，我们在后面紧跟，小徐奶奶身后是我，我后面是我妹，我妹后面是一条大黄狗……阵势浩荡。小徐奶奶回首脚一跺，眼一瞪，示意我们回头，我们不回。她停，我们停，狗也停；她走，我们走，狗也走。让小徐奶奶又好气又好笑……小徐奶奶也让我们叫小腊妈：妈妈。

小徐有我和妹妹很多妈妈，在饥饿岁月里，他们用无穷无尽的母爱，滋养着我们幼小羸弱的身心。

猫秀姐，姓缪名秀，但我一直叫她猫秀。猫秀姐的丈夫我们叫宝康哥。听小徐奶奶说原来猫秀姐是小腊妈的二儿媳。小腊妈二儿子和猫秀姐结婚不久就走了（去世），后来猫秀姐就和小康妈的二儿子宝康哥搭伙过日子。日子过得以泪洗面，主要原因是穷。记忆中猫秀姐和宝康哥家老断顿（没饭吃），我小时候老看到猫秀姐眼红红地来小徐奶奶家，又眼红红地带着东西走。宝康哥话很少，默默吸着旱烟，时不时地轻叹。但再贫穷的猫秀姐和宝康哥只要吃啥，都不忘端点给我们尝尝，比如麦冷冷、比如南瓜饼、摊面皮之类。常听猫秀姐说，我小时候怎么生病、哭闹，都是猫秀姐和小徐奶奶轮流抱着的。小徐爹爹去世后，我们上学、工作，离开小徐奶奶，孤独的小徐奶奶都是猫秀姐和宝康哥照顾的，后来宝康哥去世，家里没钱买棺材，小徐奶奶就将自己早就打好的寿材借给宝康哥。从那以后，猫秀姐家日子就一天好似一天，两儿两女都过上好日子。庄上人都说是因为小徐奶奶棺材借给宝康哥的原因。棺材谐音：官财，当官发财的意思。我觉得不是，只是从善良的猫秀姐和本分的宝康哥身上我更加相信老话："积善之家必有余庆，厚道之人必有后福。"

小徐还有毛奶、兆贵、永文、永高、永彩、应高、应美、二得培、得军、得阗、得玉、秀花、彩虹、小琴子、大金子……感觉我和他们还有小徐从未断离。纵然岁月消逝，老人离开，少年白首，故人远去，多少往事飘散在风中。

小徐，现属阜宁县新沟镇新南村。近几年发生了天翻地覆的变化，乡村振兴实现产业强、环境美、文化活、收入高、幸福长，小徐越发美丽、富足。小徐再也没有我记忆里丁头舍、茅草屋、风雨中晃动的凉棚……再也看不到猫秀姐困窘的泪，听不到宝康哥无奈的叹息……见不到穿着灰长袍、吸旱烟的小徐爹爹、看不到颠着小脚屋外田里忙碌的小徐奶奶，没有对镜梳妆的姑姑，没有至亲故人的小徐于我是另一种忧伤。

"假如可以选择时光，我想回到过去，那里有我的怀念和爱我的你。"

第二辑

回忆是思念的愁

母亲的行囊

下车以后还要走一小段路，才能到女儿家，太多行囊真的不好拿。背上背着，肩上挎着，手里拎着，前隆外鼓，步履维艰，狼狈不堪。

我低首瞧瞧自己，像一个人，脑海里迅速搜索这似曾相识的模样，弯腰弓背的母亲跃入脑海。那个已经去世好多年的母亲，那个以前不管到哪个儿女家都跟逃荒似的母亲。

母亲的行囊，比我的行囊分量要重几倍……

记得婚后母亲第一次到我家来，那阵势绝对比我到女儿家去宏大N倍，麻袋、蛇皮袋、化学纸袋、布袋……上车是父亲送上车的，下车是花了两元钱叫个三轮车拖到家门口的，那场面我记忆犹新。第一次发现母亲不像一位学校校长，像一个从外地逃荒来的老奶奶。当时我们住在职工宿舍区，她的到来惊动四邻，惊讶于她的落魄模样，我没好气地冲她说："都带的什么东西？把家都搬来了？"

母亲好像没听到我的说话，把她带来的一个个袋子小心翼翼地打开，一边拾掇一边自言自语：这是红小豆，抓两把煮粥吃，补血的；这是刚磨的大麦糁子和棒头须子，粗的煮饭，细的煮粥；雪子面，二奶给我们的，带一半给你；黄豆、南瓜是六爹给你的；萝卜干、大椒酱、黑酱是大奶奶新做的；硕集百页、戚桥茶干、土鸡蛋都是今天你爸赶集买的……还有捆着的母鸡、牛肉、收拾干净的我爱吃的肥肠……从大包小包里取出全放在我家桌上、凳上和地上，我小小的四十多平方米宿舍，瞬间成了家乡特产杂货铺。

母亲行囊装过体积最大的东西是电视机。那年热播《还珠格格》，我家电视坏了，孩子只有到邻居家看，母亲听说了，就把她和父亲看的电视带给我们。那绿色、声音细小、远听像小鸟"吱吱"在叫的电视一直陪伴着女儿长大。

母亲行囊里装过最微不足道的东西是针线盒，那盒子是我上高中时蒸饭的饭盒，里面放着不同颜色的线和大小不一的针，还有顶针，大大小小纽扣……母亲对我说：过日子要有过日子的样，哪家过日子不用针线的？你看这一针一线不起眼的，用处大着呢。

母亲行囊里有一本1984年《文科知识台历》，没事的时候她会拿出来考考我各种知识，我答不上来，她就说：人呀，学无止境，活到老，学到老。这本《文科知识台历》至今还放在我的床头。

母亲的行囊里有个神秘的小袋子，母亲拿小袋子里的东西会背着所有人。有一次母亲悄悄地把我叫到面前，从她行囊里掏出这个小布袋，打开小布袋，有个用手帕包着的红色小方盒，打开小方盒是一条金灿灿的项链。母亲把父亲送给她一条大金项链，到盐阜人民商场换成两条小金项链，一条给了我。

恍惚间，不知不觉走到女儿家的小区。我用磁卡打开女儿住的小区门，右脚刚迈进门，左脚还没来得及伸，就听到一个气喘吁吁的苍老的声音在叫："大姐，莫关门，借个光，省得我找钥匙……"我循声回首，一个背负很重行囊的老人在我身后蹒跚。开朗的老人家告诉我她是奔儿子家的，带些家里长的青菜萝卜给儿子。

听着老人没有逻辑地东扯西拉，想起逝去的母亲，我升起无限感慨。无论儿女有多大，母亲有多老，从儿女出生剪断脐带那刻起，就注定母亲和儿女分不开，剪断的是脐带，剪不断的是母亲和儿女的生命的连接，剪不断的是静静地淌在血里的牵挂。儿女长大了像小鸟一样自由地飞向远方，连接儿女和母亲的是来来回回的漫漫旅途，还有旅途中母亲背负的沉重行囊。

寂寞老狼

母亲在生下我们三姐妹后才生下我们的小弟。小弟生下来张着大嘴"哇哇"大哭，母亲说："没看过这么大嘴的孩子，就叫他大嘴狼吧。"从此，我们的小弟便有了个响亮的外号："大狼"。

小的时候，我们三姐妹中小妹最可人，学习成绩又好。可有三个字小妹一直搞不清楚"狼、狠、娘"，她会把"房东大娘"读成"房东大狼"，会把"狼来了"读成"狠来了"，三个字交错着读，就是不读正确的。长大了我们各自成了家。一天小聚，谈起童年糗事：小弟的外号、小妹的误读、母亲的严厉……说话间母亲蹒跚走来，我笑看小妹脱口而出"老狼来了"。从此，我们称我们的母亲不是"老娘"而是"老狼"了……

听祖母说，老狼生下大姐时还在师范读书，只有将她送给别人代喂养，我和小妹也是。我们姐妹四人很小的时候生活在不同的环境里。到了上学年龄，老狼齐刷刷地把我们接到身边。如果我们以前是散养的话，到了老狼身边我们成了圈养的了，很不习惯。老狼对我们要求非常严格，又是急性子，只要犯错就严惩不贷。那时父亲在外地教书，家里的一切事务都是老狼，老狼为了我们四个性格各异的孩子成长操碎了心。

1933年，老狼出生在一个穷苦人家，10岁时，生了一场大病，家里人都以为她不得救了，老狼的大姐——我的大姨听说新四军军医有法子可治，就用手推车把老狼推到新四军的卫生队，经过新四军的免费治疗，老狼活了下来。

1950年，老狼加入中国共产党，抗美援朝去参加动员大会，村干部让她发言，她不识字，没法发言讲话表决心，她暗下决心上学读书，那年她18岁。上了两年小学，20岁考进阜宁县东沟中学，1955年毕业，为该校首届初中毕业生。同年老狼考入江苏省盐城师范学校，在校期间结婚生了大姐；1959年老狼师范毕业被分配农村小学当老师，老狼在村庄小学一待就是31年。

三十多岁的时候老狼成了我们乡唯一的女校长，而且是优秀的校长。在那个村庄，东家的困难，西家的矛盾，都要找老狼解决。这里的人们视老狼为亲人。老狼曾帮助过他们的祖辈扫过盲；曾动员过他们的父辈上学；教过他们的儿孙数数识字。老狼和那个村庄结下了不解之缘。年轻时的老狼，粗长的辫子，白净的脸庞，站在学校的老树下，一手捧着书本，一手敲响上课的铃声，那情那景犹如一幅美轮美奂的画，仍留存在人们记忆中……

退休后老狼仍居住在她执教三十多年的村庄里，直到她任教的小学迁到别处，她所住的家因修建国道而被拆除，老狼夫妇才依依不舍地离开了村庄，到大狼居住的城市生活。

大狼有了儿子——小狼后，老狼很是忙碌了一阵，但随着小狼的渐渐长大，老狼倍感寂寞。有了手机的老狼会时不时地打电话给四面八方的儿女。清晨我们还在熟睡中就被电话铃声闹醒，那便是我们老狼的电话。她叮嘱我们天气变冷了要多穿衣服；或者在夜深人静之时，一阵急促的铃声将我们惊起，是老狼的电话。告诉我们"×××明天生日别忘了之类"的话。老狼喜欢将手机挂在脖子上，样子很滑稽。老狼说：怕有电话自己行动不便接不着，事实上很少有人打手机给老狼。老狼平时总爱抚摸手机，时刻准备接听和拨打。有时，老狼好像下了很大决心终于拨了个电话，老狼的千言万语似乎刚开头，里面早已是嘟嘟的断线声音，老狼愣是听着断线声音半天不言语。

老狼家的路开通了BRT公交车，七十岁以上的老人免费乘坐。老狼夫妇每天反复乘坐从起点和终点，有人笑老人的痴愚。其实不是。住在城市里老狼是寂寞的。城里的幢幢高楼在老狼的眼里是一只只铁笼子，使人与人之间变得陌生而遥远。老狼在这个城市里生活了十几年还不属于这个城市。她觉得她属于那个小村庄和小学校,一有机会老狼就会回到那个小村庄去。东家走走,西家看看,就像当年的家访一样。老狼也会到她的小学校去看看。虽然当年的小学早已不存在。这里没有了琅琅书声和孩子们的欢快身影,可老狼似乎能从荒草迷离、苍苔斑驳的旧址中寻到什么。

前不久老狼身体不好到我家小住,我家在串场河边。站在二楼的窗前可看到清冽的串场河水,看到河那边一望无际的田野,还有河旁的三两户农家。老狼来到我家以后喜欢站在窗前向远方眺望,一待就是半天。我望着老狼那微驼矮小的背影,想着老狼一日不如一日的身体,眼泪在眼眶里转。我的老狼老了,她不再是那样年轻、强大、无所不能的老狼了。她需要我们照顾、陪伴和呵护……我上前拥着老狼,问"看什么呢?"老狼说:"孩子你看那边很像我们过去住的村庄,很像。"缕缕的炊烟,鹅群鸭趟,沉甸甸的稻子,劳动的人们……这些乡村相似的景致,一定勾起老狼许多念乡的思绪,我说:"我去找条船带您过去看看",老狼摇了摇头。

我知道,我可以帮助我的老狼渡过这宽阔的串场河到彼岸去,可我怎么能够将我的白发老狼穿越迷蒙的时空,渡过这悠悠岁月的长河去找寻她那曾经辉煌、曾经年轻的时光呢?

一本旧台历

　　这是一本旧台历。是母亲送给我的。记得那天母亲用手拍了拍这本台历说："这里有许多文史知识，送给你。"我接过来翻了翻，是本纸质发黄的旧台历，随手放进包里，敷衍道："等有时间慢慢学习。"这是九月中旬的事，十月初，母亲溘然长逝。

　　母亲去世七年，从母亲手里接过这本台历，我一直没曾翻开过，此时我小心翼翼地将它打开……

　　这是一本上海教育出版社出版的1984年文科知识台历，定价：1.90元。从记事本上的记事，和年份可以看出，这本台历是弟弟上高二用的，记得我们上高中时要交每个月的1.50元住堂费母亲都会愣怔半晌，可见家里买这本台历是下了决心的。弟弟考上大学以后，母亲从一堆书当中挑出了这本台历，当中搬了数次家，一直随身携带。

　　婚后，我每次回娘家，一进门母亲就牵着我的手进卧室，一席问长问短，嘘寒问暖，说胖道瘦以后，一定会拿起这本台历，考我文史知识，那时觉得母亲很可笑，都这么大年纪了，还学文史知识，能派什么用场？

　　现在想想有点心酸，年迈的母亲，一定很孤独，她一定是用这本字典来打发晚年冷寂的时光的，因为那时年轻的我们只顾享受自己小家的安逸和美好，只顾自己呼朋唤友，欢乐年华，忘却年迈的父母对我们的那份牵挂，早已抛却对父母的那份依恋。当儿女们一个个如小鸟一样振翅高飞时，有几个能体会年迈父母的一半欣喜，一半失落啊。随着年岁增高母亲记忆力越来越退化，丢东落西，常常找不到钥匙，外出忘记关门，甚至三顿饭吃没吃，有时都记不清楚，但是她能记着这本台历上的每一天的文史知识，她一定翻了无数遍，无数遍。

我打开这本台历，如见吾母。仿佛闻到母亲的体香，仿佛又看到母亲凑近台历"闻书"的模样。母亲一只眼高度近视，一只眼散光，再加上眼睛老花，母亲看书就像是在"闻书"。为此，我们总会开母亲玩笑："妈妈您好神奇，人家看书才知道书内容，您一闻就知道书的内容了。"

台历里有好多页折叠着，那一定是母亲做着的记号，也许是想记得今天就看到此，也许是提醒这一页很精彩，也许……我一页一页认真地读，好久没能静下来读书的我，此时却安静得如婴儿依偎在母亲的怀抱。

母亲一生都有极强的求知欲，很小的时候，外祖父就去世，加之旧时代人重男轻女，母亲姐妹众多，哪轮到她上学读书识字？后来，共产党来了，十八岁的母亲才有机会念书识字。聪明好学的母亲，跳过两次级，最后考上师范。在那个年代师范毕业的女子凤毛麟角。毕业后母亲努力工作，继续学习，成为我们公社唯一的乡村小学女校长。母亲希望她的儿女如她一样热爱学习，努力工作，要求上进，她常说"鸟欲高飞先振翅，人欲上进先读书。"去世前还惋惜地对我说："你没上大学，可惜了！"我是她所有儿女中唯一没上过大学的人，这是我的遗憾，更是母亲的遗憾。

我捧着母亲送给我的这本旧台历，好像又在听母亲讲："雅典的故事""莫泊桑成名之前""帐顶墨迹"……我捧着哪是一本旧台历，分明是一个百宝箱……

想念母亲

今天我又想起母亲。

我常常会因人群里一个熟悉的身影，一句乡音暖语，一个相似的眼神，一个节日，一处景致，想起母亲。

从小到大我与母亲都是隔着距离的。两三岁的时候，大人们会问我喜欢母亲有多少？我用手指掐着筷子的顶端，说，就喜欢这么一点点。说到底我不喜欢母亲。

听老人们讲我十个月大，父母因为要工作就把我送给祖母带，刚到祖母身边时，总哭闹着要母亲，祖母就一遍一遍喊着母亲的名字，我便枕着母亲的名字入眠。

等到我五六岁，我一哭闹，祖母仍然会喊母亲的名字，但不再是哄我，而是用母亲来吓唬我。那时于我来说做老师的母亲和大老虎一样可畏。父母来看我，我不愿见。要么藏在门后，要么躲在桌下。童年留在我记忆里最深刻的画面是夕阳下，白发祖母抱着我站在村庄的路口，望着母亲渐行渐远的背影消失在路的尽头。

8岁时，我离开了祖母到母亲身边读书。和慈祥的祖母相比，母亲是严厉的，我很少和母亲在一起，甚至没曾牵过母亲的手。早上我还没有起床，母亲就起早去办公，晚上我睡熟了，母亲还在夜校里讲课。日间母亲利用饭后时间挨家挨户地动员不识字的庄稼人到夜校里扫盲，劝说贫困的农户想方设法让孩子读书。记得那时，我留着很长很长的麻花辫，美丽至极，母亲说没时间忙我的辫子，硬将我留了很长时间的长头发剪掉。无论我怎样哭求都没有用，可母亲常常帮她班上的学生梳头，捉虱子，有时还在她们的头上扎着美丽的蝴蝶结。每当我看到她的学生头上跳动的"蝴蝶"再摸摸我男孩一样的短发，总要流泪。我恨那些学生，更恨我的母亲。母亲总是忙着，她为没上学的孩子忙筹学费，为上学的孩子心焦风雨飘摇的校舍。特别是当了小学校长以后，母亲更忙了，很难顾及我，繁忙而不停息的母亲给了我一个孤独寂寞的童年，同时也给年少的我一颗孤独寂寞的心。每当我看到别人的母亲"心肝""宝贝"地疼着自己的儿女时，每当我看到别人的孩子投向母亲柔和温暖的怀抱享受母亲无限的纵容与疼爱时，我的眼前就会出现母亲匆忙的身影，我就会想起母亲将我送给祖母抚养，就会摸摸我男孩一样的短发，心中总是一阵黯然。我知道在母亲的心中，只有她心爱的学校和可爱的学生，没有我的位置。我怀着对母亲的怨恨，走过童年，度过少年，步入青年。

年轻的我自私、任性、叛逆。首先我留起了长发，悄悄地谈一场父母坚决反对的恋爱，自作主张地为自己办了婚姻大事。想以此惩罚儿时母亲对我的忽略。婚后过得不尽如人意，我把这一切都怪罪于母亲。退休后的母亲很想和我拉近距离，我拒她于千里之外。偶尔与母亲相聚，我便扯起过去，母亲要么像穷人羞于提钱一样绕开话题，要么就像犯了错的小孩子低首不语。随着母亲的一天天变老，母亲对我愈发愧疚，小心翼翼，近乎低声下气。

人人都说，儿女是父母的心头肉。我感觉我一直是母亲心头的刺，时时刻刻地刺痛着母亲。

那一年父亲病危住进重症室，夜里我陪伴伤心无助的母亲，睡梦中感觉有人反复抚摸我的臂膀，用拇指和中指圈起我的手腕，量着我的胖瘦，还有凉凉的东西滴落。是母亲，是母亲在流泪。我假装睡着，任由眼泪悄悄从我脸上流到枕上。过了不到一个月，母亲因胃穿孔手术并发症去世。七十二天后父亲也离开了我们。

父亲母亲去世近五年了，这五年，我经历了很多，我承受了我一生中无法承受之痛。在泪水浸泡的时光里，我想念母亲，体味母爱，理解母亲。后悔的泪水一次次地模糊了我的双眼。多想母亲活着，多想对母亲说声对不起，多想会有来生，再给我们一世母女的缘分，让我好好地爱你 —— 母亲。

父亲的味道

父亲的味道，不同于长年生病卧床的继祖父身上那药丸的苦涩味，不同于成年累月在田野里劳作的祖母身上汗水浇灌着泥土的芬芳气息，更不同于既爱书又爱美的年轻的母亲身上散发出的如菊般的清香。父亲的味道里，有卷烟的味道，有油墨的书香味，有汗水流过后被香皂打过的淡香，有我爱吃的水果糖甜丝丝的味道，还有一抹淡淡的从领口散发出的脑油味。这些味道汇集成特别的，我喜欢的父亲的味道。

年幼的我，是个病秧子，动不动就高烧不退，严重时还抽搐昏迷。有一次生病，迷迷糊糊中，父亲背着我高一脚低一脚地奔跑在乡间坑坑洼洼的小路上，父亲气喘吁吁，我却很享受父亲这一颠一簸，在颠簸中把头紧紧贴在父亲的背上，贪婪地嗅着父亲湿透的衣服上发出的汗水味，病似乎轻了许多，连打针也没有往日疼。以至在后来的日子里，老盼望生病，生病时有父亲背我，父亲背我时能嗅到父亲的味道。

7岁那年，父亲带我回老家。那是个隆冬季节，冰天雪地，寒风吹在人脸上刀割似的疼。茫茫旷野里，只有父亲和父亲背上那个被衣服紧紧包裹着只露出两只眼睛的小小的我，寂静中，只听到父亲踩着冰雪的嚓嚓声。趴在父亲背上，我再一次嗅着父亲身上的味道。父亲一路上不停地和我说着话，说很多很多的话。父亲问我喜欢他吗？我狠狠地点了点头，说喜欢。问我喜欢他什么？我说喜欢爸爸的味道。父亲说，爸爸身上是烟味，难闻，将来要戒烟。我急忙说，爸爸不要戒烟……我喜欢爸爸身上的烟香味。

有一天夜里，父亲有事路过村庄，抽暇去看我，见我睡得正香，没忍心叫醒我就走了。当我睡醒时睁眼就问："爸爸来了？"祖母吃惊地说："你睡得沉沉的，怎知你爸来过？"我说："家里有爸爸的味道。"祖母嗅了嗅，很奇怪地说："哪有？"我说我闻到了水果糖的甜味。当确定爸爸真的来过，我却因睡着而错过时，伤心得哭个不停，直到祖母从枕头底下摸索出一颗水果糖给我，说是你爸带给你的，我才止住哭。

父亲说我小学三年级之前不仅读书，还"吃书"。我的课本从没有读到学期结束，往往还没到期中就惨不忍睹了。卷角、破损、污痕、斑点，缺底少面……面目皆非。上课看看同桌的课本，再看看我的课本，我真没决心把它从书包里掏出来。周末父亲回来，查看作业，一看我那书，问怎么坏成这样的？我眼里含着泪花，一脸迷蒙，傻而可怜。父亲摸摸我的头说："说明我闺女学习下功夫了，书都翻烂了。"又一个星期天，父亲回家带回了一套新课本，用牛皮纸包得好好的，封面上写着我的名字，还有毛主席语录："好好学习，天天向上。"以后每学期，父亲都帮我包书，写上我名字的同时，还会写上名人名言。比如，"书，是人类进步的阶梯。""书山有路勤为径，学海无涯苦作舟。""少壮不努力，老大徒伤悲"……用那些耳熟能详的名言名句激励我鞭策我。给我新书的父亲，身上散发着浓浓的书香。

父亲的气息里，还有一丝外人永远不可能觉察的，从领口发出的脑油味道。只有趴在他后背上，喜欢搂他脖子的我们会闻到。长大才知道那是身体健康，阳气蓬发的男人味道。

岁月流逝，年轮飞转，父母先后退休。在父亲气味的熏陶下，我们长大了、成家了。忙于工作，醉心小家的我们和父母聚少离多。偶尔相聚的时光，父亲是炊事员，母亲是服务员。父亲和母亲系着围裙忙前忙后，就是不要我们插手。每次我们都连吃带带，端午的粽子，中秋的月饼，春节的肉圆和馒头……还有父母的不舍。我和妹妹在离开之前，必定搂着父亲的脖子，亲亲父亲，闻闻父亲的味道。父亲总拍拍我们的背，美滋滋地说："像警犬一样嗅什么呀？还没长大？"父亲的味道总是那么好闻，和当年不同的是，父亲身上又多了一种美食里的葱花油盐的香味，却逐渐淡去了他特有的脑油味。

父亲把我们送下楼，站在路口看我们一个个上车，直到汽车消失在路的尽头。同样是夕阳下，同样是路口，只不过而今远行的是我们。想着不再青丝红颜，已经发白齿落的双亲，我的眼睛有些模糊。

2013年6月30日，父亲突然倒下。在重症病房抢救的日日夜夜，父亲身上弥漫着的是令我们恐惧的来苏水的味道。无助的我终日守在门外哭泣，一遍遍祈祷着那代表着健康的脑油味能奇迹般地回到父亲的身上。当父亲从重症病房推出来一刹那，我一头扑向父亲，搂着父亲，呼唤着父亲，仔细地捕捉着父亲的气味。父亲意识迷糊，不能说话，父亲身上那熟悉的味道被医院里浓浓的酒精和药棉味无情覆盖……

半年以后，父亲永远地离开了我们。可他曾给予我们的爱，连同他那温暖的甜甜的有着淡淡清香的父亲的味道，永远地融化在我的血液中，弥漫在我的记忆里。

从小到大，父亲的味道让我感到亲切、甜蜜、踏实和安稳，我一直不知道如何形容父亲的味道，直到有一天看到哲人的箴言：父爱如山，我才恍然大悟，原来父亲身上所散发的是山的气味，爱的大山！

远去的"唠叨"

　　小时候，家里兄弟姐妹多，常吵闹，惹得母亲心烦，她吓唬我们："再搅闹，把你们一个个丢进大河里。"我确信最有可能被扔河里的人不是弟弟，他是家里长辈们望眼欲穿盼来的唯一的男孩。姐姐能干，家里家外一把手，什么事都干得像模像样。也不会是妹妹，妹妹长相甜美，还聪明伶俐是母亲贴心的"小棉袄"。只有又傻又笨、胆小无能的我才是母亲要扔进河里的首要人选。

　　此后的好多个夜晚，我会睁大眼睛不敢入睡，我怕我睡着了，会被母亲丢进门前的大河里。我坚信母亲真会把我丢进大河里，还有一个充足的理由，是她在我十个月大的时候，把我送到祖父祖母生活的村庄，丢给了祖父母抚养。在以后半个多世纪的岁月里，我坚信我就是母亲最后悔生下的那个孩子。

　　长大后，我和母亲像有着不可调和的矛盾似的，总是格格不入。婚后的日子我基本不回娘家，但母亲常常会打电话给我。清晨我尚在睡梦中，或者夜晚，我即将酣然入梦时，母亲的电话就来了，我自然是嫌她烦的，没有好声口对她，母亲那边唯唯诺诺地挂上电话。无论我用多么厌烦的语气，过一段时间，母亲又给我打来了电话，她絮絮叨叨地问："生意好吗？什么时候回来？……"有时，我无意中说起头疼脑热的事儿，那母亲的电话会来得更勤："头疼好点了吗？还发热不？吃什么药的？多喝水，多休息，买只鸡，炖碗鸡汤喝喝……"她简直唠叨得我头更疼了。放下电话我就对先生抱怨说："世上最啰唆的嘴，就是娘的嘴。"

那年不肯离家门的母亲，竟然来我家住了28天。这28天我被母亲烦死了。她天天唠叨个不停，说我没长大，不会过日子，她不把我教好了，就不回家。去菜市场时，她教辨别大棚、田野里菜的区别，教我识别猪肉新鲜与否。进了厨房，她教我怎么煮鱼入味，炒肉丝鲜嫩……母亲苦口婆心地教诲，我却烦得不行，左耳听右耳出。

偶尔趁着假日回去一次，母亲会急急地迎上来，然后拉着我的手，寒冷的冬天，她就反复搓揉我冻僵的手，又摸摸衣服的薄厚，嘴里念叨着衣服穿少了。她还仔细端详我的脸，说我脸色不好看，又瘦了。一准还接着问我生意的详细情况，听我说不好，她就露出忧虑的面容。我要回去了，母亲会牵着我的手进她的卧室，从她一层又一层的衣服夹层里掏点钱给我，我不要，母亲就拽着我的手，不让我走。手攥着有着母亲体温的钱，我五味杂陈。这是嫌弃我的母亲吗？这是我嫌弃的母亲吗？

婚后和母亲相处最长的一段日子，是父亲病重的时光，也是母亲最痛苦的时光。我发现母亲如孩子般的无助，比以前更加唠叨。说了很多以前的事、她小时候的事、她和父亲年轻时候的事，还有我们小时候的事……

那年父亲生病未愈，母亲却先父亲遽然病逝。母亲走了不久，父亲也走了。我成了没父没母的人。母亲不在的日子，再也没有人来唠叨我的时光里，我才恍然醒悟过来。我们可以怀疑世上一切情感，唯有母爱不容置疑。母亲对孩子有多爱，就有多唠叨。

我后悔没珍惜和母亲相聚的每一段时光，后悔没曾认真倾听母亲爱的"唠叨"……

乡关深处是归宿

清明，我们姐弟四人去父母的墓地祭扫。父亲和母亲是同一年逝去的，母亲去世七十二天父亲也随母亲去了。父母的墓在很偏僻的老家，那是父母生前就定好的归处。

老家远离市区、县城，也远离小镇，工作几十年的父母最终没能在城市的公墓里挣下一席之地，逝后还葬在他们离别了几十年的衣胞之地，一个僻静的村庄——父亲口中的老家，我心里总有些许伤感。

对于老家我没有太多的认知，只是八岁那年在老家上过一年学。老家的人，老家的事，大多是听父母说的。父母无论怎样忙，每年都会去老家几次，老家红白喜事他们都会奉上礼的。谁家的小子考上了大学，谁家的闺女出嫁，谁家儿女孝顺，谁在哪里打工或工作，谁又买了新车，谁在城里购了新房……他们都一一清楚。父母千万遍地说着老家的陈年往事，使我对老家有了更多的了解。后来也曾随父母去过几次老家，无论怎样，在我的心里老家还是没有父母说的那么美好。

我记忆中老家是热闹的。绿树簇拥的老屋基地上曾住着二爹家，三爹家，四爹家，五爹家……大爷、二爷、三爷……六爷，几十户人家，数百人口，有耕地的牛，还有我从未见过的推磨的驴，鸡鸭成趟，尤为壮观。想不到随着时光的流逝，孩子渐渐长大，大人慢慢变老，老人一个个离去，也让曾经热闹的村庄，渐渐地缩小、冷寂近乎消逝……

车，缓缓地行驶在蜿蜒的乡村小路，碰不到路人，更碰不到熟人。这是春意盎然树绿草青的季节，老家的村庄是一派寂然。家族里的青壮汉子都到城里发展了，即使有留守的妇女，也带着孩子到城里或镇上租房陪读，村里只剩下年迈的老人和少之又少的家禽。

父亲和母亲的墓地坐北向南，面河而居。小河清澈宁静，逶迤前行，墓倚大堤，堤两旁草木芬芳，葱茏葳蕤。堤外是一望无际的田野，田野随四季变换色彩，有时绿，有时黄，有时五彩缤纷。田野的尽头，有两三户人家，砖墙矮屋，便是我们祖辈住过的老屋基。

六太爷——父亲最小的堂弟，是我们家族留住在祖屋基上唯一的亲人。他年事已高，腿脚不灵，身体多病，住在城里的儿女多次劝他到城里享福，他坚决不去。他说，他放不下老家，放不下老家的沟沟垄垄，草草木木，放不下老家的乡土乡情，曾经过往。精神好的时候，他会拄着拐杖在家前屋后，田内堤外走动，就像守卫疆土的士兵巡逻一样，他要守在这里，守望老家的陈砖老瓦、瓜菜角子。

站在父母的墓前，我们突然明白二老为什么一定要安息在老家，正如六太爷倔强地不离故土一样。父母生前常说，城里除了楼高人多没什么好，还是老家好，老家有人情味。是的，老家的每一寸土地都洒下过我们祖先的血汗，老家的每一粒尘土何尝不是我们祖先风干的骨血？老家的田埂曾留着父亲儿时深深浅浅歪歪扭扭的足印；老家的天空曾回荡年轻时的祖母呼唤父亲乳名声音；老家的怀抱里长眠着父母儿时的玩伴，盛年时的挚友……老家才是他们的归宿，城里再高档的大理石墓地也没有家乡的土地温暖厚重。

父母选择长眠于此，不仅仅是传统意义上的叶落归根，更重要的是期望，因为他们在此，宛若风筝的系绳，"纵使岁月朦胧，天涯西东"，希望他们的子女、儿孙们，跨越山水，从四面八方汇聚到老家……

那年之前

那年之前，我还算是孩子，因为那年之前，我的父亲和母亲还在。

父亲生于1931年农历九月初四，父亲健在的话，今年91（虚）岁。母亲生于1933年九月十九，母亲小父亲两岁。

那年，2013年，父亲83（虚）岁，他告诉别人是84岁。不明就里的我问父亲："那明年呢？""明年还是84岁。"说完父亲泯然一笑。我懂了，我们老家有个说法，老人年龄逢"3"是个坎。所以老人年龄逢3都不愿说3，忌讳。

那年，年前父亲身体还好好的，和往年一样，前前后后的忙年，蒸馍、做黏团、炸肉圆……只是善于做面食的父亲，这一年的馒头，没有往年发得好，用父亲的话说"苦妈妈皱脸，黑干憔悴"。那年春节像往年一样我们姐弟四人偕全家欢聚在父母身旁。父亲亦如往年一样系着大围裙，烧拿手好菜给我们品尝。还不停地问我们：我手艺还行不？问得我们一个个头直点，连说好为止。

过完年，一向和睦的父母不停地争吵，而一向低调和顺的父亲，变得"斗志昂扬"，这让母亲很不习惯。争吵的重点是已经过去的一些陈芝麻烂谷子旧事，风中之烛的父亲和母亲像是在做人生总结一样，把过去的，不曾忘记的往事一件件重新翻出来，抖开，说让儿女评评，定论是非，那时，我常接到弟弟的电话说"两个老小孩又吵了"。

争吵骤停在那年4月18日。

那天父亲因"脑梗"住院，经过抢救治疗，半个月后父亲幸运地从死神手里逃脱，这次生病的后果是父亲的一只耳朵"背了"，结果是父母不再争吵了，因为争吵需要旗鼓相当的对手，父亲这一病，少了精气神，没有战斗力。

5月19日身体恢复得很好的父亲参加了妹妹的生日宴，父亲庆幸自己死里逃生，幽默地对我们说："阎王爷还没要我去报到，生死簿还没排到我名字呢。"宴席结束，父亲一反常态地把我们姐妹四人叫到面前认真地对我们说："哪天我先走了，你们一定要对你妈好。"父亲生怕一生强势的母亲，没有他的日子会受委屈，我们不以为意，我甚至愚蠢地认为父亲和母亲怎么会不在？

6月2日父亲提出去他们曾经工作几十年，生活了几十年的村庄去住，那是我和弟弟妹妹的出生地，那里曾有我们的旧家园。父亲母亲前两年在早已拆迁的旧家园旁边租一间房子，过一段时间就会去住住。每次去住，我们都反对：城乡条件之区别、来去不方便、年迈的父母经不起折腾……父亲却说"疲马恋旧秣，羁禽思故栖"。

那一次，是我和妹妹、妹夫送父母去村庄的，我帮父母打扫屋子，第六感觉总向我传递着莫名的忧伤。

那年的6月29日这天特别闷热，乡村更热。没有风，树头不轻易地动一下，知了不停地噪。父亲前一天就约请几位知交来家里小聚，父亲平生是不轻易请人吃饭的人，但那天请了。饭桌上父亲感慨颇多……22点左右累了一天的父亲准备休息时倒下了，倒在乡村的水泥地上……

由乡村转到县城，再由县院辗转到市院。一到市院就进了重症病房，几天后又做了切管手术。我们一刻不离守候在重症病房门外，一周后父亲终于从重症病房里推出来，那个健步如飞，谈笑风生，玉树临风的父亲不见了，一个陌生的浑身插满管子，不能言语，不能动弹，意识模糊，靠打营养液维持生命的白发老人蜷缩在病床上。这是我的父亲吗？

那个穿着西装，打着领带，戴着墨镜，走到哪回头率都是百分之百的人，眨眼间变成这样？记得我结婚后，有次父亲去我家，邻居奶奶见着我竖着拇指说："你爸，真帅！"那年父亲虽已年过七十，但还是那么伟岸、挺拔、气宇轩昂。

从贫穷岁月中走过来的父亲，恐惧饥饿，对粮食珍惜备至。记得小时候父亲是我们一大家最后吃饭的人。他会在我们姐弟四人吃过饭后，把我们的"碗根脚"连同剩菜剩汤，并在一起，以迅雷不及掩耳之势，风卷残云般一扫而空。后来我们长大了，结婚生子，节假日带着孩子回家，父亲仍会等我们吃过，把孩子们的"碗根脚"连同剩汤剩菜剩饭一并吃掉，只是这时父亲吃得很慢很慢……

母亲总说父亲有口福，吃啥啥香。自从父亲得了糖尿病、高血压后就忌口了，有很多食物不能吃。看到我们吃，父亲像孩子一样嘴馋想吃，就自言自语地说："我尝尝……"有时他的一尝比我们吃得还多。他还愤愤不已地说："我就不相信，吃饭，能把人吃死。"父亲有一口整齐的好牙，我很小的时候就喜欢听父亲嚼"萝卜干"的声音，特别好听……对吃那么执着的父亲，怎么能不吃饭，靠打流液生存？

父亲倒下的日子，我不是在医院，就是在去医院的路上。有时连续两天三夜在医院值班，帮父亲翻身、捶背、抽痰、倒尿……不到两小时一次，一天约十二次，还要每天擦洗两次，消毒一次。父亲皱眉，咧嘴，连续咳嗽，一定是哪有问题，问医生，查原因。父亲喉咙里痰咳不出，体温升高，心跳加快，我就惊慌失措……最痛苦的事莫过于为切管的父亲吸痰，父亲被吸卷成球的样子，让人目不忍视。后来，每到为父亲吸痰的时候，我就躲到门外，紧闭双眼，死堵双耳。以为闭上眼睛就看不见痛苦，捂上耳朵就不会有悲伤……

每天太阳升起时候，我就祈祷父亲的病能好点。我想父亲每天好一点点，我就满足了。这样，到了秋天，父亲也许能吃饭，到了冬天，父亲也许能说话，来年的春天父亲也许能走路，（哪怕是要搀扶着走，也行），再到夏天，父亲的病就会好了，就会乘BRT去买菜，回家他会系上大围裙，弄好饭菜等我们，晚上还会和我们来几圈麻将。

可是这看似简单再普通不过的愿望不但没实现，新的不幸又降临。

父亲生病，母亲多痛苦，只有母亲自己知道。母亲每天都要求弟弟送她来医院陪父亲。当母亲坐在父亲病床侧，手握父亲的手时，父亲眼角竟有晶莹的泪滴，母亲泪如泉涌，那泪滴和泪水隐含多少心疼和不舍，这又哪是我们做儿女知晓的？

那年的9月23日，父亲住院近三个月，这三个月，我们姐弟四人忙得像陀螺一样，为了更好地持久地陪护父亲，照顾好母亲，姐妹们决定让母亲来我家，由我边工作边照顾母亲，其他人全力照顾父亲。9月28日深夜母亲突然肚痛难忍，就近去了县院，第二天转到市院，确诊胃穿孔，手术后三天出现并发症，2013年10月5日11时，要强、智慧、善良的母亲猝然长逝。

母亲去世，我们不忍心告诉父亲，父亲好像心知肚明，每次看到我们眼眶里总溢满泪水，无限悲伤，纵有千言万语，不能言说……

2013年12月17日父亲也永远地离开了我们。

那个手指上夹着香烟，系着大围裙在路口等我回家的父亲再也不见了；那个我去哪都会千叮咛万嘱咐，怕我摸不着路，还掏出笔，找张纸为我画路线图的人不在了。从此，再也没有人顽强而执着地反复拨打我家的固定电话和手机，问我们过年在哪过？过节啥时候回？不会再吃到父亲的拿手好菜：小炒肉、红烧鱼、杂烩、炸肉圆、水踏饼、"小脚卷子"、馍头……从此人间再无美味。

……

春露秋霜，寒来暑往，那年的悲伤彻骨难忘。纵使春风吹绿原野，莺飞草长；纵使秋阳照耀大地，金谷飘香；纵使世界风景万般美好，都不及有父母在的时光……

祖父的碗根脚

碗根脚，是我们盐城土话。指用饭后，碗内吃剩下的饭食。现在物质条件丰富了，碗根脚一词也悄然退出人们的生活，然而，一次的午夜梦回勾起我对"碗根脚"的美好回忆……

前不久，睡意沉沉，口渴难耐，好想喝碗米糕汤——甜甜的稀薄的米糕汤，儿时祖母常会做给生病的祖父吃。此时我也想拥有一份。迷迷糊糊中，梦见我蹑手蹑脚猫进祖父的茅草屋，悄悄地端起祖父留给我的碗根脚——香甜的米糕汤……梦醒了，但我的思绪仍然沉浸在久远的过往……沉浸在祖父特意留给我的"碗根脚"中。

光滑匀称的芦苇秆编制而成夹篱笆，因为年久油烟熏烤变成深铜色，它将一间低小的茅屋一分为二。外间砌的是锅灶，里间是床铺。床，很小，夜晚却要睡着四个人，两大两小，祖父母还有我和妹妹。夹篱笆和茅屋一样旧，茅屋和祖父一样老。记忆中的童年，祖父好像一直不分昼夜地躺在篱笆墙里面的床上，没日没夜地咳喘，尤其在夜里咳喘得分外厉害。祖父的咳声，常把我从黑甜之乡唤醒，没法安睡的我憋着气盼着祖父这上气不接下气地咳，会有片刻的停，然后我又会在这片刻的停的间隙再迷糊地睡去。我的童年是在祖父的咳喘声里度过的。

一贯坚信病需要"三分治，七分养"的祖母，在祖父的病请大夫治也没成效的时候，就想方设法弄点比较精制的"食物"滋补祖父的身体。所谓精制的

"食物"，也就是米糕、炒面之类，对于贫穷的岁月，实属奢侈和美味的了。祖父吃得最多还是米糕汤。米糕是大米磨碎蒸制而成，比炒面似乎更有营养些，更不易生火。将米糕用冷水张开，在锅里炖熟，多点水，少点糕，就是米糕汤。然后放点白砂糖，有条件时，滴几滴麻油，香甜可口，嗅之，让人垂涎欲滴，食之，让人回味无穷。

祖母给祖父做米糕之类好吃的，都会避着我和妹妹的，因为小孩子不懂事又贪吃，给吧，吃不起，不给，又闹腾得不行。那年代我们都太穷，都很在意吃，嘴馋的孩子尤甚。只要提到吃，我身体的每个细胞都活跃异常，视觉和嗅觉的灵敏度都会发挥到极致。我不管在河圩上狄茅针，采桑果，在草垛堆上翻跟斗，捉迷藏，还是在邻居家跳绳、格方（儿时的一种游戏），我都能在祖母把"好吃的"端到祖父手里，或正要端到祖父手里的那一刻，如约而至。因为平时我不管玩得怎么疯，我都不忘朝家的方向瞄，很在意我们家茅屋上空的烟囱有没有冒烟，只要见到我家的茅屋上空有袅袅缕缕的炊烟，我会撒欢似的往家里奔，并能从扑面的清风里传来的香味辨别出祖母做的是什么"好吃的"……祖母说我是馋猫鼻子尖。

祖母把烧好的好吃的端到祖父床边，祖父推三阻四地说吃不下去的时候，我已蹲在夹篱笆的外边了。祖母一定要祖父吃，祖父问孩子的呢，祖母说孩子们没病没痛的，粗茶淡饭吃饱就行。祖父沉默，窸窸窣窣地起身，接过祖母手里的碗……

一会儿，祖父轻唤我的乳名，那时我很奇怪，为什么祖父会知道我在外边的？我想他不该看见我的。（小时候傻，不知道里屋祖父看篱笆外的我很清楚）他叫我帮他把吃过的碗端走，说他不想吃了，×××（我的乳名），不嫌有口水，帮我把碗根脚吃了吧，我高兴地说："不嫌。"于是祖父用他那细长的手把碗小心翼翼地端给我，叮嘱，"当心呵，别把碗摔了"……我"嗯嗯"接过碗，转身以迅雷不及掩耳之势将祖父的碗根脚"舌"卷一空。那是人世间最美的美味。直到现在我仍这么认为。

我和妹妹从够着碗那天起，只要祖父吃好吃的，就会叫我们去端碗，碗里一定留着碗根脚。享用着祖父的碗根脚之余，我还一直纳闷祖父为什么总是在吃好吃的时候掉碗根脚的呢？

　　我13岁那年，祖父离开了我们，祖母痛不欲生。我也是。那段时间我觉得祖父仍躺在夹篱笆里面的床上，叫我去端碗根脚，感觉夹篱笆里面的祖父还在咳喘，抑或在抽他的旱烟袋，烟斗里还烟火明灭……

　　那段时间神情恍惚的祖母成天神神叨叨地念着祖父往日的好。从祖母的千万遍念叨里我知道，我们一直以来吃的祖父的碗根脚，其实不是祖父吃不下去，剩下来的碗根脚，是祖父舍不得吃，从嘴里省出来的美味。也是那时我才知道，儿时扶我们走路，教我们数数，讲故事给我们听，有好吃都留给我们的，一直默默爱着我们的祖父，是继祖父。他的名字叫徐青龙。

　　在"物质太饱，精神太瘦"的日子里，我会不由自主地想起我最亲近最遥远最贫穷的童年，想起童年，就自然而然地会想起祖父的碗根脚，会想起祖父把碗根脚交给我的那份小心翼翼，祖父留给我们的不只是碗根脚，留给我们的是沉甸甸的温暖的厚厚实实的爱。

　　几十年过去，风雨岁月，烟火人生，吃过喝过，尝遍了人生百种滋味，可我依然觉得祖父掉的碗根脚，才是人世间无与伦比的美食，无论历尽多少岁月，仍让我回味无穷。

怀念一枝芦苇

2020年10月28日17：22你在朋友圈发美篇《深秋的短语》，10月29日上午我还为你的微信运动行走两千多步点赞，我手里还捧着当日的《盐城晚报》，读着上面你写的散文《一尺乡愁》意犹未尽。中午你就永远地离开了我们，你如火的生命定格在五十个春秋里。

亲人、朋友、同事不相信你会不辞而别，你是一个重情重义之人，怎么会悄然离去？我含泪打开你的朋友圈才知道，你早已一一道别。

《看着你长大》是你对宝贝女儿的最后叮咛："我的掌心总有你的温度/我的华发中更多的是慈祥/你勇敢地飞/就是我最大的愿望/我要看着你长大/这个秋天也许会有一场风霜/这是最后一次考验和试航"。

《深秋的短语》就是你和亲人、战友、同事、文友们在依依惜别。你对我们说："秋风算是一场旅行，旅途中难免有这样或那样的想法和不如意，只要你安好，我便安好。"

《一尺乡愁》是你对生养您的故乡最深情的眷恋。"乡愁馆在小河的对面，我想起了母亲在村头盼望时的背影……"

你在《注定》里说："也许就是/秋天太无情/有一天我们吐不出最后一口气时/可以说/已经尽力了/这个世界注定要被新生的时代接管。"你用诗人的才情，和军人的决绝与我们作别。

可是你怎能离开？

我想你走时的样子，也许像是一位老农俯身收割的模样。因为你是农民的儿子，是白发老父的主心骨，家里的顶梁柱。此时你一定惦记老父亲的自留地里未收割的稻子或已经收割，却无人挑的稻粑……

我想你走时的样子，也许是像端起相机专心对焦的模样。你心里一定还想着下一站该到哪个乡村去为那些不能行不能走的老人义务拍照。你还想着要深入小康村一线采风，对"每个小康村，工农业生产、生态环境保护，居民安居生活等特色工作创新做法，进行全方位策划，留下最美的瞬间。"全县已拍摄9个镇，19个村，拍摄幸福照近万张，你想把全县人民的幸福都照进来。

我想你走的样子，也许像是在伏案写作的模样。你是中国散文学会会员，江苏省作协会员，盐城市作协理事，阜宁县作协副主席。你要为《阜宁文艺》排版，要为《弯弯射阳河》校稿，还要在朋友圈为年轻的写作者留言、点赞，激励他们多写多练。你自己还要每天写一篇诗文，你曾戏称自己像个爱生蛋的母鸡，每天一个蛋，有时一天还写两篇文章，我们又笑称你下的还是"双黄蛋"……

你在《一块方砖垫起的文字高度》里说"我想用一根火柴划过家乡的土地，点起一堆堆篝火，在冷清安闲的窗口，把心思放进一个全无人知的夜晚，诉说一生一世的长短，让城墙上的每一块方砖都浸染文字的风采……"

"挥手秋天短语，乡愁一尺天涯。策马诗文万里，射河绿满蒹葭。"读着刘红霞老师的诗，我仿佛看到你灿烂地笑着，挥手作别的那份洒脱。

晚秋时节，坐在夕阳西下的射阳河边，望着默默流淌的射阳河，我会想起你，想起你在《弯弯射阳河》平台为我发了那么多篇文稿，想起第一次见你，你刚出新书——《射阳河水静静流》签名赠书的情景，你说你还要出好几本书呢，还想起你说你是"一枝芦苇"时认真的样子……

在我们的心目中，你是秋天里俯身收割的老农；是端起相机专心对焦的摄影师；是伏案写作吟诵天下的"诗人"；是一心为公，努力奉献的公务员。

可是，你却说：你是一枝芦苇。

是的，你是一枝芦苇。你质朴，低调，亲和，坚定。生前默默坚守在文字大地上，如今，被更多的人想起和记住。

　　是的，你是一枝芦苇。听人说，芦苇，即使芦花谢了，芦叶枯了，芦秆断了，芦苇的根仍会在地底下吮吸着水乡的乳汁，孕育新的生命。芦苇是不死的。有河流的地方就有芦苇，就有你。你永远在，在欢声笑语的人群里，在你行云流水的文字中，在我们永恒的记忆深处。

　　一枝芦苇——邱俊荣老师，我们永远怀念你！

老 朱

　　老朱，是我先生的姐夫，我女儿的大姑父，我一直叫他大姐夫。后来因为老朱在阜宁园林路东小吃一条街上开了个坐南面北的"朱记饭店"，大家都叫他老朱，我也顺嘴跟着叫他老朱了。

　　我和先生谈恋爱的时候，能让先生成天挂在嘴上的亲戚大概就是老朱了。先生会说："我大姐夫在县招待所工作……我大姐夫……"给我感觉他大姐夫不是招待所一把手就是招待所二把手。后来知道，他大姐夫是招待所里的厨师。原来老朱是退伍军人，退伍后先在化肥厂上班，后来被招待所要去做厨师，老朱是合同工，要他去的人承诺将来一定转正。哪知老朱到老还是个合同工。

　　我和先生结婚的时候，终于见到先生嘴里常提到的大姐夫——老朱本人。那时的老朱还算是小朱，个子不高，长得很敦实，圆脸，微胖，一副庄户人家特有憨厚样。他身上有同龄人少有的那种稳重和可靠。话不多，说出来的话又都幽默风趣。老朱到哪儿哪儿就热闹，就有欢声笑语，我的婆婆——老朱的丈母娘说老朱就是一条小火龙，喜气。

　　老话说得不假"丈母娘看女婿，越看越欢喜"老朱就是让我婆婆——他的丈母娘越看越欢喜的那个人。当然我婆婆喜欢老朱自有喜欢的理由。

　　老朱和爱兰大姐结婚以后，从没吵过嘴，没红过脸。凡事有商有量。老朱到县城上班以后，不但没嫌弃过晒得黑干的大姐，更多的是心疼。在老朱

101

心里他走出乡村，从此肩不担担，手不提篮，过着风不透，雨不漏的生活，却让一个女人在家既带孩子又种田，风里来，雨里去，心里很是亏欠。于是逢到假日或大忙季节就赶忙回来抢着干活，老朱似乎有使不完的劲，家里忙到家外。

老朱对老婆好，对老婆娘家人也是好，有时间就会陪大姐回娘家。老朱和大姐回来虽不是"左手一只鸡，右手一只鸭"，也是左拎右提的，车龙头上挂的，后座凳上拖的，庄上人都羡慕我婆婆修到一个好女婿。

女儿小时候，婆婆帮着带。婆婆和我们住在一起很不习惯，就常常挟着女儿到老朱家。一待就一两个月，老朱从没有怨言。婆婆身体不好的时候，我女儿就由老朱和爱兰大姐轮换带。那时老朱和他的同事没少拿好食物给我女儿吃。

那年，先生生病住院半个月，大姐和老朱一天跑几趟来探望，老朱每天下午还炖一钵汤让大姐送来，黑鱼汤、肉汤、猪腰汤、鸡汤……变着花样送。记得老朱不管炖什么汤都喜欢放蒜片，味道很是特别。

以前，我们没有上饭店的习惯，大事小事操办都在家里。记得女儿百露、周岁、十岁，还有我三十岁、我先生三十岁、四十岁都是在家里操办的。每次都是老朱帮我们烧菜，老朱本来指望衣着整齐来做客的，哪知是来做工的。忙得挥汗如雨，出钱出力，还没安安稳稳吃过我们家一顿饭，都是菜烧到最后才上桌。老朱的红烧肉、猪血烧大肠、软兜长鱼……让我们吃起来欲罢不能。

老朱烧菜多好吃？用任何文字都无法精准地表达出来。用我先生的话说"一想到大姐夫烧的猪血烧大肠、红烧肉和软兜长鱼就会流口水。"我老爸在世时逢年过节烧菜，就会问我："你大姐夫红烧肉、软兜长鱼、猪血烧大肠……到底是怎么烧的？"我笑着对老爸说："老朱的烧菜手艺一直被模仿，却无人超越。"

阜宁招待所改制老朱下岗了，就在小吃一条街开个朱记饭店，生意很红火。那时我请客都在朱记饭店，最初老朱会很客气不肯收钱，我就吓唬他"你再不收钱，我领人到你家隔壁吃，看你咋办？"一听这话老朱连忙说"收！收！"但每次都优惠到白忙。

女儿高三下学期我想租房陪读，大姐和老朱异口同声地说"租啥房？就住我家"。一待就是一学期。当中给老朱一家带来很多不便。可老朱说："我们成天在饭店忙，哪有不便的？"

老朱开饭店开到大姐说再开老朱就提不动菜勺了，才关门。不开饭店的老朱也没闲着，他和大姐忙着包饺子卖给饭店。后来爱兰大姐有病去世，我们又外出打工，和老朱就很少遇见。

有一次我乘公交车，车上有个老头叫我，我仔细一看是老朱。我问："大姐夫您去哪？"他说："不去哪，没事，就跟车转转。"爱兰大姐去世后老朱就跟着儿女轮流过，儿女很孝顺。但我就感觉没了爱兰大姐的老朱就像一个无根的浮萍，感觉老朱自爱兰大姐走后人和心一直在流浪……我知道老朱爱喝一杯，就诚邀老朱："大姐夫，下车，我请你喝酒。"他说："今天不了，等以后去你家喝。"

这一晃又过了一年多，有一天我在厨房里做饭，有一张老人的脸贴在我家窗户上使劲往里面瞧，因为太用力把鼻子都压扁了。"哪来的老头，望啥呢？"我心生疑问，连忙叫来我先生，先生也认不出是谁。先生打开门，一瞧，惊呼："大姐夫。"老朱穿着厚棉衣，戴着厚棉帽，笑吟吟地说："我都来望过好几次了，你们都不在家。今天终于在家了。""为什么不打我电话？"我说。不知是老朱没听见我说的话，还是不想告诉我们他听力不行，听不了电话。他答非所问，硬往旁边岔。那天我和先生留老朱吃中饭，他也没再客气。那桌菜是先生烧的，我们三人开了一瓶白酒。老朱端酒杯的手有点颤抖，菜也夹不起来，我和先生连忙轮着帮他夹菜，他连说"行了，行了"，那是老朱唯一一次到我家吃的现成饭，也是最后一次。

今年六月底我在上海，突然想起老朱，忙打电话和先生说有空要去看看大姐夫，想想又说还是等我回家一起去看他老人家吧。回家后被这样那样的烦心事又绊住，最终没去成。

2023年7月9日下午两点多突然接到老朱去世的消息，那时我正好去外地，第二天连忙赶回去见老朱最后一面。

我问外甥老朱是什么病？他说老朱没病，是一口痰窒息而死。老朱没受一点罪，也没麻烦别人，走得突然又安然，享年83岁。

一想到老朱我心中就有万般说不出的后悔，后悔这几年没常常邀请他喝酒，后悔今年年前年后没去给他拜年，更后悔这次上海回来没立即去拜访他……

他乡有最爱老朱的爱兰大姐，还有最喜欢老朱的我公公婆婆，他们正好可以凑在一起打麻将了。老朱很爱打麻将，生前为了生计，没时间打。这下老朱有大把的时间和爱兰大姐，还有我的公公婆婆打麻将了。老朱，祝您赢钱。

老朱，大名朱月广，阜宁陈集停翅港人。

那人却在，灯火阑珊处

我和先生结婚那会儿，先生介绍家庭成员。介绍到大哥、大嫂时，"咦！大嫂呢？"先生在屋内四处逡巡，然后手指煤油灯光暗淡的门后："那是大嫂。"大嫂静静地站在暗处，静得让人心疼。她笑吟吟地和我目光交集后点了点头。我看到矮矮的、瘦瘦的、黑黑的、有些腼腆的大嫂穿着一身半旧不新的灰衣服。不知为啥那时我脑海里突然就蹦出稼轩的那句词："众里寻他千百度。蓦然回首，那人却在灯火阑珊处。"

大嫂的名字叫陈方。曾经有一首很流行的歌"村里有个姑娘叫小芳，温柔又善良……"感觉大嫂就是那个小芳。桃红柳绿的年纪，大嫂去割草，背一捆山一样高的青草回来；荷锄下地，拖着一身汗水回家。都会路过先生家门口，路过时常常和大哥照面，一来二去，两人由常常照面到悄悄见面，神不知鬼不觉地恋爱了，"自由恋爱"。大嫂和大哥的自由恋爱时尚而纯美，像老家的老屋一样温暖，像故乡的泥土一样实在。可惜，世上没有不弯的路。这对年轻人的爱情之路就像村里的小路一样坎坷，我婆婆就是这条路上的绊脚石。

我婆婆生下大姐八年以后才生下大哥。就冲着这八年的漫长期待，你就能想象得到在重男轻女封建思想十分严重的农村，我那大字不识一个的婆婆在大哥小时候是怎么无厘头惯宠大哥的了。婆婆惯宠大哥到底宠惯到什么程度？村里流传着不同版本，听村里老人回忆说大哥六岁，和小朋友一起玩，玩着玩着奶瘾上来，还跑回家闹着找他妈妈(我婆婆)要奶喝。

听我婆婆说大哥上学念书，一放学就直奔锅屋揭锅盖，如果锅不热，没有好吃的食物，必然耍泼打滚闹腾一阵，家里有什么好吃的首先留给大哥，然后才是小妹，老二老三只有白相的份。

听我先生说年轻时的大哥是大帅哥。那年我公公婆婆去上海探亲，给大哥带一套杭罗褂裤，穿在身上风一吹直抖，感觉特别凉爽。夏天的夜晚，大哥穿着风吹直抖的杭罗褂裤，后裤腰别一把精致小巧的蒲扇悄然地消失在夜幕里，原来是和大嫂去约会的。

如果说少年时大哥生活在云里，那么少女时的大嫂就生活在泥里。大嫂从小就没父亲，寡母养育她和两个姐姐，家里没有男人作顶梁柱的寡妇娘们在农耕时代是怎么熬过来的现代人无法体会。听说大哥大嫂恋爱，我公公婆婆高调反对。每一个母亲都觉得自己的孩子优秀，优秀得无人能配得上。我婆婆尤甚。情绪激动的婆婆反复强调的重点词语就是："寡妇娘们""没舅佬爷""一脚迈到南山墙(指大嫂家房子老、破、小)""没十三拳高(指大嫂个子矮)""一把抓(指大嫂不仅个子矮还瘦小)"……我公婆越反对，大哥越坚决。这世上，没有父母能赢得过儿女的，何况是任性的大哥？终究大哥和大嫂还是结婚了。

婚后的大嫂没少受委屈。有点火就着脾气的婆婆没少给大嫂脸色看，一贯嘴不饶人的婆婆也没少对大嫂说难听的话。大嫂丢了犁耙拿扫帚，吃苦受累，听闲话受闷气，没落得婆婆说一个"好"字，在婆婆眼里她永远是一个"错误"。因为爱情，大嫂纵使受多大委屈都不吭一声，咬牙隐忍。也因为大嫂"磙子都碾不出屁来"，私下大家都叫大嫂"闷葫芦"。"闷葫芦"也是有性格的，以后的岁月里，没叫过婆婆一声妈(当然婆婆也不稀罕)，有了儿子也不叫婆婆一声奶奶，直至婆婆去世。当面和背后就用"您"和"她"替代。但，这不影响大嫂对公婆的孝顺。公公去得急，没有给我们尽孝的机会，婆婆跌倒、生病，需要人侍候，都是住在大嫂家。

婚后我们回去看望公婆。乡村的五月是忙碌的，乡村的田地里有挥镰抢割的人，到了村头先生遥指着一块田说那是大哥家的田。随着先生手指方向我看到一大片田野里有一个小小的黑影在移动，仔细看黑影后面是一排排麦把，黑影前面是一大片待收割的麦地，走近一看，那小小的移动黑影是大嫂。大嫂在割麦，我们招呼大嫂收工一起回家，大嫂说待割完这块地再回去。

此时大哥大嫂已和公婆分家。大哥是轧花厂的工人，大嫂在家务农。田里的一切农活，家里家务、怀里嗷嗷待哺的孩子、猪圈里叫唤的猪崽……都归大嫂一人操管。别人家都是夫妻两人做，甚至全家都上的农活，在大哥家只有大嫂一人做。挑啊夯啊都是大嫂。大哥即使假期回家顶多为大嫂烧点热饭、煮点热粥，大嫂就很满足了，就这大嫂还感觉委屈了十指不沾阳春水的大哥。

大嫂无论多辛苦，也舍不得大哥辛苦。她知道大哥没吃过做农活的苦，她更知道爱上这样的男人，她注定要吃苦。身材瘦小的大嫂干着庄户人家人高马大的男人干起来都吃力的农活。一脸满足。我曾暗暗思忖，世上有多少女人能做得到？

我每次回婆家，看到大嫂手里不是拿着锄头就是拿着锹，不是刚从田里劳动回来就是去田里劳动。每次大家庭聚会，冬天里，大嫂一定是去河边洗菜屋外刷碗的那个人；夏天，大嫂一定是默默蹲屋门口一手拉着风箱、一手添柴火烧火煮饭的那个人；吃饭，大嫂一定是最后上桌的那个人……

"没十三拳高"的大嫂，在我心目中堪称郑海霞。

操心和劳碌使大嫂比普通农村妇女更显老态。那年，我女儿十岁大嫂来我家，同事们都误以为她是我婆婆。都说长嫂如母，我们相处也真亲如母女。只要我回老家，大嫂就会为我默默地准备好多我爱吃的农产品，红豆、黄豆、角干、雪子面、咸菜、萝卜干、黑酱、鸡、蛋……包是包袋子是袋子，捆得捆系的系，拾掇得好好的，待我临走时悄悄地叫住我，让我带走。作为妯娌，"一把抓"的大嫂多么地白富美？

公婆去世后，我们不常去老家。再见大嫂时，大嫂得了脑梗，不但不能下田干活，连自理能力都没有，对于劳动一生、一刻不得闲的农村人来说这是多么痛苦的折磨？大嫂每天只能一动不动地、呆呆地遥望远方她曾经挥汗如雨过的田野，一天天，一月月，一年年，田野由青绿变枯黄，由枯黄变青绿，她知道属于自己的青绿人生不会再有……

大嫂在75岁那年的冬天，倒在她小儿子的怀里，就像冬天的落雪一样悄无声息。大嫂的骨灰埋在老家田野的尽头，是她小的时候挑猪草才会去的野外，那里灯火寥落，然而，我却常常蓦然回首……

暖　冬

那年是暖冬。

那年单位倒闭我下岗了。自打没有工作，没有收入，感觉我就和"钱"缠着了。那阵子钱把我"缠"得头昏脑账，"为伊消得人憔悴"。过日子要钱，孩子上学要钱，公房改私房要钱，门面付差要钱……

凡此种种的花销都得有个来处，之于我这个没技术没文凭的人来说只有两个渠道，要么外出打工，要么在家做小生意。外出打工，孩子还小，要陪读；老人老了，要赡养，走不开。就近打工，"宁倒酱缸，不倒酱架子"这么多年端着"铁饭碗"，吃着"大锅饭"养成了我趾高气扬，眼高手低的毛病，大事做不来，小事又不做。打工这条路被我那副傲睨一世的德行堵得死死的。那只有一条路，做生意，做个小老板，自由且体面。

自由和体面是需要金钱作支撑的。我虽工作这么多年，从工作最初的工资十八块多到下岗前一个月拿的一百八十多块钱，算算工作二十年，当中还拿过二十九块的、五十几块的工资……不吃不喝能余几文？况且我一向谨小慎微，中规中矩，做捱头事，拿死工资，月打月清，名副其实的"月光族"。要钱，要么去银行贷款。要么借。那时银行贷款手续烦，数目少，周期短，利息大，还要找熟人。为了借钱，我夜不能寐，辗转反侧，常常夜半披衣坐到桌边，用笔划名字，一个一个捋，看看谁有可能会借钱给我的？日思夜想，想钱都想成了忧郁症，就是没法开口跟别人借钱……

一天，母亲打来了电话，东扯西拉，问长问短，终于问出了我难以启齿的尴尬，问出了我被"钱"缠绕着的"剪不断理还乱"的苦恼。母亲那头沉默半晌，最后，也没说啥就挂了电话。

过了几天母亲打电话来叫我回家一趟，务必。我心不甘情不愿地去了。一迈进家门，母亲就把我拉到一边，悄悄地问我，真想做生意？我说真想。她说做生意，要守呢，要有耐性，还要吃得了苦。我说这些我都想过了。我能。母亲沉默了一会，转身从橱子里拿出四扎钱深吸一口气对我说："这八万先拿去做生意吧，赚到钱再还回来……"后来才知道这四扎钱分别是姐、弟、妹的，还有爸妈的全部积蓄。那天听说我为钱心焦，妈妈挂了电话，当晚就召集姐弟妹商议，主张大家出钱帮我开个店。我怀揣着亲人的希望和爱又贷了四万元贷款。租房，装修，进货，招服务员开了个羽绒服专卖店。

店开在小镇，品牌羽绒服因为价位偏高，在小镇很不畅销，生意寡淡，天又一天天冷不起来，一向怕冷的我，那阵子只要见到阳光就急得脑门冒汗。

后来才知道这年是百年难遇的暖冬，被我这个刚下海不谙水性的，卖羽绒服的小白遇着了。看着大街上来来往往男男女女敞怀露膀地沐浴在暖阳下，舒坦暖和得如在春天里，我人像掉到冰窟窿里似的寒冷，我知道大势不好，挣钱的路上我刚抬脚起步就栽了个大跟头。最终是羽绒服囤存十几万，卖不出去。虽说合同上是包退货，但资金积压，半年白忙活，日常开销倒贴，房租，装修费，服务员工资都要我赔上。

最主要是退货钱，要半年后才能返还到账，银行贷款马上就要到期，一向把信用看得比生命还重要的我急得像热锅上的蚂蚁。那段时间，提到"钱"我后脊梁骨都在冒凉气。

正当我焦头烂额，百爪挠心时，母亲又来电话了。现在想想一定是母女连心，有心灵感应，母亲总会在我困顿、窘迫、伤心难过、惴惴不安时来电话。这天母亲又如往常漫不经心，东扯西拉，东询西问，又问出我的难事了，但这次，我是不指望再借家人钱的了，旧债没还，没脸再借新债。

过几天，父母风尘仆仆地来到我家，从旧蛇皮袋里掏出用报纸一层层包裹着的一沓钱——四万元，说快拿去还贷款……后来才知道这些钱是爸妈从堂兄弟表兄妹那里凑来的。我都能想象一向不愿意张口求人的父母向小辈张口借这笔钱时的模样……

　　母爱和亲情如冬日和煦阳光，呆呆地照耀在我原本云遮雾障的生命的天空，让我在人生的冬天里倍感温暖。

　　我永远都记得那年，那年是暖冬。

小时候当官(锅)那些事

当锅，方言，烧饭、料理炊事的意思。可在我小的时候一直认为当锅和"当官"是一回事。

我们家首先把当锅当成"当官"的应该是我那伟岸挺拔，仪表堂堂，身高一米八的父亲。他星期天回到家，放下行李，就系上围裙，兴高采烈地说"今天让我来当官(锅)。"右手拿着勺或铲子，对我们说"看爸爸今天弄什么好吃的给你们吃？"于是就听厨房里一阵乒乓响，就像交响乐一样，又一会儿我们闻到葱姜蒜和油香味了，再过一会儿父亲就像变魔法一样，将美味佳肴呈现在我们面前，父亲振臂一挥："开吃！"我们几个就像小猪崽抢食一样挤到桌前……

在物资匮乏的小时候，很多人填不饱肚子，哪有什么美味佳肴，有的也只是粗茶淡饭。只是智慧、手巧的父亲会将有限的食材变得美味些，再美味些……将贫困的生活过得有意义些，更有意义些……父亲将烟火味十足的烧烧煮煮搞得跟当一堂官似的神圣。

父亲星期一就去学校了，母亲工作也忙，我们家当官(锅)就是外婆。外婆为官(锅)勤勉，但有点儿偏心。重男轻女的外婆每天会去鸡窝掏一个蛋，或炒一小碗蛋炒饭给弟弟吃，或煮一个白水鸡蛋给弟弟，有时会冲一个蛋汤放点糖给弟弟喝。在分配食物时也不平均，煮粥会把稠的先盛给弟弟，炖鸡蛋会把蛋碗留给弟弟，吃啥都想着弟弟。但偏心眼的外婆当官(锅)能力真是没人可比的。外婆煮的菜粥，吃多少都不想放碗；外婆摊的面皮薄如纸，劲道十足，外婆夹的小麦面疙瘩，滑溜透鲜……

外婆不在我家的时候，母亲当官（锅）。作为小学校长的母亲的心一直不在当官（锅）上，在她的学生身上。她和前两位不可比。做菜都是一锅下，没啥技术含量，正如她自己说的："保证菜是干净的，煮熟的，其他没保证。"炒韭菜，韭菜不是炒过了，就是少炒两铲子；炒茄子，忘了放盐；炖鸡蛋，打死卖盐的；煮饭不是烂就是硬；煮粥不是稀就是稠……好在当年的我们饥不择食，好赖都下肚。如果按当官（锅）标准评价母亲，母亲当的是"庸官（锅）"。

我们家当官（锅）不但论资排辈，还知人善任，人尽其才。在外婆和爸爸妈妈都不在家的时候，我们家当官（锅）就是大姐。大姐当官（锅）用老话说就是："山中无老虎，猴子称霸王。"大姐就像年轻干部一样大胆创新，力求上进。大姐会自作主张地发动我们一起包水饺、一起和面擀面条、摊面皮……这些也是我们几个小馋虫一直想吃的美味。记得那时大姐切葱切韭菜会自言自语："长切韭菜，细切葱……"大姐下面条下饺子时又会自言自语："生透饺子，熟透面……"（几十年了，我凡是切葱切韭菜，下饺子下面，我都会将大姐的这番自言自语，再自言自语一番）大姐领导能力极强，官（锅）当得有模有样。我们一起动手干活，一起背诵当时人人会背的毛主席语录："自己动手，丰衣足食""团结、紧张、严肃、活泼""下定决心，排除万难，去争取胜利。"……忙得兴致勃勃，可惜，结果大姐总会被爸妈批评：擅自主张，把家里待客的精粮都吃了。

我也当过官（锅）。刻骨铭心的一次。那是夏天，爸妈去公社开会，外婆不在我家，姐姐不知什么原因也不在家。就论资排辈也该是我当官（锅）了。那天，爸爸帮我系好围裙说"今天你当官（锅）"。感觉围裙一系，我就跟穿上官服那样神气了。爸爸不厌其烦一遍遍教我怎么当好官（锅），饭放多少水，做菜的步骤。记得菜是青菜烧肉，爸爸叮嘱菜里只放半瓢水。那时穷，难得吃一次肉，我又难得当官（锅），就自作主张放了两瓢水，我和十岁的妹妹，八岁的弟弟，怎么喝，只喝一半，余下的实在没法吃，剩下太多，又害怕被爸爸妈妈责怪。思来想去，妹妹出主意让邻居家的大花（狗）来吃。这大花平时在我家门前十八遍地转悠，这天竟寻不见它。妹妹和弟弟好不容易把大花找来，我把汤端到大花面前，大花居然闻了闻，不屑一顾地摇着尾巴傲然地走了，我真生气了，那是什么年代？人都没得吃，吃不饱的年代，它，大花居然还挑食。大花不吃没办法，也不能强制。正好大队宣传队在学校排戏，我好不容易请"小铁梅"把余下的肉汤喝掉。晚上爸妈从公社开会回来，问弟弟妹妹："今天你二姐官（锅）当得怎么样呀"？姐弟俩异口同声地说："二姐烧的菜难吃死了，连狗都不吃……"

那次当官（锅）经历对我伤害极大，以至今日提到烧烧煮煮仍然为难和发怵。

多少年过去，物质越来越丰富，我们对吃再没有以前那么执着了。外卖、饭店、食堂、保姆……也让很多人远离烟熏火燎，但我好怀念儿时当官（锅）的时光，好想再一次听父亲说："今天我来当官（锅）。"然后系上大围裙说："看爸爸今天弄什么好吃的给你们吃？"

那些被阳光晒透的日子

早晨起来开门，不小心碰到铁门，烫手。盛夏的阳光晒在身上火辣辣的，刚晾出去的衣服片刻就嘎嘣焦干，嗅嗅，竟有被太阳晒糊的香味。于是一整天躲在空调房里，不敢露头，直到傍晚才走出屋。坐在门前河码头的石板上，脚放到水里，左右摆动。河水轻抚我的双脚，像妈妈年轻时绵如柔荑的手，拂过我被皮带抽得燥热的地方。

那时的夏天真热。阳光能晒透所有，也晒透了我的童年，如果在外面疯玩一天，身上会被晒脱一层皮，又疼又痒。那时没有风扇，没有空调，只有一毛钱一支的冰棍和清凉的河水可以消暑降温。夏天的小河是我们的乐园，也是我们常常被妈妈打的根源。

被打在我们小时候是家常便饭。"打是亲，骂是爱"是父母打我们最理直气壮的理由。窘迫、困顿、劳碌、没多少文化，注定那时父母教育子女最有效，最直接的法子就是打。常有父母感叹这孩子打皮得了。所谓"皮得了"就是这孩子已具备抗击打能力。能从容镇定地面对父母的拳打脚踢，棍棒相加。我小时候就属打皮得的那种！

七岁时在老家，我和姐姐去潮沟河钓鱼，半天没钓着一尾鱼。傍晚，姐让我扛着鱼竿回家。半路上碰到正在河边割草，比我大两岁的小芹子问我钓多少鱼？我短发一甩，骄傲地说"不告诉你"！只听小芹"呀"的一声尖叫，鱼钩半天没钓着一条小鱼，竟钓上肥嘟嘟的小芹了……后果是把小芹手拉豁了，到潘先生的诊所缝了好几针，我被妈妈抽了几鞋底。

那时，还没有自来水。吃水用水都要到河里抬或挑。有一年暑假，妈妈一早就把睡意正浓的我和妹妹叫醒去南河边抬水，说要等水煮早饭。南河边离我们家不算远，一路是人家。我和妹妹很快汲满一木桶水晃悠晃悠往回抬。走到半道被小伙伴叫住说，她要帮我们梳头，我们欣然应允。妹妹梳过，帮我梳；我梳过，帮妹妹又梳，打打闹闹忘了时间。这时看到妈妈拿着鸡毛掸一路找来了……我们慌忙去找水桶，哪知水桶里端坐着邻居家光着腚的小男孩，小男孩手不停地在水桶里拍打，水花四溅……妈妈扬起鸡毛掸追着我们打，我俩跑得比兔子还快……现在还记得妈妈气急败坏的样子。

十一二岁，妈妈在外婆的提醒下说女孩子该学学弄针线了，利用暑假先教我拆棉袄。把棉袄的里子和面子拆开洗，把棉花取出来晒。我学了，也会拆了，只是来年我经手的棉袄，五个纽扣处变成五块补丁，好棉袄也成了破棉袄。现在还记得，母亲看到，五个纽扣变成五个洞洞时的愤怒模样，怒发冲冠，就那状态。结果是可想而知的了。

过一段时间妈妈又拿来一双鞋底让我纳。我手没劲，顶针顶断了不少根针，针就是穿不过鞋底去，央求姐姐帮忙纳。我用刷一顿锅碗来换姐姐纳两行鞋底。有次姐姐去村庄上玩，走在我家门前小渠对过，叫我把鞋底甩过小渠让她带着纳，我用力一甩，或许因风向不对，或许因我人小力薄，鞋底甩落到小渠里了，小渠水哗啦啦地流，我费了不少周折才把鞋底捞上岸。回家被妈妈用鸡毛掸一顿乱打。理由是我不该投机取巧，自己事应该自己做。潮鞋底连神仙都没法纳，只好放到茅屋顶上晒，一日两，两日三，晒到六月刚要晒干，有天一阵雷雨倾盆而下，鞋底又遭了殃，更没法纳了，再晒。晒着晒着，我长大了，上中学了，恢复高考了，妈妈对我又有新要求了，纳鞋底的事就搁浅了。从此，那半只鞋底一直放在我们家里的大木箱的箱底，成了教育姐妹们的反面教材，是我笨拙的物证。每年夏天暴伏，小脚的外婆就会一颠一颠去拿这纳一半的鞋底，像念紧箍咒一样，念得我头疼，直至我出嫁，92岁的外婆逝去，姐妹们还会想起我纳鞋底那些糗事，时不时地抖出来笑我一通。

少年之前我总犯错。就像"错"字跟着我如影相随一般。那时我家门前不但有一条小渠，小渠前面还有一条河。在小河上用树桩钉成一处河码头，伸到河中间，我在这河码头，犯的错最多，特别是春夏，我特贪恋小河内外的风景。喜欢小河的野菱，芦苇，蝌蚪，喜欢坐在码头的木桩上，将脚伸到水里，撩一种叫"虎头呆"的鱼……因此，在河边刷碗，筷子不经意跟水流走了；洗衣服，肥皂不小心沉入河底了；洗鱼，剖过肚子的鱼，悠然地游入水中央了……

为此，隔三岔五的免不了皮肉之苦。因妈妈脾气急，工作忙，加上我们屡教不改，致使我们一犯错，妈妈便直接上手打。妈妈看上去是"手如柔荑，肤如凝脂"的温柔女子，但打起我们一点不温柔。要么用裤腰带（妈妈的裤腰带是皮的，上面带铁头），要么用鞋底（妈妈那时就穿皮鞋了，皮鞋上钉着铁掌），要么是鸡毛掸，那会我们见到妈妈摸腰（抽裤腰带），或弯腰低首（脱鞋），或寻寻觅觅（找鸡毛掸）就知道大事不妙。但打过以后，妈妈总会轻轻摸一摸我们挨打的地方，问一问疼不疼，再叹口气，有点恨铁不成钢的无奈……

一晃几十年过去，我长大变老，不再青春年少。可我依然会做错事。只是再也不见妈妈寻寻觅觅，或者弯腰低首，蓄势待发，动手打我的样子了，现在才知道，被妈妈打打骂骂的时光，竟是我一生中最被疼爱的时光。

第三辑

人生如逆旅，我亦是行人

二　姐

二姐39岁那年下岗了，震撼最大的不是二姐，是二姐的父母。那段时间，老人成天捧着电话本，围坐在电话机旁，打电话给他们认为有指望的亲友，拿主意，想法子。他们愁一直以来"肩不担担、手不提篮"被称为"懂事晚"的二姐，拿什么过好自己的余生？

而此时的二姐悠然地端坐在牌桌上，正若无其事地在"斗地主"，任地动山摇，她自岿然不动。"懂事晚"的二姐不知道她人生的牌正在重洗，更不知道在人生的牌桌上，她将会摸到怎样的一副牌？

"懂事晚"，是大姐给二姐起的绰号。二姐和二姐夫谈恋爱到结婚过日子，点点滴滴的事情叠加起来，足以说明二姐"懂事晚"。二姐初见二姐夫，二姐夫正口若悬河，唾沫星子直飞地坐在供销社柜台内讲《三国演义》给同事们听，一个个听得像小鸡啄食似的头直点。

二姐从小就喜欢读书，竟没读过《三国演义》。二姐崇拜二姐夫"博览群书"，爱情的种子从此埋下。婚后才知道，二姐夫竟是个读书就犯困的主，之所以对《三国演义》如此通熟，都是因为老家有个说书看相的邻居老头，没事就讲故事给二姐夫听，一来二去，二姐夫变成了会讲故事的人。

二姐和二姐夫恋爱，二姐夫承诺："今生只要有我一口吃的，肯定有你一口吃的。"在那贫困的年月，这话让二姐幸福无比。婚后，二姐夫的确信守了诺言，可二姐夫和二姐结婚十几年，除了让二姐有一口吃的以外，真没有再给过她别的什么幸福。

婚前二姐询问二姐夫的家境，二姐夫说家境不算好，不过反正周围没有人家比他家条件好。二姐暗忖：不管怎么说，应该过得去吧？哪知二姐和二姐夫谈婚论嫁时，到二姐夫家一看，倒吸一口凉气。二姐知道农村穷，但不知道他家这么穷。的确，二姐夫也没撒谎，在周围人家中，数他家鹤立鸡群。滑溜溜的泥墙，金灿灿的披墙草，还有其他人家没有的木板门。

婚后过日子，二姐更显露出了她的"懂事晚"。二姐夫叫二姐买米，二姐拿着供应本直奔粮站，一会儿空手回来了。二姐夫问："米呢？"二姐说："不知道凭供应本买米还要钱……"类似的事数不胜数。大姐便为二姐起个"懂事晚"的外号。

鉴于二姐没技术、没文凭，全家人经过商量，让二姐在小镇开个服装店。于是，二姐带着她家的全部存款，加上从信用社贷来的两万元贷款，开始了今生第一次远行——到常熟进货。

在常熟批发市场，弱不禁风的二姐，背着沉重的货，趔趄着行走在陌生城市那川流不息的车海里。二姐的眼，湿湿的。二姐如此狼狈的模样被一亲戚碰见，那人把看到的情形添油加醋地告诉二姐的父母，老人心疼得几夜无眠。

二姐一路按照二姐夫的叮嘱进货。"多进样，少进量"；"要得多卖钱，就得商品全"；"货比三家不吃亏"……可尽管这样，每次进货都会搭点钱进去。俗话说"烧香买、磕头卖"，吃尽千辛万苦进来的货，不一定能卖出去，卖出去的不一定就赚钱，二姐常常被还价的"砍客"急得眼泪"吧嗒、吧嗒"往下掉。二姐夫还嘲笑她是"掉金豆"。

多少年过去，身边多少穷人翻身变富人，多少无产阶级成为资产阶级，二姐一家仍在贫困线上挣扎。二姐夫总对二姐信誓旦旦地说："过两年就好了，过两年就好！"过了不知多少个两年，二姐家的经济状况仍然没有好转。

那年，为了早点走上致富路，二姐另租一间门市专卖羽绒服。银行贷款十五万，租房、雇员、进货……但是倒霉人喝凉水都会塞牙缝，偏偏那年是暖冬，羽绒服库存积压了三分之二，一夜间二姐愁得霜花飞上鬓角。自此，二姐落下一个毛病，见到太阳就出汗，无论冬夏。

随着小镇的人越来越多地涌进城市，小镇生意也越来越不好做，为了生计，二姐到县城打工去了。有腰椎间盘突出毛病的二姐夫留守门市，在慢节奏的小镇，二姐夫手捧茶杯，雇个年轻的服务员，守着惨淡的服装生意，悠然地度着时光。

门市生意越来越惨淡，在别人家生活水平发生日新月异的变化时，二姐家还在原地"踏步走"。在二姐夫安慰二姐"会好的""会好的"时，二姐第一次不相信并和二姐夫大吵了一架。二姐和二姐夫吵架，就像说对口相声那样，二姐夫总会把二姐绕进去，把二姐头说昏了，自然休战。

在县城，二姐的工作并不好找。无论哪家看到二姐清爽爽的一个人，起初都是愿意要的，但一看身份证，摇头：超龄。于是二姐就托以前的一个小姐妹帮忙，到一个小饭店做起服务员。

说实话，撇开年龄，二姐也不能胜任服务员的角色。拖把拖地不会——二姐在家没用过拖把，都用毛巾抹地；端菜端不稳——盘大汤热，二姐胆小力怯。有次因为烫着手，竟把整盘菜都撂地上；洗碗也不在行——曾将人家一摞碗全部跌碎。终于，二姐因为某次把羊肉汤洒到顾客身上，主动辞职。

在一个隆冬季节，二姐经人介绍到一家公司做保洁。这是个不需要多少智慧、没有任何技术含量也不需要动用过多体力的活。按理说这活二姐能做，可招聘的人看到二姐直摇头，形象气质与保洁格格不入啊。部门经理一看更是皱起眉头："不是这块料"。最后碍于熟人的情面，加上保洁难招的局面，公司勉强同意试用，却没指望她能留下。

不想二姐居然做下来了！

几年过去了，二姐比以前消瘦了许多，老了许多。但她很快乐，她说她现在会用拖把，会用扫帚，手上也有老茧了。她还乐呵呵地说："我在补课，补年少时落下来的劳动课！"二小姐终于成了名副其实的二姐！

这些年，二姐还利用劳动的空闲，重拾起了少年的梦——作家之梦，时常在报刊上看到二姐的名字读到她文章。大作家马尔克斯曾说过"我年轻过，落魄过，幸福过，我对生活一往情深"，用这句话形容二姐，再恰当不过了。

同学眼镜

我点了一壶红枣桂圆莲子茶，提前坐在县城一家茶社临窗的桌前，静静地等着"眼镜"的到来。凝望酒精炉上沸腾的茶水，有关"眼镜"的记忆随着烟雾缭绕的热气在我眼前——舒展……

"眼镜"是我的发小。也是我同学。

"眼镜"的父母都是老师，家中藏书颇丰。从小学开始"眼镜"读了不少市面上买不到的经典书籍，十一二岁就成了近视眼，蟹壳大的脸上早早就架了一副十分夸张的大眼镜，久而久之"眼镜"就成了她的代名词。

因为腹有诗书，"眼镜"的语文特别好，作文常常在年级传阅，甚至登上学校的范文榜。记得那时"眼镜"的理想是做一个文学家。课余假日她总是埋头于鲁迅、茅盾等人的文学作品里不能自拔，留在我少年记忆里的是"眼镜"永远手捧着书本低首缓行的身影。

上高中，我到邻乡中学读书，和"眼镜"分开了。她曾给我写过一封励志互勉的信，文笔华美流畅，情真意切，我给她回信，写了数十遍，撕了写，写了撕，总觉得言辞拙塞，终没有勇气寄出。两人从此就断了联系。

高考"眼镜"因为数学的"短腿"，语文又发挥失常而名落孙山。我发挥倒很正常，但科科都是短板，更在孙山之外。一心梦想让我跃出农门的父亲，非常执着地要我复习，三年，仍在孙山之外，第四年父亲终于向命运妥协，松了口，不再要我复习。

一日我漫无目的地行走在村庄的集市，任由涌动的人潮推拥挤撞，不知不觉挤到合作社的门市里，这里弥漫着糖烟酒副食品的清香，在物资匮乏的年月这种香是诱人的，这地方也是令村庄里的人瞻望咨嗟的。高高的柜台里面有人叫我乳名，抬头望去是"眼镜"。看到婷婷袅袅，语笑嫣然的"眼镜"我有点踟蹰不安。眼镜热情地招呼我坐在柜台的一隅，等她下班，她领我到货架后，送我一包二斤白糖，在那年月是弥足珍贵的。我推拒，"眼镜"硬塞给我，说是单位分给她的计划。我很羡慕"眼镜"有一份在物资紧缺的年代比别人方便购买紧俏商品的工作，羡慕她高高在上的那种怡然，眼镜却说她心仪的工作是做一个图书馆管理员或是老师，可以读很多很多的书。我告诉她我"三连挫"时，她没有惋惜，倒是宽慰我说，三年复读，虽没考上大学，于人生来说是知识文化的一次大储备，复读不会白读，天生我材必有用。她说她做梦都想能复读一年，可惜没有这个机会。从供销社门市出来，因为"眼镜"给我的二斤白糖，抑或因为"眼镜"的一番话，我心情竟轻盈了许多……

如"眼镜"所言，我三年复读，没有白读。秋学期村里小学缺老师，我做了代课老师，几年过后，转成民办教师，又几年转成正式教师，兜兜转转我也加入"吃皇粮"的行列。自那次门市一别，我再也没遇过"眼镜"。听说她嫁人了，为了爱情她嫁了个穷男孩。用"家徒四壁"形容她的婆家一点都不为过，大纸箱小纸箱一直摞到屋梁上，纸箱里存放的经典书籍是她的全部家当。贫穷的日子里，她"喜欢翻开一本又一本书，独自感受书籍里的丰盛"。她的婚姻成为那阶段同学聚会的头条新闻。

不久，"眼镜"调到外地工作，杳无音讯。

人愈老，愈怀旧。前不久，同学小聚，回味"恰同学少年，风华正茂"的美好时光，自然而然地会想到"眼镜"。听人说"眼镜"一直在供销系统浮沉，经历转岗，下岗，买断工龄，提前退休的坎坷，现在成了某建行的保洁阿姨，着实让我吃惊不小。我无法想象年少时优秀的她，竟然如此这般地跌落尘埃，做一个烟火十足的保洁。

我真想见见"眼镜"。更想看看四十年的风尘怎样淹没了她的芳华。几经辗转终于打听到"眼镜"的电话号码，相约今天于茶社一见。

　　"'木木'想什么呢？"啊，"眼镜"悄无声息坐到我对面，我都没觉得。我诧异岁月虽然暗换她的青春容颜，但她纯净依然。交谈中，我想不通，问她为什么要做保洁这份工作？她慢悠悠地端起杯子，眯起镜片后的双眸，注视着杯中升腾起氤氲的热气，像在找寻，像在玩味，更像是沉醉其中，说，适合和喜欢。

　　我说我们这年纪，跳跳广场舞，锻炼锻炼身体，颐养天年，何必要吃这份苦？她说，她一直认为劳动是人类最美丽的舞蹈，劳动是最好的运动。做保洁，既锻炼身体，还有时间读书多好？我惊愕，你还在读书？她说，有人说过，"读书是无处不可的，于山中可读书，得其空灵；于海上可读书，得其辽阔；于花荫下可读书，得其馨香；于月夜可读书，得其静谧。"在困顿的岁月里，书给人温暖，给人力量……

　　听"眼镜"的一席话，我被她震撼了，这种感觉不知是疼是痛……四十年过去，我以为岁月憔悴了她青春的容颜；贫穷荒芜了她的灵魂；困顿击碎了她的初心。我以为我能超越她。哪知岁月竟使"眼镜"愈发美丽，不改初心，芳华四射。

　　为了赶上员工下班后去保洁，"眼镜"和我依依惜别。目送着在夕阳斜照下，晚风习习中登上公交的"眼镜"，原来她一直站在人生的"制高点"，一直让我仰视。无论过去还是现在。她一直以孩童般的纯真对待生活，以保洁的精神阻止自己滑向世俗的泥沼。我情不自禁哼起最近网络上很火，被山村教师梁俊和孩子们演唱的，孤独了三百多年的清代袁牧的《苔》："白日不到处，青春恰自来。苔花如米小，也学牡丹开"。

　　心里默念：亲爱的"眼镜"，愿你余生如牡丹盛开，开出一个高洁勃发的精神世界。

人群里我总会多看你一眼

  无论何时只要提到"法律"两个字我都会凝神静听；无论何地只要看到"人民法院"的建筑我都倍感亲切；人群中我总会对穿警服的女孩多看几眼，因为我的女儿是法警。

  每一个女孩心里都有一个公主梦，女儿也是。女儿小的时候我一不留意她就会跋我的高跟鞋，在屋里踉踉跄跄来回走。夏天看我穿漂亮的裙子，她会奶声奶气地对我说："妈妈，宝宝长大了，也穿花裙子。"

  可是大学毕业后，她却放弃在外企的高薪报酬，报考法警，来到了家乡的法院工作。做了警察以后，女儿收起了她心爱的曳地长裙，脱下长丝袜和高跟鞋。她不再像别的女孩那样拥有缤纷的发色，不能抹上艳丽性感的口红，不能描上柳叶弯眉。她素面朝天，忙起来，甚至不洗脸，她只能穿蓝色的警察制服，必要时还要带上厚重的装备。可女儿说：我爱红装，但更爱武装。

  在妈妈的眼里女儿永远是最美的。我的女儿一米六五的身高，"秾纤得衷，修短合度。肩若削成，腰如约素"。可是，散打、摔跤、障碍越野……这些艰苦的体能训练，硬生生地将我女儿的杨柳细腰练成"虎背熊腰"，将我的娇女儿，练成了"女汉子"。女儿说："我们今天的玩命训练，是为了在祖国和人民需要我们的时候，能救更多人的命。"

  "既然选择了远方就不怕长途跋涉，既然选择了天空就一定要展翅翱翔。"女儿从小文静腼腆，不善言语；生性胆小，见到小毛虫都会尖叫。做了法警以后，女儿加强训练，刻苦锻炼，努力学习，不断进步。现在接警巡逻，押解罪犯，抢险救灾……只要人民需要，一声令下，女儿就义无反顾向前冲。呵，我曾经的娇女儿，现在成了巾帼不让须眉的女战士啦！

作为母亲，女儿希望自己能有更多的时间陪儿子读古诗词、唱儿歌、讲故事、做手工……可作为一个人民警察，顾得了工作就难顾上家。一次女儿去执行押解任务，往返两个回程三百多公里，这一天女儿从早六点出发，晚九点才归。到家一看宝宝无精打采，满脸红红的，赶忙去医院。医生质问"怎么才来？"因为耽误了就诊的最佳时机，如今宝宝落下了一着凉就咳个不停，一咳就要雾化的临床症状。为此女儿一直怀着深深的内疚，但作为共产党员和人民警察，女儿说："尚法、厚德、敬业、为民是我应尽的职责！"

女儿在别人眼里是个小法警，可她是我的天，我的命，我的希望，我的未来，是我手心里的宝。我常叮嘱女儿不管在什么时候一定要保重自己，保护自己。女儿却说："哪里有危险，警察就在哪里。党和人民的利益永远高于一切。"

女儿生在新中国，长在红旗下，她和她的战友们没有在硝烟弥漫的战场上冲锋陷阵过，也没有荡气回肠的英雄业绩。他们是那么普通，那么不起眼，就像生长在我们家乡小圩埂上，秆叶强韧，耐旱耐涝，耐热耐寒的"巴根草"一样平凡、质朴、顽强，没有树的伟岸，没有花的艳丽，任风狂雷急，日晒雨淋，牢牢地扎根在家乡的大地上，为祖国的春天增添了一抹抹生命的绿色。

人群中我总会多看你几眼，中华人民共和国的人民警察！

穿紧身花衬衫的装门师傅

门市玻璃门坏了，想换个新的。看朋友家的玻璃门，质量、式样都入眼，就向他打听是在哪儿做的？古道热肠的朋友立马帮我联系师傅。

一星期后，师傅如约而至。师傅身高足有一米八，一件花衬衫紧紧地包着他庞大的身体，使他整个人被勒成了一个大号的"水花生"，还留着像英国绅士一样的小胡子。他让我觉得面熟，但又想不起来在哪儿见过。后来我终于想起来了，他太像八九十年代港台剧里的黑老大，如果不是朋友力荐，我肯定不会要他来做玻璃门。

在我们这儿请师傅上门做工，除了谈好的工钱以外，还要买包烟送给师傅，聊表敬意。按惯例先生去买两包烟，一包给"花衬衫"，一包给和"花衬衫"一起来的小工师傅。"花衬衫"坚决不收烟，说自己不抽烟。在我再三恳求下，"花衬衫"手指小工师傅："他吃烟，就给他一包，我不需要。"小工师傅谦让再三，收下了。

小工师傅的面貌看上去显苍老，大概年龄要比"花衬衫"大得多，我目估七十多岁的样子，我们觉得按面貌叫他老爹爹也妥帖。老爹爹黑衣青裤，干巴瘦小，和人高马大的"花衬衫"形成强烈的视觉对比。老爹爹似乎眼神不大好，"花衬衫"让他把东西放在竖线上，他迟迟放不到位，急得站在脚手架上的"花衬衫"吼雷样大叫。"花衬衫"脾气急躁，整个装玻璃门过程，就是"花衬衫"吼老爹爹的过程。平生最讨厌有人恃强凌弱，更何况欺负一个老人？我对

"花衬衫"格外不满意。

门要装到下午，先生留两人在家里吃个便饭，"花衬衫"吃了两大碗饭，老爹爹只吃了半碗，先生盛情地要替老爹爹加饭，他坚拒，说饱了。我责备"花衬衫"说："肯定是你态度不好，造成老爹爹心情不好才少吃的。""花衬衫"头摇得像拨浪鼓似的说："不是。他吃得就少，他身体不大好。"

通过"花衬衫"的讲述，我们才知道老爹爹受了一些苦，他年轻时一直在工地上打工，后来生了一场病，手脚不利落，反应迟钝，视力、听力齐齐下降，再去工地打工没有人肯要他。"花衬衫"和老爹爹是邻居，看他一大家子愁吃愁穿，没有一份工作，就请他做个帮手，还给他开了不低于正常小工的工资。"花衬衫"好像看出我对他大嗓门的质疑，又说："做我们这行的，站在脚手架上离地两人高，加之他岁数大，耳朵也背，不大吼大叫，根本听不见。"我问："老爹爹多大年纪了？""花衬衫"扬了扬手指，原来老爹爹竟比我先生还小许多。

午后小憩，先生和"花衬衫"拉起了呱，先生夸"花衬衫"胡子留得有气质，衬衫穿得有特色，"花衬衫"不好意思地说："年轻的时候，在外做工、跑活，怕被人欺负，就穿了花衬衫，留了小胡子，一半是赶时髦，一半是为了壮胆，这一'装'就装了几十年。最初还穿过喇叭裤，留长发，后来干起活来不大方便，喇叭裤就不穿了，活脏，长发也早就不留了……"

太阳西下的时候，玻璃门装好了，颜色质量都十分合我们意。先生和"花衬衫"结账，"花衬衫"退下了烟钱和饭钱，先生和他推来让去好长时间，"花衬衫"到底没肯收我们的钱。

先生看着新装的玻璃门打心里满意，逢人就夸"花衬衫"手艺好，有"工匠精神"，为人也善良厚道……

不久，老街上换了不少玻璃门，一打听，都出自"花衬衫"之手……

搓背阿姨

这个季节小镇上的人都爱到浴室去洗澡。男人们吃过中饭，碗一推，就端个茶杯，揣件内衣去浴室泡澡，顺便吹吹牛皮。天寒地冻的日子，女人也喜欢到浴室去洗浴。在家，毕竟没有浴室暖和，小镇的浴室和城里汗蒸一样，二十分钟不到，手一摸，身上的灰就直往下滚，在家是绝对擦不下来的。这时会说话的搓背阿姨就会这样说，这是"钱串子"。还说"钱串子"越大，财气越大。说得原本很难为情的洗浴者，一下子笑出声来。

我在外打工，好多年没到小镇浴室洗澡了，再去时，浴室的搓背换了人。新来的搓背阿姨，如果她脸不凑到我跟前问"今天你搓背吗？"我还以为她也是来洗澡的呢，衣服欲脱未脱地站在换衣柜前，年纪四十大几，没到五十的样子。

我正常是两三个星期才搓一次背，上周在城里刚搓过，但因为她问了，又是新人，我想试搓一下，就答："搓！"她问过我，又问旁人，旁人都说"不搓"。

我头发刚湿潮，她就守在我身边等搓背了，我说你先忙去吧，等我洗好了头再叫你。说了好几遍她才转头将脸贴到挂在水龙头下面的一个个女人面前问"搓背吗？"一个个都回"不搓"。

她搓背的力道和手法都不亚于先前阿姨，甚至比先前阿姨轻重更适度，估计这和她身体瘦小有关。她下手不重。但没有先前阿姨健谈，一句话都不说，让我感觉搓背时间忒长，再加上洗澡人多，闷得发慌。

她搓到我腿时，我实在受不了沉闷，就开玩笑地对她说："行了，余下的就不搓了，留着下次搓，否则，一下子搓完了，下次你还搓啥？"她也不言语。

洗过澡到衣柜取衣服时，我怎么也打不开锁，就请她"帮我开下衣柜，我打不开。"说了好几遍，她都没反应，我执着地又叫她，才过来，帮我把锁打开。我千谢万谢，并递给她搓背钱，她也没和我客气。

过几天我又去浴室洗澡，刚脱掉衣服，她又将脸凑到我面前，贴着我脸问"搓背吗？"我说上次才搓过的，不需要。她又一个个问，没有一个说搓的。只听她自言自语，怎么一个都不搓背的呢？

我吃不消浴室的闷，冲冲就出来，头有点晕，我看到她站在门外，无事可做的样子，就说能请你帮我把后背揩一下水吗？我够不着。她反问："你叫谁的？"我讪讪地说"哦，不，还是我自己来。没叫谁"，就穿好衣服匆匆走了，心里对她有些许不快。

又过几日，因为感冒特想去浴室洗浴。到浴室不一会儿就头晕，便坐到更衣室的条凳上喘息，旁边坐着一位动作不太灵便的老人，一边脱衣服，一边唠叨说老了，脱衣服都费劲。搓背阿姨不接腔，不搭理，却将脸凑上前去问老人搓背不？老人说，这回不搓。听说不搓背，她落寞地又站回到原处。这时老人的裤管绷在脚上，怎么脱都脱不下来，老人就对搓背阿姨说，请你帮我拽下裤脚，棉裤脱不下来了。搓背阿姨，站着动都不动只是反问"你叫谁呢？"，老人又重复一下，我看搓背阿姨没有动的意思，连忙起身帮老人拽掉棉裤。此时，我很反感这位搓背阿姨，目的性太强，除了搓背，她就像个木桩动都不动。

这令我想起以前那个搓背阿姨。

那个阿姨只要有人进了浴室，她马上就迎上去，是老人连忙搀扶坐下，有小孩的，赶忙上前抱过来，东西多的帮忙拿着。她从来不问：搓背吗？大家进浴室前一定会告诉她搓不搓背。我洗浴过后她会随手拿起毛巾把我后背揩干，有空闲还会用梳子帮我把长发梳顺，她做这些事自然而亲切。

后来那个阿姨回去带孙子了。人们想着之前搓背阿姨的诸多好，肯定对这个搓背阿姨十分不满意。我似乎知道搓背人少的原因了，由此想起钦吉·艾特马托夫说过的话：人们仿佛不懂得，不论什么时代，他们生活中的无数不幸和缺陷都是源自一个"懒"字。

因为对这个搓背阿姨的不满意，我少了搓背的兴致。去洗澡基本不叫搓背的了。

一次，我洗过澡，路过吧台，听到老板娘和一位女浴客正说起这个搓背阿姨，听老板娘说搓背阿姨先天耳聋，眼神也不好，是个残疾人。有个上初中的儿子，本来家里主要劳力是她丈夫，可是不久前她丈夫生病了，不能做重活。生活重担就压在这位阿姨身上了。出于一半同情，一半帮衬，老板娘才决定用她来搓背的。

再去浴室，我把脸凑到搓背阿姨跟前说："等会请帮我搓一下背……"原来世上好多人，好多事，了解了，就理解了。

拖垃圾车的老人

晨曦中，我在人民路上慢跑；夕阳下，我喜欢在串场河边独步；细雨中，我曾在宁静的小巷里徜徉；阳光下，我会在繁华的老街上流连。不管我走到沟墩的哪条街道，哪个巷陌，我常会碰到一位老人——一位拖垃圾车的老人。

我不知老人姓甚名谁，也不知他家住在哪里。只知道，自沟墩实行垃圾袋装化那天起，老人就拖着垃圾车走街串巷地收着垃圾。黎明中，黄昏里，人们会看到老人吹着哨子，弓着腰，拖着垃圾车徐徐而行；风雨里，烈日下，老人按时按点地到各家各户，从不间断。

记得垃圾袋装化的初期，居民们很不习惯，仍会将垃圾倒在河岸边、凹塘中和一些"脏、乱、差"的旮旯里。老人和他的同行们就默默地清理这些死角。他们挖土、平地、打扫、清除，用担挑泥，用车推土，终于将这些地方打扫干净，老人还在这里栽上树木花草，因为整洁和美丽，居民们再也不在这些地方倒垃圾了。

在大多数人习惯垃圾袋装化后，仍有少数人会将袋装的垃圾不放在指定的地方，不在规定的时间内等老人来收，而是随时随地地往外丢，只要丢在自己视力不及的范围就行。老人看到后就增加每天收垃圾的次数，特别是中午时间，老人不吃饭，来来回回地到各家各户收着垃圾。在老人无言的行为感动下，人们从此不乱丢垃圾袋。这样，老人的工作似乎轻松了些，可老人仍像过去一样辛勤地奔走在大街小巷。谁家垃圾没倒,谁家什么时候该有垃圾,老人心中都有数,有的人家门前没打扫,老人收垃圾时,就顺手帮他们打扫。

一个午后,我走在安全路上,老人拖着垃圾车迎面而来,在老人的前面走着刚买了橘子的两位青年男女,他俩边吃着橘子,边谈笑着,橘皮随手扔在路上,老人一边拖着垃圾车,一边吃力地低头捡着路上的橘皮,不多时青年男子无意中回首看到这情景,特感动,惭愧不已地说:"我不知道,真的不知道……"老人微笑着,说:"没关系,捡起来就行了。"阳光下,微笑的老人多像一位慈祥的父亲啊!

我望着老人推着垃圾车渐去渐远的背影,感慨万千:曾有多少人情不自禁地赞叹沟墩的美丽,是啊,沟墩的确美丽,不仅是她的外表,还因为有勤劳奋发的人民,有像拖垃圾车的老人这样的环卫工人,正因为有了他们默默无闻、无怨无悔的劳动,沟墩才愈加清新、洁净和美丽。

五　丑

时光的列车风驰电掣，它带走了我的流年，却没能带走我有关童年的记忆。当我在家乡百亩良田、十里风景带边驻足眺望时；在村庄一幢幢黛瓦白墙的康居别墅前流连忘返时；听到有人感叹营养过剩，抱怨肉不香、菜太油时，我会不由自主地想起我童年的伙伴五丑……

五丑，是我童年的伙伴，秀儿的外号。秀儿因生得丑，又排行老五，庄上所有的人都叫她五丑。时间长了，人们都不晓得五丑的真正的名字了，就连五丑的父母好像都不曾记得五丑还有个秀儿这如花似玉的名字。

我的童年是在祖母身边度过的，五丑的家和我祖母家是近邻，五丑又生性温厚，故儿时五丑是我最好的伙伴。跳绳、踢毽子、顶砖、格方，这些儿时的游戏都是五丑教我的，只是玩这些游戏时，我总穿着鞋子，而五丑基本上都是赤脚，只有冬天才会穿上"毛窝"（芦花编成的鞋子）。五丑虽比我大两三岁，个子却比我矮了许多。

她会拾粪、割草、洗衣、煮饭，这些我都不会。我曾跟五丑割过一次草，五丑把我带到乱坟场去，她告诉我乱坟场草比较多，因为很少人敢去。我看着形似馒头一样的乱坟，一阵悚然哭着要回家。我也曾跟着五丑去拾草，在一个废旧的古河堤上，夕阳西下，秋风飒飒，落木萧萧，使我平生第一次体会什么叫苍凉。

我童年时代，家家贫穷，五丑家更穷。五丑从小到大没穿过新衣服，都穿哥哥姐姐的旧衣服。我记得冰冷的寒天五丑穿着单薄的裤子，破旧的大棉袄，去哪都是飞跑，到哪都往下一蹲，将肥大的棉袄遮住那瑟瑟发抖的双腿。记得那年大年初一，五丑和我们"跑年"，因为裤子太大，跑得太快，两腿不小心伸到一个裤管里，跌了个"狗吃屎"，半天才爬起来。还记得，天暖了，五丑破旧的大腰裤子的腰像宽大的荷叶一样露在短小的上衣外面……

五丑似乎未曾吃过米饭，总喝稀汤薄水吃瓜菜萝卜。有一次我端着饭碗到五丑家玩，她说她想尝口我的饭，我便将饭碗递给她，片刻，五丑羞惭地对我说她不小心尝掉了我一碗饭。第二天，我再端碗去找五丑，五丑不在。听祖母说五丑家又断顿了，五丑的母亲怕五丑闻到别人家的饭菜香更饿，便将她撵到田野里割草去了，我就到田野里找五丑玩。我们有时穿越空阔田野，眺望烟树朦胧的远方，我说远方有白雪公主和七个小矮人，而五丑说远方一定有很多的牛草割和牛粪拾，那里的人也许天天有大米饭吃，于是我们发挥我们仅有的想象力，无穷无尽地想象着我们理想中的丰足生活。晚饭时候，我要回家吃饭，五丑说她家的烟囱里没有冒烟，不会有饭吃。夜幕降临，祖母呼唤迟归的我回家吃饭，我欢快地蹦跳着回家而五丑却落寞地跟在我身后……

后来，我到父母身边读书，一回到村里，我就去找五丑。当我告诉五丑，我现在每天都能吃上米饭、米粥（老红米）并有书读时，五丑竟像羡慕公主一样羡慕我。我承诺，有一天一定把五丑带到我家，跟做老师的母亲说，让五丑也去上学，并让五丑饱饱地吃上一顿米饭——而就在那年夏天的午后，五丑在涉河割草时不慎溺水而死。

五丑悄无声息地走了，随着岁月的消逝，五丑连同她生活的那个年代也早已被人忘却。可我总会时不时地想起她，想起五丑贫穷、困苦、卑微、短暂的一生，我会觉得我们今天所谓的不尽如人意的生活竟是那么的幸福和美满……

草 儿

在人的一生中，会遇到很多人，做很多的事，有的刻骨铭心，有的如过眼云烟。可我有时很不明白，为什么在我的记忆深处会时不时出现一个人，一个叫草儿的女孩。

草儿是我小学时的同学，她家姐妹六个，草儿最大。父亲去世，母亲多病，家里的一切事务都由母亲和草儿承担。草儿有一头乱稻草似的黄发，总趿着一双没跟的鞋子，成绩也不好，我不喜欢她。

小学三年级时，我和草儿同桌，我很懊恼。第一天我就在课桌中间画了一条线，并告诉她不准越过这条线，当草儿不小心越过线时，我就突然将她一推，吓了她一跳。草儿上课时常瞌睡，我每次都狠狠地揪醒她，并且揪得冠冕堂皇。平时走路也会有意无意地踩到草儿的脚上，草儿总是默不作声怯怯地望望我……可草儿似乎对我很好，当我丢笔丢书时她帮我找笔找书，我丢了纽扣她也能帮我缝上，总之草儿能帮我做好多我不能做到的事。

据说，我小时候面黄肌瘦，体弱多病，常吃不下饭，有一次没吃早饭竟在课堂上饿得头上直冒冷汗，草儿见了忙将几颗用来哄弟妹的炒蚕豆给我吃。一会便好了许多。以后草儿总会带点东西给我吃，比如：山芋干、油炸后的豆饼、炒蚕豆，还有麦仁，其中炒蚕豆是我最爱吃的。每天二节课后，当我饥肠辘辘，头上直冒冷汗时，草儿会像魔术师一样变出东西给我吃。每次她悄悄地塞给我，我也悄悄地吃了，没人知道。虽然草儿对我很好，但我鄙视她的成绩差，讨厌她乱稻草似的黄发，瞧不起她贫寒的衣着，我仍然不喜欢她。小学毕业后，家里缺少劳力的草儿就不再念书了，以后我再也没见过草儿，也不会想起她。

日子如水般流过，一晃我读高二了。这年，我眼睛生病，视力下降，连黑板上老师写的字都看不清，成绩一落千丈。这段时间我特忧郁。开学了，我去离家二十多里外的学校上学。和我一起的同学都有家人用自行车陪送，唯我一人背着沉重的行李走在弯曲的乡村公路上，我感到孤独寂寞。在这冷寂的路上，我想着自己弱视的眼睛和糟糕的成绩，想着老师那失望的表情和母亲无奈的眼神，我充满着惆怅、忧伤。突然，好像有人叫我的乳名，那温柔的声音似乎来自很远很远的地方，我不信在这远离家的地方竟有人叫我的乳名。我环顾四周，除了公路右侧一望无际的原野里有一群劳作的农民，周围竟无一人。又听到一声呼唤。我仿佛回到快乐童年。随着声音我看到从远处劳作的一群人中飞跑出一个人，定睛一看，原来是草儿，多年不见的草儿！草儿飞奔到我跟前，猛地将我抱起打着旋儿，她的眼里闪着泪光。

她告诉我，累了的时候，坐在田埂上总会想起念书时和我在一起的欢乐时光，想着我饿了的时候头上直冒冷汗的情景。她还说，每次到这块田里劳动都会炒好蚕豆，守望着我，希望我碰巧能在这条路上出现，希望她能碰巧见到我。说着她从自己的口袋里掏出炒好的蚕豆塞进我的口袋，动作像儿时一样，她还塞一颗蚕豆到我嘴里，呆呆地看着我"咯嘣咯嘣"地吃着，傻笑着……这时，田野里有人叫草儿，草儿说，有人叫她了，她要走了。我望着瘦小的草儿消失在那劳作的人群中，才发觉我脸颊上流淌着泪水。

二十多年过去，在我如水般流逝的年华里，我忘记了许多事，许多人。但草儿和她那炒熟的蚕豆，总使我不能忘怀，草儿是我今生唯一曾鄙视过、未曾关爱过，而她却是那么真诚地关心我、挂念我的人。

每当我孤独寂寞失意消沉的时候，我就会想起在那芳草天涯、烟树参差、绿波浩渺的田野里守望着我的草儿，也会想着草儿那用汗水浇灌着的生活。

特别是在人们变得浮躁、虚伪、尖刻、无情的今天，我更加怀念儿时草儿对我的关怀和友爱，怀念草儿的敦厚、善良。我常常会在寂静的月光如水的午夜，披衣站在窗前想着草儿，会对着深邃的星空，千万次地问：草儿，你好吗？

奔走的快乐

早晨，小镇开往县城的公交车站台上等车的大多是老爹爹、老奶奶，其中老奶奶最多。他们大包小包，大袋小袋，提的提，拎的拎，里面装的要么是时令果蔬，要么是鲜鱼活虾，要么是自家散养的鸡、鸭、鹅，从东南西北陆续汇集到小镇的公交站台，等车去县城的儿女家。

公交车来了，他们一个个鱼贯上车。幸福卡（只收一半车票）、寿星卡（车票免费）……就在车刚要启动时，只见一个老奶奶跑得气喘吁吁，边招手边喊"等等……等等……"老奶奶着急地登上车，念念有词地说："逗巧，逗巧，赶上这班车。"

上了车，刚坐定，这些自来熟的乡村老人，互相打招呼，打听去哪？干啥的？买的什么给女儿？带什么给儿子之类的话。有说到锦香花苑，有说到天鹅丽都，还有说到一品仕家、幸福花园、新林现代城的……不是去给儿女送点土特产，就是去给上班的儿女烧饭、接送孙辈。七嘴八舌，在不到几分钟的时间里就能让你掌握在百度上都难搜到的大量信息。

我旁边坐着一位衣着讲究的老爷爷，以前在小镇工作，后来到县城定居。今天他是从县城来小镇的菜市场买菜返回的。他说反正也没啥事，就当是坐车看风景，一早就跟班车来小镇的农贸市场买点绿色蔬菜、鲜鱼活虾。大伏天他就想买点野生黄鳝给儿子补补，每天一两条，现买现杀现吃——味美。老人声音洪亮，十分健谈。

左边和我隔着人行道并排坐着一位衣着朴素的大爷，他是去儿子家。脚边放着大蛇皮袋，蛇皮袋里装着刚摘的玉米、南瓜、豆角，玉米上还带着"胡子"呢。在人行道边上还放着一个大矿泉水瓶，里面是满满一瓶土鸡蛋，我傻傻地问大爷鸡蛋是怎么放进矿泉水瓶里去的？大爷神秘一笑说："不告诉你！"到现在我都不知道他是怎么把鸡蛋装进去的。

最后奔跑上车的奶奶，今年六十三岁，她每天都去女儿家。早上八点左右乘车，帮女儿洗衣做饭、打扫卫生，下午四点将女儿晒在阳台上的衣服收回叠好放到衣柜里，并煮好女儿爱吃的晚饭，把小孙子从学校接回，然后赶上县城到小镇的最后一班公交车回家。无论寒冬还是酷暑，风雨无阻……

她老伴在家侍弄几亩地，还养些鸡鸭鹅和一头猪……女儿家一年四季吃的时令蔬菜和瓜果都是自家田里长的，然后她就像蚂蚁搬家一样，再从老家把这些好食物搬到县城女儿家的餐桌上。

她奔走在县城和小镇之间，应该很累，但她说在女儿家和自己家来回奔走，她是快乐的，作为老人被人需要的感觉真的很好！今天，随她一起来县城的是土鸡蛋、刚被宰好的鸡，还有自家田里摘的茄子、黄瓜、辣椒……满载而去，空着手回来，多么像那"钟摆运输"。

前一阵子，天热。女儿对她说："妈妈，这几天您就在家歇歇，别来回跑了，累呢。"今天女儿打电话说："妈妈，你有空来我家吗？有空就来帮我收拾收拾……"本来还说身体不舒服在床上哼哼唧唧的她一下子坐起来，连忙找鞋下地，收拾好就走。旁人说："您就住女儿家，省得来回奔。"她说："金窝银窝不如自家草窝。再说，奔走奔走，人也鲜活。"

我又何尝不是。退休在家不旅游，不打牌，有时头不梳、脸不洗，成天一副没精打采的模样。但，一到女儿家就像换了一个人似的，干劲十足地撸起袖子大干，一边洗衣服，一边收拾厨房、卫生间、卧室等，还一边哼着歌，感觉有使不完的劲……我把这些告诉闺蜜，闺蜜说："确认过了，就是'闲'的。"

不是"闲"，是爱，是希望。来来回回奔走的何止是她、他和我？还有你，还有许许多多老人。他们携爱奔走在去儿女家的路上，用爱铺就一段段快乐的旅程，一路风景，一路欢笑。虽苦犹甜，看似空手而归，心里满载是快乐和幸福。

嘟　嘟

　　嘟嘟，是女儿家养的宠物猫的名字。一天去女儿家，发现暖阳呆呆的阳台上，有一个白色的钢丝笼，笼子里放着小钵，小碗，小盆。笼子旁边摆着粉红色花棉布做成的小窝窝，女儿告诉我是猫笼、猫碗、猫盆和猫窝。那是我第一次见到有着雾灰色的毛，肥硕的臀，臃肿的体态，看上去懒懒的，笨笨的猫。我从小就不喜欢猫，所以也不喜欢嘟嘟。

　　第二次见嘟嘟，她踱着不紧不慢的步伐在我眼前走来晃去，想引起我的注意，我唤她，她就杵在我身旁，我很讨厌她这种轻浮的举动，就大声呵斥她，于是她像个怨妇，埋头缩颈地躲进小窝，深潭般的眼睛微闭着，望都不望我，好像在埋怨我的不解风情。

　　嘟嘟好像看出我对她的不待见，再见到我时要么眼望别处，要么眯起迷人的眼眸，假装睡觉。特别不高兴的时候还会"咪呜咪呜"叫两声，表达她对我的不满。

　　听女儿说嘟嘟很小的时候是很可爱的，秀气，灵动，只是我没见到。我见到她的时候已是成熟的大猫了。女儿一直认为居在高层之上，斗室之中，不适宜养宠物。可是偏爱小动物的女婿坚持要养。

　　一天，女婿悄悄领回了一丁点大的灰嘟嘟小东西，仔细一看是一只猫。一只温顺，干净，可爱的小猫。大家都被这小可爱吸引住了。一家三口兴奋地为这个不速之客起名字，因为她长得小小的，胖胖的，就叫她"嘟嘟"。

144

小小的嘟嘟的确可爱，可是随着嘟嘟越长越大，要喂食，要铲屎，要打防疫针，要洗澡、要去虫……时间长了，作为嘟嘟专业铲屎官的女儿越来越不耐烦。女婿无论怎么喜欢嘟嘟，从不为嘟嘟做啥，女儿十分恼火。女儿要工作、要出差、要带宝宝，铲屎会不及时，喂食喂喝也不及时，致使嘟嘟狂喊乱叫，上蹿下跳，急不可耐。终于有一天，因为嘟嘟不小心抓了宝宝的手，引发了争吵。为了息事宁人，避免战火蔓延，先生想出一个折中的法子，把嘟嘟带回家先养着，再瞅好机会将嘟嘟送人。

嘟嘟在我们家的窝，紧挨着门市的玻璃门，初来乍到，嘟嘟像一个认生的孩子，在笼子里烦躁不安，喵呜地叫个不停，我先以为她饿了，看看盆中水和碗中食，满满地没吃，猫砂盆也干干净净的，先生说，嘟嘟在用她的方法表达对环境的不习惯和现实的不满。

看嘟嘟不吃不喝我也于心不忍。第二天就和先生商量，尽量把她放出笼子，让她就在门市范围内自由活动。

中午太阳晒在人身上暖和的时候，嘟嘟喜欢蹲在门口晒太阳。面朝街心，隔着玻璃门很有气势地虎视着大街上走来过往的人。有几个顽皮的小孩会用绳子、小树枝来骚扰嘟嘟，嘟嘟隔着玻璃门傻傻地想扑上去，憨态可掬。有时嘟嘟也会刷刷存在感，悄悄地躲在某个我们想不到的角落，让我们找不着，偷看我们着急和紧张的样子，当我焦急地大叫"嘟嘟"时，她应声而出，慌忙来到我的身边，像个犯错的小孩。

又有一次嘟嘟突然发出奇怪的声音，身手敏捷地"嗖嗖"飞身上墙，捉不知从哪里飞来的虫子。我和先生惊讶不已，一向笨拙的嘟嘟还可以身轻如燕，飞檐走壁，是个深藏不露、身手不凡的武林高手。

嘟嘟很爱干净。屙过屎都会用猫砂掩好，她埋砂的样子认真又仔细，有一次我无意间窥看她掩猫砂的全过程，最后她将落在盆沿上的猫砂拨弄进盆里的动作，娴熟得竟如一个善于做面食的家庭主妇在拨弄面盆上面粉似的。

长时间散放的嘟嘟饭量大，开心活跃。她会如影相随地跟着我。我到哪，她就到哪。我想进卧室，她好像知道我心思似的"哧溜"先一步守到门口，我没进门，她就闪进门内。我从卧室奔外，门一拉，就看她蜷缩着贴在门边，感觉她像一个"听壁根"的小人。我吼她，她才不情愿地离开。被吼过一两次的嘟嘟，不再绕在我的脚边了，但每天早上一打开门，她还是会摇头摆尾地迎上来，一边"咪呜咪呜"地叫，一边引我去她的猫窝，我若停步不前，她连忙回头，不仅"咪呜咪呜"叫，还会扯你的裤脚，走到小铁丝笼边，她着急忙慌，连滚带跳地上笼，在笼里上蹿下跳，提醒我她小碗里没食了，小钵里没水了，猫砂盆要铲了。在我弯腰低首干活的时候，她又跳出笼，在我腿边蹭来蹭去，意思是在说"辛苦了，谢谢啊。"一切都弄妥帖了，她非常满意地再跳回笼里享受美食，吃饱喝足之后，美美地匍匐在软垫上呼呼大睡，叫她也不应。有一次，我有意大吼一声，她一激灵，爬了起来，两个前爪搭在笼边，屁股向后撅，伸着懒腰，咪呜好几声，大意是说："吵啥呢，睡个觉都不得安生。"

嘟嘟越来越乖，越来越听话，越来越守规矩。不随便进我的房间，不走出门市，不上大街。嘟嘟越来越自信，原来走路是蹑手蹑脚，小心翼翼，现在是昂首阔步，一副意满志得的模样。没有食吃，没有水喝，要铲猫砂，直接"咪呜咪呜"不客气地叫我。

我也越来越喜欢嘟嘟，一会见不着，就会想她，甭谈送人了。聪明的嘟嘟看出了我对她的那份欢喜，没事就在我腿边挨啊蹭的，向我献殷勤。我假装不懂她的深情，她就咬我的裤腿。要放在以前我一定大声呵斥她的"动手动脚"，现在我懂她了，是欢欣。

不知不觉，嘟嘟在我们家有半年了。有一天女儿女婿说想嘟嘟了，要带嘟嘟回家过段日子。我和先生纠结了好几天，才勉强同意。

嘟嘟从小镇又回到城里，住在高楼之上，女儿女婿要上班，宝宝要上学，嘟嘟独自在家，有"高处不胜寒"的感觉吗？工作忙且粗心的女儿能按时喂食和铲屎吗？城里住几日，乡下住几日，嘟嘟会不会有居无定所，不安定的感觉？有时人类的所谓"宠爱"对嘟嘟这些小动物来讲，会不会是另一种伤害呢？

头痛记

　　这是个热死人的天。天，从来没这么热过。对门三婶活这么大岁数，没看过这么热的天。骄阳似火。三婶家的小狗阿黄平时见到三婶会摇着尾巴欢快地迎上去的，今天伏在地上伸长着舌头，一动不动。串场河边的一排排绿柳如长发美女，微风轻吹，便曼舞轻扬，这几日被烈日烤得叶子打着卷儿，一副铅华褪尽的憔悴。二楼一向不怕热的老奶奶也叫儿子在她房间里装上了志高空调。三楼二胖家的小媳妇，每天都会在三婶门前晃来晃去的，这不，热得几天都没下楼。老街静悄悄无风也无声。

　　"大伏，大伏，人都伏家里去了？"三婶念叨着，一扭身躲进空调房间里去了，隔着玻璃门，看着门市。

　　我捧着头，在家里来回走，嘴里不停地"哎哟喂，哎哟喂，痛死了"地叫。前两天三婶家的二丫从外地回来，叫上几个小时候一起长大的发小，其中有我，去饭店吃饭，喝点白酒，把我喝得走路"打踉"，饭后我是一路"飘"回家的。

　　"飘"到家，把空调开到最低档，澡没洗，倒头就睡。睡到半夜，头裂开来的痛。起身去卫生间，头像卡住一样，斜在脖子上，痛得我死的心都有，好不容易挨到天明。

　　天亮，三婶看我歪着头，一脸苦痛相，惊诧地问："昨晚还好好的，一夜过来咋就成这样了？""我也不知道！""一定是落枕了，赶紧去街北理发店去找剃头师傅推一下，一推就好。"

三奶口中的剃头师傅是位姓陈的理发师傅，治落枕在我们这方圆几十里是出了名的"手到病除"。在我们老家，大凡叫"剃头师傅"的都是上了年纪的理发师，年轻的理发师傅，不叫"剃头师傅"的，叫"形象设计师"。

我听三婶的话，斜歪着头去理发店找剃头陈师傅。理发店在老街人气寥落的一隅，老旧。和剃头师傅一样老，和剃头师傅身上穿的衣服一样旧。有几个老爹爹在闲聊，拉呱，见我进去，一个人起身让座。我向陈师傅述说我头痛的前前后后，陈师傅一边听我叙述，一边抚摸我的后脑。突然将我头向左一扳我听到"咔嚓"一声，疼得我直叫唤，在我疼得抹眼泪的当儿，又把我的头向右一扭，我又听"咔嚓"一下。啊！我感觉头上所有的筋脉都被剃头师傅左一下，右一下，在我左一声"哎哟"右一声"哎哟"时，听到陈师傅笃定地说"你落枕了，回去吃点药，休息休息就好了。"

回到家，我首先吃了陈师傅给的药，当时头痛，忘了问师傅给的是什么药，再说一个剃头能给什么药？三婶的丈夫，三爷见我耷拉着头，脸色憔悴，还有泪痕，问："怎么了？"我细说原委，也告诉他剃头老师傅说我落枕云云。三爷说"你这不是落枕，是受凉了，天热，开空调惹的祸，我会治，一治便好，不要吃药。"不由分说拉我进三婶开的"胖太太服饰"门市内坐下，用一红药水涂我脖颈，按摩……他说上次他和我一个症状，后来去医院，医生就用红药水治好的。咦！真的舒服多了。我千谢万谢三爷，三爷自信满满地说："不谢，你看着，明天就不痛了。"

没等来明天，午睡的时候，头就痛了，比昨夜痛，比今早痛，痛到头不能碰枕头。我坐立不安，呻吟不绝。先生说不能就怎么痛下去，要想法子。想来想去，先生说去找推拿师傅帮我推拿，说不定有用。这推拿师傅在我们这里生意很红火。有很多老奶奶，大爷，小媳妇的腰腿、颈椎、肩周的毛病经他一推，保准好。还听说这推拿师傅凭着推拿手艺，还"推"出一个媳妇，"拿"到一片房产。

原来这推拿师傅是鳏夫。他新娶的女人前夫以前是我们这里一部分先富起来的人当中一个。有钱了，身边美女如云，就不待见糟糠之妻，提出离婚，心有愧疚就把老家房产都给了她，另外还给一笔不菲的现金。这糟糠之妻，因遭富翁抛弃，心情郁闷，哪也不去，闷在家里，头影不露。不久，腿用不上劲，渐渐地竟不能走路，腰也不好，站不直。有人劝她到对门去推拿推拿。一推就是一个月，腿好腰好，一来二去，和推拿师傅两人竟对上眼，做起夫妻来了，后来推拿师傅不租房子，直接搬到她家开个门市，生意十分红火，这女人、老树生新枝，日子过得那个美，羡煞旁人。

一半是对推拿师傅和那女人的好奇，一半是头痛的确比唐僧念紧箍咒还厉害，加上先生左劝右说，我迈上先生早就准备好的"小铁驴"向推拿师傅家疾驶。

师傅人高马大，有着"俄国大力士"身形，不知为啥，我看到他竟有点发怵。从气质上觉得他适合做屠夫，不适合做推拿。他大概被爱情滋润的，红光满面，有点像《西游记》里二师兄。

我先生向他细说我头痛前因后果，还告诉他我被剃头师傅左右"咔嚓"过，被三爷用红药水按摩过。推拿师傅一边拾掇推拿床，一边肯定地说："是颈椎问题。"

他先用一种器材，按摩、敲打我颈部近半小时，后又捏、抓、按、揉、拍、打，最后乘我没注意，搬着我的头向左"咔嚓"，痛得我直叫，我意识到下面又该向右"咔嚓"了，我慌忙从床上坐起，一边脚在地上划找着鞋子，一边嘴上说："师傅，我这头今天已经'咔嚓'好几下了，再咔嚓我怕会断，不弄了。"拔腿就想走，推拿师傅一把揪住我衣袖说："你怎么不相信人的？难道你不觉得头痛好些了吗？""是的，因为头不大痛了，向左那一下'咔嚓'可不可以不用了？"他坚定地说："必须向左一下。"僵持了好一会，头，还是被推拿师傅向左"咔嚓"了。实指望"咔嚓"过后，头真如推拿师傅说的那样不会痛的，哪知又恢复原来一样痛。师傅说"不可能。"他像拎小鸡一样拎起我的脖子，捏、抓、按、揉、拍、打，又折腾好一会说："行了，今晚包你安睡。"

夜里二十一点上床，二十三点被痛醒。到凌晨五点痛醒四次。不能睡，头不能碰枕头。想起来，要先生伸头作吊车状，我吊着先生的头，才能起动。推拿师傅包我一夜安睡，哪知我是痛得一夜没安生。

先生看我痛得龇牙咧嘴，一把鼻涕一把泪，建议我再去推拿。我说那人不像推拿的，像杀猪的，他抓我脖子扭捏时，我就想到三爷平时杀鸡的狠样，感觉我那比小鸡还细的脖子，被他再扭非断不可。他把我头向左右咔嚓时，有筋断头离般的痛。推拿过后，有被人暴打一顿的感觉，遍体鳞伤，还千谢万谢，最后还给人家钱。先生听我这么一说，脚一跺：算了，去医院。

医院人海如潮。排队、取号，排队、挂号，排队、就诊，好不容易轮到医生，还没听我的病情述说完，让我先去拍个CT，又排队……

我牢骚满腹，还"望闻问切"呢，我话没说完……先生说，你说得太多，医生哪有时间听你们女人"长篇小说"。折腾半天找熟人问CT情况，不大好，脑血栓。我的天。

先生不相信，第二天又领我到市医院做核磁共振，说我脑子里血栓严重，生命如一根绷紧的弦，随时有断的危险。如果不是先天的，这种情况，最好隔半年查一次。我说我常失眠，他又给我开一种药，很熟悉的药名，原来是我那个得忧郁症同学常吃的药。我说没带多钱，回家再取。

走在回家的路上，碰到我的好闺蜜二姐，二姐出身中医世家，从小随父学岐黄之术。"药性脉诀，汤头方剂，内经伤寒，胥能熟读成诵"。长大后在医药公司工作。虽仅有药师证，但看好不少疑难杂症。我把我最近头痛的情况一五一十娓娓道来，她说"西药先不吃，吃我给的中药看看"，我连忙说好。她领我到她的药店，拿了三种药，不到四十元，只记得里面有种药"维磷补脑汁"年轻时的母亲吃过，小时候我还偷喝过。

有人说秋天就像情人会突然来到梦里。是的，昨天还那么热的呢，今已凉风习习的了，窗台那一叶浅黄，预示着如火的夏天走了，沉静的秋天已来，三婶，已经甩卖夏装了。人们又将迎来一个收获的季节，让文人伤感惆怅，农人忙碌的秋天到了。

秋天的某日，我发现我头不痛了，什么时候不痛的？我也不知道。

妈妈整容了

　　她和她是发小，是闺蜜。从小学到高中一直是同班同学，成绩也不见上下。下课一起在校园漫步，畅谈崇高理想，憧憬美好爱情，她们之间知无不言，言无不尽。没有秘密，哪个男生帅，哪个男生讨厌……私下直抒己见。结伴去理发店弄头发，一起逛街买衣服。喜欢穿同款衣服，留一样"三毛式"的长发，同学们都说她俩是"双子"。

　　她俩不完全像。她有一口洁白的牙齿但微露唇外，她自嘲叫自己露露，而她齿如瓠犀，她对她说：你的牙多好看，多美，你是我做梦想要的模样，我就叫你"梦梦"。私底下，她就叫她梦梦，她叫她露露。一来二去，梦梦和露露叫开了，校园内竟无人不知无人不晓。甚至有人不知道她俩的大名了。有个爱恶作剧的男生竟把她俩的名字合在一起叫：梦露。后来直接叫她俩：玛丽莲。玛丽莲·梦露，是她俩最不喜欢的外国女影星，她们恨这男生咬牙切齿。

　　这男生叫林翔宇，她们班的体育班委。是"花痴"少女们心中的男神。是梦和露眼中的坏男孩。有段时间她俩在一起专门批判他。他是她俩"每日新闻"里的焦点人物。

　　有一天露告诉梦，她爱上林翔宇，爱之入骨。梦的心紧抽一下，"什么时候开始的？"露说也不知是什么时候，梦突然想起她俩有小半年没对林翔宇评头论足了。那一天梦的眼神是游离的，几乎没听露后来说了什么。

　　高考梦和露都名落孙山。林翔宇考上了农大。露走上漫漫的复读之路，梦招工进了纱厂。不同的生活，不一样的日子，梦和露很少相遇，也很少联系。

两年后露终于考上卫校成了护士，毕业后和林翔宇喜结连理。而一直单身的梦企业倒闭下岗后孑然一身去了南方。记忆的帆，往事的船，越走越远。年轻的露婚后有了孩子，为了小家庭手忙脚乱地过着日子，而梦为有一个更美好的未来在远方拼命用力地生活，他们似乎忘记了从前，忘记了彼此。

日子如水般流过。梦终于在南方城市站稳了脚跟。一天老家打来电话说母亲重病住院，梦匆忙赶回老家。在医院交费处，偶遇林翔宇。多年不见，林翔宇一脸沧桑，从前那个俊朗少年已远去。梦问露可好？才知道露一月前因车祸去世，留下五岁的女儿和他……

她后悔这么多年没有和露联系。但她是有苦衷的，她也爱林翔宇，十分爱。她还没来得及告诉露，露却爱上林翔宇，梦只能把对林翔宇的爱深埋在心底。后来，每次见面，露的嘴里，眼里，心里都是林翔宇。露把林翔宇的名字挂在嘴上，每提一次林翔宇，梦的心就被刀割一次，她不堪心痛，只有远离。

同学听说梦从南方回来，约请小聚，让梦打电话给林翔宇。只听电话里有个小女宝声嘶力竭地哭叫要妈妈，听得梦心都碎了。梦问："是你女儿在哭吗？""是的。""她叫什么名字？""林诗儿。我和露都叫她诗诗……""我想去看看诗诗，你发个位置给我。"

林翔宇打开门，梦看到一个泣不成声的小女儿，哭得满脸不知是泪，是汗，还是鼻涕……"要妈妈，要妈妈"叫个不停。梦走上前去，毫不犹豫地轻轻地抱起她，搂在怀里，用湿巾轻轻擦着她那脏兮兮的小脸说"妈妈在这里呢，妈妈在这里！"女孩停止了哭泣，骨碌着婆娑泪眼，半晌又"哇"的一声大哭起来："你不是妈妈，妈妈不是这样子，我要妈妈……"梦用手轻轻地拍着女宝的小脸蛋儿说："诗诗，你瞧，我是妈妈啊，妈妈整容了，真的，妈妈整容了……"诗诗静静地盯着梦看了好一会，她信了，抑或累了，不一会伏在梦的怀里睡着了……

两年后，林翔宇和梦坐在金沙湖边上望着在一边开心玩耍的诗诗，林翔宇对梦说："我们为诗诗再生一个弟弟或妹妹吧！""有诗诗足矣，不生。"诗诗急忙凑过来说："我要妈妈帮我再生一个弟弟一个妹妹……"林翔宇笑着说："听诗诗的，再生俩，响应国家号召，完成三胎任务。"

林悠悠的婚事

　　漂亮的林悠悠的婚事让林悠悠头疼。让林悠悠父母头疼。让林悠悠一大家子头疼。就连林悠悠的小侄儿——六岁的小不点都为林悠悠婚事头疼。

　　小不点一定记得，每次林悠悠相亲回来，都以林悠悠母亲——小不点奶奶长叹一声，结束这无缘的牵扯。时间长了，林悠悠只要相亲失败，耷拉个脸回家，小不点就学奶奶长叹一口气，那一口气叹得竟比林悠悠母亲叹的那口气还悠长、还感伤。

　　四十出头的林悠悠，有林黛玉的怯弱不胜的美，是让男人见了会心疼、想要保护的那种女人，但在她弱不禁风的林黛玉气质里汹涌着绿林好汉的仗义和豪气，喜欢交朋友，还能大块吃肉大杯喝酒。两种截然不同风格的组合，使她想结婚、想有个家的梦想一直在路上。你说，喜欢林黛玉气质的人，有一天看到林悠悠叉腰端杯，高呼干杯的癫狂模样会怎么样？喜欢丢了摊耙拿筲帚，吃苦能干的，看她两指不沾阳春水、一问三不知的样子又会怎么样？

　　林悠悠穿着时尚，穿村庄女人不敢穿的前卫服装。吊带衫、超短裤、超短裙。北风呼啸的季节穿裙子长丝袜。耳朵上爱挂个耳饰，一年四季不同样，一摇三摆，有时还咣当咣当响。喜欢描眉画眼，画得跟电影明星似的，还爱在胸前挂佛系配件，比如手上套个像佛珠类的。这违和感十足的装扮，在林悠悠身上竟然也很和谐。

　　林悠悠有过一段婚姻，那还是她三十岁以前的事。老公叫大憨。大憨小时候得过病，被粗心大意的母亲耽误了就医的最佳时间，最终命是抢救回来了，智商的钟摆一直停在小时候。数数只能数到十，只要不张嘴说话，大憨与常人别无二样。五官周正，身材挺拔，衣着整洁得体，说话轻言慢语，一副君子如玉模样……

当时大憨家是镇上富足人家，林悠悠家是村里贫困人家。这场贫富悬殊的婚姻竟然被媒人一提就成了，林悠悠家想到的没想到的事，大憨家都操办得很好，林悠悠家提的条件，没提的条件，大憨家都一一办得妥妥帖帖。还紧锣密鼓地举办了一场在当时当地很风光的婚礼。全庄上人都相信林悠悠从此会过上一个幸福无比的生活，因为着急没有人发现大憨与常人有啥区别，以为只是个不爱说话的老实人而已。

结婚那天晚上客人散去，新人上床。因为太高兴，大憨也得意忘形了，像个顽皮的孩子竟然从地上一跃上床，大概因为太用力，跳过了，跌滚到床肚里……林悠悠没多想。回门。满月。一切如常。

又过了些日子，有一天外面警车响，大憨高兴竟模仿警车叫，如孩童般绕着桌子打圈跑，停都停不下来。林悠悠这才发现大憨的异常……

就这么过了两三年，林悠悠过不下去了，虽然吃穿不愁，但……仙姿佚貌的林悠悠还是提出离婚。净身出户。看着一脸无辜的大憨，林悠悠在心里暗暗发誓等将来日子过好了，一定不忘兼顾大憨，不让他遭罪。因为这三年来，她已把大憨当成大哥哥看待。

现实很快就给林悠悠一个响亮的耳光。

林悠悠和大憨离婚不到一年，大憨竟结两次婚，离一次。而林悠悠连个相亲对象都没找着。大憨第三次婚姻很快就开花结果，生了一个虎头虎脑的大胖小子，三口人的小日子过得甜甜蜜蜜。直到大憨儿子上学读书，林悠悠才紧锣密鼓地相亲。

第一次相亲是个有编制的单位男，单位男其他没毛病就是长得不是林悠悠想要模样。林悠悠和人家一壶茶没喝完就找借口下了。回来对母亲说："长得基本算是毁容级别。"

第二个相亲对象，相貌还算把看，就是轴。认死理。轴男和林悠悠第一次相亲，就为女人应该在家相夫教子，还是出头打浪，争得面红耳赤。他喜欢传统的、老实的、听话的，相夫教子，以他为中心的女人。看得出林悠悠不是个听话的主，起码不会听他的话。跟轴男短暂的交流中，林悠悠知道轴男急需的不是一个妻子而是一个住家保姆。他和前妻有一个女儿协议归他抚养，目前急需要一个女人看家守室，洗衣煮饭，接送女儿上学。林悠悠说"就他拿那么几个钱，还要女人守着家不工作，喝西北风？"不谈。

继续相亲。

这次相亲喝了一次茶，吃了一顿饭不欢而散。主要问题出在这顿饭上。在桌上林悠悠手到拈来地打开了相亲男琢磨半天都没打开的酒盒，还优美娴熟地旋开了酒瓶盖，理所当然地为自己斟了满杯，不声不响地喝了半斤多酒……相亲男从林悠悠的端杯子那气势中，已看出林悠悠不是他能左右的，也能想象得出林悠悠以前的生活有多精彩。这顿饭吃过，原来刚刚冒出一点点想处处看的小火花，被这瓶酒彻底浇灭。

就这么相了几次亲，把林悠悠相得心灰意懒，对林悠悠打击特大，一向自信的林悠悠一下少了许多自信，好像也少了美。走路的背影都让人感觉到她的落寞。就林悠悠屡战屡败的情况，作为旁观者，我对林悠悠提出个人建议，相亲着装打扮、言谈举止都要合时宜。对于单位男，你不能戴耳坠，一步三摇，不稳重。对于轴男，你不能争，点头称是就好。对于那酒盒打不开的，你说我也不会开……林悠悠说是朝着过日子去的，必须真实。装只能装一阵子，不能装一辈子。再说我一个没看上。

又过了一段时间，林悠悠的好朋友，给她介绍一个男朋友，林悠悠很满意，说话好听，总说到林悠悠心里去，模样也俊，很符合林悠悠的审美标准。林悠悠心甘情愿为君洗手做羹汤，似乎曾经的关于婚姻的标准、要求，到他这里都不谈了。这是林悠悠这么些年来唯一带回来见父母的相亲对象，可知多合林悠悠的意？纵然父母光哑嘴不表态，弟弟也不点头，林悠悠还是为他贴钱买菜、做饭、开支两人的必需费用。为了更美好的未来，林悠悠不仅把自己这么多年积攒下来的钱都拿给他做生意，还向好朋友借了点钱。最后才知道他没做生意，而是用林悠悠的钱去填自己以前放高利贷的窟窿了。就是把债主欠他的欠条，改成欠林悠悠的，以前有关爱情和结婚的一切甜言蜜语就是为骗林悠悠准备的。最终，林悠悠人财两空。这时父亲说一开始就不看好他，第一次见面买的礼品就不靠谱，尽买些吃又没法吃，丢又不舍得丢的，看都没看过的东西。摆谱不靠谱。不是踏实过日子人。

这一场恋爱谈得林悠悠不仅没了自信、没了钱，还成了名副其实的"负婆"。那个暮春我在服装店里看到林悠悠走在大街上，感觉她就像早春铆足劲盛开的、现在就要凋零的花一样，褪了颜色，让人惋惜。

当林悠悠从这段感情中爬出来，缓过神来时，已是几年后的事。这几年她一直在外打工挣钱还债。回家一看到沉默却脸上写满急切和焦虑的父母，她就无比愧疚。母亲催她"岁数一天天大，人一天天老，找个人到老有靠头。"在父母的叨叨下，林悠悠又踏上相亲之路。这次相亲林悠悠发誓把持两个原则：第一，这人必须要有钱。第二，哪怕遇到城北徐公她也要捂紧自己的口袋。

父母动用一切关系，拜托七大姑八大姨，终于有了好消息：一个拆迁男。离异。年龄比林悠悠大7岁，市区有四套房，有车，有固定收入……硬件都符合林悠悠择偶标准，林悠悠同意见面。但拆迁男要求林悠悠去见她。林悠悠想有钱人就任性，有车一踩就到的事，却要她要转四次车，折腾两个多小时才能见到真佛，这很让林悠悠心里不爽了，这就等于她林悠悠向前迈99步，那边就动一步……

远路的林悠悠到了，他还没来，让林悠悠又等好一会儿。见面正好赶上吃饭工夫，他说他是吃过工作餐过来的。亏有介绍人相陪，吃了便饭。于是相亲序幕就在小吃店拉开，你问我答，三拉两扯，那人问林悠悠会炸肉圆吗？会做黏团吗？会包粽子不？厨艺怎样？说他就爱在吃上讲究。因为他母亲做这些是方圆几十里没人可比的，希望林悠悠一定要把他母亲手艺传承下来，因为他妹妹不会，她姐姐不会，他自己也不会。八字还没一撇呢，已经把任务布置下来了，林悠悠一边微笑，一边点头，嘴上连说"好好""嗯嗯"。却在心里暗骂。临了还要求林悠悠和他无条件同居一段时间，有相互了解了解的机会……林悠悠在心里骂："哼！借谈恋爱为借口耍流氓。"

结束时，有车的相亲对象也没提到把林悠悠送到车站。当然即使他要送，林悠悠也会拒绝。林悠悠出了门就将他手机号拉黑。站在站台上一边等车，一边望着川流不息的车子和行人，林悠悠莫名感叹：这路上这么多人，随便拽上一个都比她这些年相亲对象强。她遇到的人要么都像是从老鼠窟里拖出来的，要么奇，要么怪。突然她竟想起憨大，回味和憨大在一起的那段平实的时光。还想继续回味和憨大在一起的过往，可周围嘈杂声以及来来回回疾驰车辆，让那些零星的回忆片段逐渐消逝。那个有点傻，有点呆，有点憨的男人，那个一直让她瞧不上眼的男人，她手一松，就被别人扑去，成了别人的老公，现在是一个初中孩子的爹了。

一会儿介绍人打电话问林悠悠对这人的感觉，说拆迁男对她感觉很好，想继续相处。林悠悠说我们不合适。挂掉电话。

林悠悠到家，小侄儿已被奶奶（林悠悠母亲）从幼儿班接回家了。林悠悠一声不响地径直走到自己卧室，衣服也不脱就睡到床上。母亲什么也没问，就已心知肚明。顽皮的小侄儿收起刚才那副嬉皮笑脸扬起涎着口水的小脸对着奶奶调皮地悠悠长叹一声……

第二天，林悠悠对着全家人宣布："不再相亲。从明天开始努力工作。"

爱扒窗户的奶奶

奶奶年近九十，是见重孙重孙女的人，本该随她的重孙们叫她老太的，但张小米一见她就想叫她奶奶，因为她的老态龙钟，亲切温暖的笑容让张小米想起从小把她带大的奶奶。

奶奶一个人住在老城区，儿女们都在新城区。本来奶奶是被儿子接去一起住的，可奶奶闹着要回来住，说新城区楼高房大人少，难见一个熟人，再住下去非闷出老年痴呆不可，执意回到老城区的老房子里。

老城区的老房子在顶楼，没有电梯。照理比新城区的房子还难上下。加之奶奶年前又跌过跟头，走路一瘸一拐，成天闷在楼上，即使老城区满眼都是熟人，于奶奶何干？儿女们拗不过倔强的老人，只好让老人又住到老城区的老房子里。老城区老房子老人一人住，孝顺的儿子不放心，就出钱找个住家阿姨陪伴老人。张小米有幸成了奶奶的陪伴。

"笃——笃——笃！"每天早上奶奶在张小米搀扶下拄着拐杖从床边"笃"到卫生间，再由卫生间"笃"到桌边，先点上一支烟，默默地抽。奶奶起床后第一件事就是抽烟……奶奶两天一包烟，有客人来，一天一包烟。奶奶说她离不开烟，但奶奶上次住院十几天，居然一支烟没抽。奶奶说病房里有病友，有医生护士，还有人来过往的亲戚，就不想抽烟了。

张小米发现奶奶其实抽的不是烟，奶奶抽的是一种感觉。奶奶最喜欢他宝贝儿子和她娘家亲戚来，他一根烟，递过来，你一根烟，递过去，一边抽着烟还一边窃窃细语，此时奶奶抽得幸福和满足。某位儿女好久没来，因为某情某景让奶奶想起逝去的爷爷了，彼时奶奶抽的是牵挂和想念；更多的时候奶奶抽的是寂寞，奶奶说一个人的时候不抽烟，感觉没着落。

抽过烟，喝过白开水，吃过早饭过后，张小米刷锅洗碗，抹桌拖地。奶奶一个人悄悄地扶桌，摸椅，慢慢地颤抖着向窗口挪去，窗口离桌子一步之遥，奶奶却费好长时间才挪到窗口。仰脸望望天空，好天会说：今天天气真好，阴天会说，明天就好天了，过几天就好天了之类的话。然后伸长脖子向楼下张望。

奶奶个头小，向楼下张望就像孩子似的趴在窗台。那微驼，瘦小的背影，被风吹动得像云朵似的灰白头发，还有那引颈鹤望的模样，让张小米好心酸。

张小米终于知道不能下楼的奶奶坚决要来老城区的真实原因了。从老城区五楼的窗口奶奶能见着她共了大半辈子的街坊邻居。

奶奶眼神好，能从五楼的窗口把楼下的人和事看得一清二楚：李五家的婆娘骑电瓶车送孙子上学去了；老张头的老两口手牵手上菜场买菜去了；隔壁老陈奶穿红丝绸短袖子，白湖绸裤子一早跳广场舞回来了；老黄家的大米生小虫了，在外用风吹呢……奶奶私下对张小米说，我才不稀罕新城区的高楼，在这里不用出门谁家中午饭吃什么我都知道。

有几次奶奶趴在窗口伸长脖子，望楼下，突然间不用张小米扶，挂着拐杖，"笃"到大门口叫张小米打开门，说天闷人，打开门透透气。不一会张小米就看到对门邻居奶奶上楼，奶奶忙上前和邻居奶奶拉上呱了，直到邻居奶奶进屋关门，奶奶才又摸索去窗口。原来奶奶是从窗口看到邻居奶奶要上楼，有意叫张小米开门候着的。

奶奶也能从窗口两眼巴巴地把儿孙们望回家。假如听说谁今天要回家，早上听说，奶奶就一早扒在窗台上望，说是下午来，那奶奶一定连午睡都不敢睡，怕错过，整个下午除了抽烟，就是扒窗台向小区门口张望，哪怕已是黄昏，直至人来为止。奶奶耳朵好，奶奶的儿女们来，听走路声音她就知是谁来了。

　　儿女们齐来了，看电视的看电视，玩手机的玩手机、唱歌的唱歌、拉呱的拉呱……也没奶奶什么事。奶奶安静地坐在桌子一隅，默默地抽她的烟，看着就是幸福。吞云吐雾间，她仿佛回到自己还年轻的那会儿，儿女们小的时候，她在地里不停地劳作，孩子们在田埂上自由自在地玩耍……

　　奶奶扒窗户上看，是上午的事，下午楼下没什么人，奶奶就刷抖音。午后奶奶就让张小米给她拿"平音"，张小米知道这是说话不太清晰的奶奶要"拿平板电脑，打开抖音"的简化说法。奶奶自从被前阿姨教会刷抖音，奶奶每天在抖音里找儿女，找孙子，找孙女，找重孙……不厌其烦。一遍一遍刷，一天天找，反过来覆过去看。抖音里重孙女叫奶奶，她也答应。还问你妈呢？这几天干啥了？刷到抖音里女儿怀念爸爸的视频，奶奶会用餐巾纸不停地擦眼睛，张小米知道奶奶流泪了。奶奶长叹一口气，反复给张小米讲那年她老伴遽然去世以及她的伤心和悲痛。

　　爷爷是英年早逝。丢下六个儿女和奶奶相依为命。为了生活，年轻时的奶奶也是风风火火闯九州的人。现在被困在楼上，一步挪不开，啥事也不能做，个中滋味只有奶奶自己知道。

　　前不久奶奶的外甥女的女儿办升学宴，请奶奶全家出席。奶奶毫不犹豫地说：不去。这让张小米百思不得其解。

　　第二天奶奶见人就问：二姨奶（奶奶的亲妹）来了吗？大舅爹去了吗？二舅奶去了吗？……一个个问，她几乎把所有娘家亲戚问了个遍，还问谁谁胖不？精神好吗？张小米就不明白奶奶这么关注这些人，为什么不出席？后来才知道，以前这类活动奶奶是必参加，自上次以后，奶奶就拒绝参加了。

　　上次奶奶是儿子背下五楼的。让年过半百的儿子累得上气不接下气，这让奶奶很心疼。到了饭店，厕所离大厅太远，又没坐便器，奶奶不小心把大便弄了自己一身，还弄了姑姑一身。这对于一贯爱干净，要面子的奶奶来说很没自尊。从此她再也不愿意去饭店了。奶奶这次没去成，很遗憾，叨咕好多日子，说好久没见着她亲妹妹了。见一次少一次。张小米知道对于奶奶这样年龄的老人来说，没有来日，只有今日。很多时候，再见，意味着永不再见。

　　奶奶嘱咐张小米，也嘱咐过以前的住家阿姨，"哪天我走了，你们一定要来送我啊"张小米说一定。因为她知道奶奶是多么渴望热闹啊⋯⋯

大揸布

就看他大手抓着一块揸布在桌上、碗里、盆内、锅上、锅下……疾速麻溜地抹、揩、擦……

那时的夏天还没有空调，只有电风扇。电风扇也不是每家买得起的，买得起也不一定舍得放厨房。黄豆大的汗珠从他的脸上滚落到汗衫上，汗衫的前襟后背都浸透了，他一边抹揩擦，一边招呼来人，似乎忘记了身上流着汗水，或许是习以为常。

他老婆无寒腊夏手里捧着打了一半的毛线衣，到东家坐坐，西家撑撑，一边撑相，一边有一针没一针地挖着毛线衣，有一句没一句地张家长李家短地拉呱，她好像为了拉呱才打毛线衣的，又好像为了打毛线衣才拉呱的。不管是什么原因，她有一件打一半的毛线衣在手，她就可以名正言顺地不做任何事，（哪怕是女人必做的，烧烧煮煮、洗洗涮刷）她就可以理直气壮地漂移，拉呱、扯闲，由犄角旮旯，扯到海阔天空……

就在他老婆挟着打了一半的毛线衫苏秦说六国似的周游的功夫，他已麻溜地将韭菜炒成功了，角子烧肉烧好了，清蒸茄子，蒜泥、麻油、醋、酱油拌好，冬瓜排骨汤炖好了，饭盛好，酒杯倒满，桌角边摆着一盒烟，烟盒上放着打火机。酒是洋河酒，他不多喝，一瓶三顿。烟是十几块的，他不少吃，一天一包。就在他坐下来那一霎，他老婆回来了，时间掐得准准。她放下毛线衣端起碗就"呼哧，呼哧"吃了起来。他亦端起酒杯呷上一口，像鸟鸣（他说是花眉叫）声，然后夹菜，大快朵颐。

吃过饭锅碗还是他收拾，他用他大手又麻溜地提起大揠布在桌上抹、盆里揩、锅上擦，三花两绕收拾停当。他老婆丢下饭碗又拿起打了一半的毛线衣，仍然有一针没一针地挖，有一句没一句地和人扯闲。

这是一个叫下里洼的职工宿舍区。是全公社地势最低的地方，住着全公社地位最高的一批职工——供销社国营企业全民正式工。在一排人字头，青砖红瓦职工宿舍正中间长着一棵古老的大树，树到底有多老没人晓得。只晓得到春末秋初之间，大树枝繁叶茂，像一把巨伞撑着，遮阳、挡风、挡雨，到了中午，这一排人家都会把小桌子、小凳子搬到这大树底下来，大人边吃饭边扯闲拉呱，小孩端着饭碗从这桌窜到那桌，很是热闹。

他烧的菜永远是职工宿舍区最好吃的，色鲜味美，让人垂涎欲滴，他的小桌上永远挤满大人小孩。他热情好客，常招呼大家："坐过来吃，尝尝我的菜咸甜。"尝过的人都点头夸："正好。好吃，好吃！"

洗衣做饭，翻干晒潮，摊女人做的事他会做，摊男人做的事他也会做，一捞一把，毫无怨言。整个宿舍区的女人都看在眼里，恨在心里。恨自家老公连油瓶倒了都不扶。羡慕嫉妒恨。几个女人一台戏，你一言我一语，私下为他起个诨名叫"大揠布"。

原来是在暗里叫的，叫着叫着，就明叫了，"大揠布就大揠布呗，不比臭脚布好？比上不足，比下有余。我到底还是有用之才啊！"他自嘲。

大揠布是顶替工。顶替工就是接班顶替的工人简称。现在的年轻人很少知道，从计划经济时期过来的人对"接班顶替"这个词就耳熟能详了。接班顶替是一项20世纪七八十年代执行的劳动用工制度。无论城市还是农村，只要父母是企事业单位的职工，等到了退休的时候，他们的子女可以有一人接班顶替父母工作，到父母原来单位上班，成为有编制的单位职工……"大揠布"一家生活在农村，父亲一人上班，母亲是个家庭主妇，兄弟姐妹六七个，符合顶替条件有兄弟三人。也不知"大揠布"用什么理由和方法让自己成了村庄上所有人羡慕的"顶替工"的。于是，"大掾布"由面朝黄土，背朝天"锄禾日当午，汗滴禾下土"的黑汗流流的农民成了国营企业全民正式职工。不久他又娶了有着定量户口的街上人家的女儿，成了那个时代人人羡慕的双职工。

"大掾布"之所以能抱得美人归，据说还是得益于他一捞一把的"大掾布"精神，第一次上丈母娘家他抢着干活，麻溜地整出一桌菜来，临了还把杂乱无章的锅台收拾得井然有序，干干净净。丈母娘越看越欢喜，欢喜得连彩礼都忘了要，就这么把自家养了二十多年如花似玉的大姑娘嫁给这小子了。从谈恋爱到结婚这段时光他是老丈人家专职"火头军"，也奠定了他婚后成为"大掾布"的基础。

时光在静好的岁月中慢慢游走。走着，走着，"大掾布"所在国营企业倒闭了，他由原来的"国营企业的全民正式工"变成"下岗工人"，大掾布就更不离手了，抹、揩、擦得更勤，更用力了。一天天的，桌上由原来的三菜一汤，两荤两素，变成两菜一汤了，有时一荤两素，有时全素。桌上还是摆着一瓶洋河酒和一包十几块香烟，但洋河酒瓶里倒出来的是八角冲子，香烟盒里抽出来的是两三块钱一包的烟。他老婆也不每天挟着打一半毛线衣四处漂移和别人快乐地聊天了，守在家专跟他聊。聊谁谁去北京做生意，谁上上海打工，谁谁被钱砸着了，发了大财，谁谁脑门上都写着"我有钱"。老婆一贯幸福着他做"大掾布"，她做十指不沾阳春水"大小姐"。现在老婆不幸福了。他们吵架了。他说："我一天三顿烧火煮饭，洗锅抹碗，我闲了吗？"她说："男人无能，洗锅抹盆。""不比你什么事不做好，你是什么大家人家大小姐油瓶倒得都不扶？""我做啥，摊我女人做的事，都被你抢做得了，我做啥？我做啥？！你男人的事不做，抢我女人做的事，你好意思的？"他说："记着，从今往后家里的事都让你做，我什么事也不做""你想得美，你什么事不做，都让我做，把你养着杀肉吃？"……

干活，老婆是一副怯弱不胜的模样，吵架，他老婆是真的勇士。有一次他气急败坏，终于出手"悠"（音，方言，打的意思）他老婆一下，他老婆立即重拳出击，几个回合下来，老婆完好无损，他身上青一块紫一块。当战斗处于胶着状态时老婆不但手到嘴也到："你记着，不管打到什么时候，反正最后我要比你多打一下。"这话一下就把他本来就不怎么昂扬的斗志彻底打压了下来。战斗在他又一次妥协中结束。老婆虽然文化不高，绝对是高人。和他吵嘴有理就据理力争，没理就强词夺理，她歪歪理斜斜理反正老有理。他知道跟老婆争斗，结果没有悬念，他老婆天生就是战士，他从没打败过她，她是永远的胜利者，但有时男人的雄性本能还是驱使他去搏一搏。

我们那时没有手机，没有网络，也没有什么娱乐活动，一听说谁家吵架特别兴奋，饭不吃，班不上，去拉架、劝和。说是拉架、劝和，实际上是看热闹、掺和。"大揞布"家吵架特别有看头。因为他家只要打起来就是持久战，"搭西瓜架"（胶着状态）能几小时，唇枪舌剑，针锋相对，你来我往，好几天不得安生。若我们几个再去拉架、掺和，冷战期会拉得更长……

下岗以后，两人每天就这么一点火就着，老处于临战状态。"穷饥饿吵，当人的生存没有保障情况下，就容易产生矛盾。"这话一点不假，那段日子，宿舍区不是他家吵就是你家闹。虽然他每天还是挥舞着揞布，但是抹揩擦得不那么欢快了，她虽然每天还是捧着织了一半的毛线衣，可再无心思左邻右舍漂移，她现在每天就一个事，找他毛病：油放多了，菜咸了，饭硬了……他说她是在吹堂灰找裂马缝。

有一天他终于放下大揞布，提着大包走了，没告诉老婆他去什么地方，其实他也不知道自己会去什么地方。后来听说他在一个工程队上班，后来又听说他在那工程队烧二三十个人的饭，他仍然是个四处揞的大揞布。

他走了以后，那个原来啥事不会做，啥也不做的老婆，变得啥事都会做，啥事都能做了。

后来，听说他在工地承包了一个工程的水电，赚了钱。

岁月飞逝，时光疾驰，不知不觉，到了耳顺之年。他家饭桌上还是四菜一汤，还是两荤两素，只是他吃菜没原来那么香。桌上还是摆着酒，一瓶酒喝一星期，桌角仍然放一包烟，有时是小苏烟，有时是"硬中"偶尔还有"软中"，一包烟老放着，没见他抽过。现在他家拿着大捵布在锅上锅下忙得不亦乐乎的是他老婆。

提起当年他总打不过老婆的事，他说："哪是打不过啊，是舍不得打。小小狸猫能避鼠，哪有男子汉打不过老婆？"

时光渐渐远去，他感叹，多想再回到过去，回到那个钉对钉，铁对铁的年轻辰光（辰光，方言：时候）……

复 苏

在一个黄叶飘零的季节我下岗了。我不再每天按时按点地上下班，更没有定期定额的工资领了，我曾那么抱怨我曾拥有的工作，工资少，而且呆板单调，一旦我真的失去它竟也是这样的茫然而无措。我百无聊赖地对着斜阳发呆，想到在校读书的女儿，想到体弱多病的公婆，想到未来漫长的人生，我禁不住浑身发冷，年近不惑没有技术、没有文凭的我将如何面对人生？

我的丈夫见我成天失魂落魄、心事重重的样子，就劝我：只要我们勤劳、奋发肯吃苦，不信能没饭吃。他鼓励我：你在服装方面有眼光，不如开一个服装门市，假如盈利当然好，万一亏了，只当是人生经验的积累。在丈夫支持和鼓励下，我在小镇的商场承包了服装门市，做起了服装生意。

做生意的辛苦和艰难是我始料不及的。当我怀揣着从亲朋好友手中借来的钱第一次出远门时竟胆怯得坐立不安，加之长途车内的肮脏和嘈杂使我夜不能寐，到了服装批发市场我晕头晕脑地到穿衣镜里一瞧，真不敢相信，那黑眼圈像大熊猫，手里拖着推车，身上斜挂着大包小包蓬头垢面的女人是我吗？在服装市场上，我挤夹在熙熙攘攘的人流里，寻找着，选批着我需要的商品，嘴里还念念有词："多进样，少进量，要得多卖钱，就得品种全"，"货比三家不吃亏"。这些都是丈夫在我临行前苦口婆心教我的生意经。

俗话说得好，烧香买磕头卖，货进回来要卖出去才行。当我第一次站在柜台面对顾客时，我觉得丢人，想我从小读"老大嫁作商人妇，商人重利轻别离"古诗时，就对商人有成见，加之现在人们都称商人为奸商，商人似乎都与斤斤计较、精明算计、唯利是图连在一起，而今我却做起了连商人都称不上的小商贩，面对顾客挑剔的眼神，我倍感自身的卑微，这种感觉常常痛苦地折磨着我，使我兴味索然。这时一位好友开导我，世上只有贵贱的灵魂，没有贵贱的职业……他的话使我豁然开朗，重新面对顾客我充满自信和自尊，全面细致地介绍商品，诚心诚意地做好顾客的参谋，并以优良的商品，优质的服务，诚信的经商原则取信于惠顾我店的广大顾客。我不断地吸取同行先进经验，认真学习经营知识，提高自身素质，从我做起，重塑新时代"小商"形象。由于我的努力，店里的生意越做越红火，我也更加辛苦地奔波在常熟、杭州的服装市场上，同时在艰苦和劳累的生活中寻找到生活的乐趣和生命的真谛。

"日出江花红胜火，春来江水绿如蓝"。亲人、朋友帮我度过了生命季节里最晦暗寒冷的冬季，迎来了万物复苏的春天，当我贪婪地吮吸春的气息，听着小鸟欢快的叫声，看到河岸上丝丝新绿，我觉得生活是这样的美好幸福并充满希望。

第四辑

愿有时光可回首，且有欢喜度流年

给女儿的一封信

在家整理东西，看到那年写给女儿的一封信。读着这封信，又想起那年，那些事……

女儿：

在通信如此发达的今天，我们已经不习惯写信，也懒得写信。但这封信，是必须要写的。因为再过十多天是你20岁的生日，再过二十多天，你要参加高考了，而自你开学至今，因为紧张的学习生活和严重的非典疫情，妈妈已经和你很久未见面，千言万语电话里是无法说得清的，只好提笔写信给你。

女儿，虽然我们不太喜欢过生日，但你二十岁的生日是必须要好好做的。这是你在父母身边，父母为你操持的最后一次生日，你30岁、40岁……乃至100岁的生日，按常理是不会要我们操持的了，但遗憾的是，恰在这时非典的阴霾笼罩在每个人的心中，为了别人和自己的健康，我们取消了你的生日宴，但在那一天，妈妈会用生日贺卡寄去对你的绵绵祝福。我还为你定做一个大蛋糕，让你和你同学共享生日快乐。女儿，把蛋糕尽量多分些同学，记住：一样东西一个人吃了，只有一份快乐，而很多人吃了会有很多的快乐，这是我在学校时你外祖母告诉我的，今天我又告诉了你。

最近，因为非典的流行和高考的临近，你的生活一定很紧张。在这非常时期，你要加强锻炼身体，根据天气添置衣服，谨慎预防不能掉以轻心。听说你们学校预防非典工作做得全面细致周到，这使我十分放心，我想只要规范我们的出入行居，保持乐观的态度，依靠科学，加强预防，非典并不可怕，人类定能战胜非典。

女儿，学习上要讲究方法，劳逸结合。古人的"头悬梁锥刺股"的学习精神固然可贵，但我不赞同这种做法。我提倡享受学习，在学习上我认为只要你努力就行。如果没努力而成了第一名，我仍会生气的；只要你努力了，即使是最后一名，我也不会怪你。因为第一名只有一个，总要有人做第二名、第三名和最后一名的，爱因斯坦、爱迪生、居里夫人谁不想做？但又不是每个人都能做到的。我们不能说不能成为这些名人的人就不优秀，只要我的女儿努力地去做每一件事，我想她就是一个优秀的人。

对于高考，女儿你不要过于紧张。你只当是平常考试，以平常心待之，到时才能发挥得好。其实在人生会有很多很多的各种各样的考试，高考只是其中的一种，只要你认真去考就行了，这是我的看法。对于高考，对于生活，妈妈没有权利说得太多。妈妈这一生贫穷无为，没有成功的经验传授给你，有的也只是失败的教训。我之所以不厌其烦地叮嘱你，是期望我的女儿在人生的路上，不像妈妈那样历经曲折和坎坷，能走一条通往成功的康庄大道。

听说你将长发剪得很短，我常想象一身牛仔、一头短发的你健康快乐的模样。昨天你打电话询问老家的非典疫情，叮嘱我们及时添减衣服，注意身体健康时，我和你爸爸突然发现你真的长大了，你仰起涎着口水的小脸，听着我讲小红帽和大灰狼的故事，好像就在昨天；你在襁褓中伸胳膊踢腿的可爱模样，我还清晰记得。一晃近二十年，岁月中我们的女儿在不断成长和进步，而我们霜花飞上了鬓角，时光使我们失去了许多宝贵的东西，但每当想到成长的你，我们的心中充满了欣慰和希望……

高考在即，女儿，我有很多的话要叮嘱你，有好多事想为你做，但这是不可能的。我和你爸爸只有在家里为你祝福，祝我们女儿高考快乐，万事如意，心想事成。

母：蟑木虫

2003年5月9日

陪读

　　在经历下岗，就业，再下岗，以及许多"欲说还休"的生活艰辛后，我对未来不再有太多的奢望。青春年少时许多瑰丽的梦想，已被生活中诸多无奈淹没得了无痕迹，所存的只是对不尽如人意生活的叹息，还有就是对美好往昔的追忆。四十岁的我已有了"夕阳西下"的那种落寞。

　　但每当我想到在校读书的女儿，心中就充满希望。女儿成绩不优秀，可她是优秀的女儿。纯真，可人，善解人意，是我生命中的全部。因而当许许多多"盼女成凤""望子成龙"的父母成了儿女们的陪读时，我也毫不犹豫地从乡下来到县城，成了上高三女儿的陪读。

　　所谓陪读，就是照料女儿的饮食起居，在女儿熬夜苦读时，送上一杯热茶，说些温暖的话，在女儿气馁时，给以热情鼓励，给予向上力量。

　　初来，女儿上学了，我洗涮完毕便茫然地站在临街的窗前，望着来来往往的行人。女儿夜读，我常目不转睛地盯着女儿发愣。女儿见了对我说，"妈妈你不必成天围着我转，心里只有我，您可以看书、学习电脑。我们班上好多同学的父母都会电脑。我在报上看到现在70多岁老太都上网了。"

　　听着女儿的话，想着女儿小的时候我也曾是女儿的陪读，开始女儿字写得很慢，做作业到很晚，我每天陪着女儿。检查女儿的作业，讲解女儿不懂的问题，那时，在她小小的心里是很惊讶赞叹母亲的无所不知吧，而今女儿不再是那一写字头上就冒汗的"小不点"了，她长大了，有思想，有主见。而我呢，在这么多年似水流过的岁月里，似乎还是知道女儿小的时候知道的那些，虽然岁月改变了我的容颜，增加了我的阅历。但在文化、知识、技术生活态度方面我没有进步，甚至近于停滞和颓废。望着刻苦学习孜孜不倦的女儿我竟感到落寞，可我努力过吗？曾想改变过自己吗？社会发展突飞猛进，而我仍生活在过去：过去的知识技术，过去的思想，过去的回忆，生活在一种懒散、呆滞的境界中，生活里许多美好的东西都在这个可怕境界里消失、消失，以至我下岗，再下岗。

后来，女儿找来好多书给我看。她看书时，要我也一同看书，她熬夜，我也跟着熬夜。她上课，要我抽空学电脑。夜晚，女儿在题海里遨游，我就在书山里穿行，偶尔我们抬头相见一笑。有时我望着聚精会神，奋笔疾书的女儿，真不知我和女儿谁是谁的陪读了。但有一点是肯定的，陪着女儿读书做女儿的陪读，使我懂得：在人的一生中，只有永远学习，不断进取，温故而知新，人生才会丰富而从容。

我之读书

有些人会在不经意中与一些东西结缘，比如我与书。

细想想我是一个不爱读书之人。从小到大都是。儿时只要捧起书就瞌睡，长大我只要失眠就捧起书。但看上去我又是一副酷爱读书的模样。因为平时我总是捧着一本书，鼻梁上还架了副比酒瓶底还厚的眼镜，我家又是随处可见到书，你说你不爱读书谁信？

我小时候的孩子都是散养。但做老师的父母教育比较进步，他们崇尚圈养。就好比现在孩子都圈养了，有些时尚人士会对孩子采用散养一样。每到星期天或放假，母亲会把四个孩子放在一个大教室里，里面有小人书，有扑克，有象棋，还有秋千（一根麻绳拴在两根柱上）……象棋我老学不会，打扑克，我老输，荡秋千，胆怯，没法子只有看小人书消磨悠悠时光。我的母亲是个严母，脾气火暴，加之有个封建传统的外婆在，我大一点的时候总要求我们学这学那，比如学钉纽扣，纳鞋底，绗被子，做饭，洗衣……这些我都没有比我大的姐和比我小的妹做得好，为了逃避外婆的唠叨、母亲的咆哮，我喜欢挟一本书躲在某个角落里偷闲。记忆中去得最多的地方是小学校的小河边。我在河边一待就是半天，感觉放假的小学校的小河边的浓荫树下是安放我少年灵魂的最好处所。在那里我享受白雪公主和王子的爱情，灰姑娘那迷人的舞姿，体味卖火柴小女孩的悲惨生活……

上中学时，当别的同学刚有机会看小说时，我肚里已经装上了不少精彩的小说故事了。校园的小河边，在榕树下，熄灯后的女生宿舍里，我讲《青春之歌》《红岩》《红楼梦》……当我的舍友知道我十三岁就看过《青春之歌》时就取笑我早熟，我们笑打滚成球的情景犹如昨天。

工作以后我一直看书。乍乍离开家，离开父母，在没有电话，没有手机和微信，没有网络的年代，书是最好的陪伴。在寒冷的夜晚我在煤灯下、读着书，身上虽冷，心却暖暖的。

婚后，我喜欢将书放在床头。有睡前翻书的习惯，只要在床上，一翻书就瞌睡，比人家吃安眠药还灵。喜欢捧着书睡觉，睡着了将书随手散落在床上，先生在熟睡的夜里会被一硬东西硌醒，一摸是书。有时他会在梦呓中从被窝里、脚底下掏出一两本书。我不但喜欢把书放在床头和床上，还会把书放在厨房，放在随手可及的任何地方。熬粥烧水之时在等待的光阴里随手翻翻书。有书在，你会觉得等待就不那么漫长。

企业改制我下岗了，由一个捧着金饭碗的主，一夜之间成了没饭碗的人。我像一个迷失的羔羊。没有文凭、没有技术、没有能力、没吃过苦的我在市场经济的大潮中湮没了，那时我彻夜失眠，专拣平时不喜欢看的书看。书，陪伴我走过了漫漫长夜。

后来我终于拥有一份适合我的工作，是公司前台。公司规定前台不可玩手机，不可煲电话粥，不可离岗……规定很多的不可以，却没规定不准看书。于是我每天端坐在前台，捧一本书，打发着无聊漫长的时光……

有人问我，你蛮喜欢读书的？我笑而不语。

虽然古人说，书中有黄金屋，书中有颜如玉。时下又有人说读书是世界上最性感的事，才华是世界上最好的春药。可相对于朋友欢聚，喝酒唠嗑，唱歌跳舞，我还是不喜欢读书。但生活总把我和书紧紧地连在一起。在苍茫岁月里书舒缓着我的困苦、焦虑、忧郁，给我慰藉和鼓励，欢愉和陶冶。不知不觉她是生命中不可或缺的一部分。

日前，县城一建行，搞了一个书香建行，书与建行同在，让顾客在等待中享受读书的时光。颇有创意。我觉得不管是什么年代，什么环境，不管你年老还是年少，是男人还是女人，是貌美如花，还是灰容土貌，只要你手里捧着一本书静静地读着，那姿势一定很美。当我老了的时候，一定在老家那芳草鲜美，绿水逶迤的串场河边开一间书屋，让余生肆意徜徉在书海里，在一本书与一杯茶的清香里享受人生的温馨与绵长……

花开的日子

先生年长她五岁，与她不同年，但同月同日生，就颇有缘分地同一天退了休。刚退休的时候，她觉得享福的日子来了，可以想做啥就做啥，不想做了呢就不做了。可迟睡觉，也可以不睡觉，可以早起，也可以不起床。理直气壮地"游手好闲"，名正言顺地"好吃懒做"，没事到东家站站，西家撑撑，小到扯扯小镇上家长里短，大到谈谈国家大事，做个吃瓜群众。可是时日一久，两人就有些不对劲，仿佛他俩是两个"废物"！

她不敢照镜子，偶然到镜前瞥了一眼，吓了一跳。镜子里蓬头散发，面黄肌瘦，眼泡虚肿，体态臃肿之人是谁？从前那个眉飞色舞，衣着光鲜，纤秾合度的女子呢？是先生先变化了的，他开始天一亮就起床，烧饭拖地，一天十八遍地拖，他说手没地方放，拖拖地，打打岔。她开始认真琢磨两人的日子。

想出去打工，做一份轻巧的活，年龄是她无法逾越的坎。找到的送牛奶、做快递的活儿，从小到大，手没提过四两重的她又做不下来。干脆自己做个生意？亲朋好友都反对。说这个年纪有点余钱，要掯紧养老，万一生了病，手头有才得济。

就这样心烦意躁地过了一个多月，有一天半夜，她突然"腾"地从床上坐起推醒先生说："我不想这么过余生，我才55岁，如果我活到我外婆那么大年纪，外婆活了96岁。我现在还正当芳华，正是花开的日子呢，我要做事，做自己喜欢做的事。"

她絮絮叨叨地说:"我要开间茶社,风格要装修成我喜欢的乡土田园风,名字就叫'老茶馆',服务对象尽是些跟我们同龄的中老年人:老工人、老农民、老居民……我要打造出一处地方来,让寂寞的老人不寂寞,有茶喝、有牌打,可会友畅谈,可独坐沉思……"

睡眼惺忪的先生迷迷怔怔地听她滔滔不绝地说着,看她激情澎湃的样子,只管点头称是。她记得十八岁那年,她就想开一个属于自己的茶社。那会儿,她疯狂迷恋了琼瑶的小说,在读了琼瑶的《水云间》之后,她想着她家傍河而居,开个"水云间"茶舍招揽四方游客,可就太美妙了。可惜,那时候她还是个读书的学生。后来,她被命运和时光推着往前走,有了工作,有了孩子。日日为柴米油盐酱醋茶奔波,年少的梦想不知道丢到哪个旮旯里去了。

那天,她看到银行旁避风的石阶上聚集着一簇簇无事闲坐的老人在晒太阳,她心里开茶馆的想法就像春天的芽儿要破土似的,蠢蠢欲动。

在退休后的日子,她突然决定大干一场。说打就上屋,第二天她早早起床,联系搞装潢的发小,做家电的闺蜜,开广告公司的好友,卖家具亲戚,咨询、探讨、研究、核算,开工装潢……

某个花开的日子,我在小镇老街寻得了她的"老茶馆",有书有茶,有画有花,简洁、雅致、舒适……七八张桌,桌桌有人,或品茗,或阅读,或细语,或玩牌,或弈棋……雅俗共存。她端茶倒水,前前后后,招呼,忙碌,一脸微笑,一脸满足,如花盛开……

人生恰如拔笋

小时候，跟着姑姑去挖笋，听姑姑说，竹子长得最快，有的春笋一天能长一米多，一个月就能拔高到二十多米，一两年就砍伐为材了。于是我总盼望自己能像竹笋那样迅速拔节长高，早日长成姑姑那样的大人，像姑姑那样美丽，像姑姑那样把日子过得风生水起的。可怎么长，还是那么小，我就想日子过得太慢，岁月仿佛把人生变漫长了。

时光像我们家门前小河里的水慢悠悠地流，终于有一天我长大了，长到姑姑那时的年岁，我结婚了，有了女儿。看着襁褓中的女儿，我就想这小小的人儿什么时候才能长大？等她长大是多么漫长的岁月？我一天天巴望着，巴望宝宝满月，宝贝百露，宝贝周岁……当宝贝女儿牙牙学语，蹒跚学步时，就巴望宝贝上幼儿园，上小学……盼宝贝长大，想着宝贝长大是多么久远的未来呵？还有很长很长的路要走呢，人生长着呢。

不知不觉，女儿上学了，女儿小学毕业，女儿大学毕业了……女儿长大，长成我的模样。转眼间，女儿结婚，女儿又有了自己的宝贝……而我，眨眼间青丝成白发，娇颜变枯槁。

清晰地记得，小时候和姑姑在杨柳岸嬉耍，河苇边折芦叶，看姑姑对镜梳妆，和姑姑争抢零食……记得母亲当着孩子的面讲我小时候的糗事，捧着字典考我这字怎么读那字怎么写，像孩子一副天真的模样……记得，逢年过节回家，父亲都会站在离家好远的路口守着我，怕他的笨女儿走岔了路，多远我就看到手上夹着香烟、身上系着大围裙的父亲在向我挥手，等我回家吃刚烧好的饭菜……我以为人生悠悠漫长，有足够的时间让我们品味生活，消磨清闲，挥霍时光……直到那个花红柳绿的春天，我那像花一样美丽的姑姑中年凋谢，直到2013年我那素心如菊的母亲和挺拔伟岸的父亲在不到三个月内先后辞世，一如冬天的雪花落在原野般的寂然。我才发现"往而不可追者，年也；去而不可得见者，亲也。"幡然醒悟——原来，人生没那么长。

前段时间在网上看到一道人生的算术题。有人将一个月算在一个小格子里，人生其实只有900个格子。在一张A4纸上画上一个30×30的表格，经过一个月，就涂掉一格，每经历一件事，也用颜色在表格里体现，也许我们从来就没想过被量化过的人生原来只是一张纸。如此短暂的人生让我惊悚愕然。

时光匆匆，人生短暂。最美的时光，悄悄地离我们远去。不要以为人生还长着呢，就那么苟且地活着，忘记了诗和远方那绿色的原野；不要以为人生还长着呢，总是寄望于未来，而忘记活在当下；不要以为人生还长着呢，而忘记对父母的孝顺，留下"子欲养亲亲不待"的遗憾……

恰如拔笋，人生，其实真没那么长！

书"写"人生

中学时，雷是个十分腼腆的男孩。他坐在我的前排，总是穿着很旧略显短小的衣服，但十分整洁。不善言语，脸上常挂着纯洁的笑容。雷的成绩一般，他的父亲是我们的老师，雷的相貌神似其父，我们称其为"翻版"或"缩影"。因为这些，女生们常会在私下笑谈雷，故至今中学时雷的样子仍清晰地留在我的记忆中。

步入社会后，偶遇同学，我们会情不自禁地回忆起学生时代的难忘往事，会想起曾为我们成长倾注了无限心血的老师——雷的父亲，也会想起雷。于是我听说雷参军了，又听说雷考上了军校，再后来又听说雷转业到机关工作。我们在感叹岁月无情、人生坎坷的同时，为雷而高兴，学生时代平凡的雷在人生的道路上似乎找到了最佳的坐标。

一天，我在一家全国知名刊物上看到一篇署名雷的文章，那华美的辞藻，幽默的语句，隽永的文笔，让我拍案称奇。我心想此"雷"定非彼"雷"。不久，毕业二十年的纪念日，几位同学相约晚6：00到某地一聚，也通知了雷，不想雷没有按时到来。我们等到晚8：00仍不见雷的影子，我恨恨不已，发誓等他来了罚他的酒。有同学说，雷再不是从前的雷了，你没有看到他的大作常在有影响的报刊上出现吗？我吃惊不小，日前看到的那篇文章果真是雷的杰作。这时满脸是汗的雷匆匆来了，原来，雷骑着自行车走在路上，突然从路旁跑出来一个男童，雷刹车不及撞倒了他。男童并无大碍，可雷不放心，将他带到医院检查，忙碌一阵确信男童安好，雷才放心。和雷一道来的同学说，凭着这身制服和这样的情况雷可以一走了之。可雷说要那样，会心中不安，就不会舒舒坦坦地坐在这里，快快乐乐地举杯畅饮了……

觥筹交错，笑语喧哗间，飘然欲醉时，我问雷写出诸多好文章的秘诀是什么。他笑而不答，我死磨烂缠，他才说，只记得中学毕业时语文老师的一句话：你们毕业后，要坚持五天读一本好书或者十天读一本，实在没时间就二十天读一本，如能坚持一生，将会受益匪浅。雷说他没有做到五天读一本好书，也没做到十天读一本好书，只能坚持二十天读一本好书。"书籍就像一盏神灯，它照亮人们最遥远，最黯淡的生活道路"。

听了雷的话，我不禁陷入了沉思，我仿佛看到这二十年里，不管在家乡的茅屋、艰苦的军营，还是在灯红酒绿的都市，雷都在灯下孜孜不倦地学习，坚持着他的坚持。高尔基说过："时间是最公平合理的，它从不多给谁一份。勤劳者能叫时间留下串串果实，懒惰者时间留予他们一头白发两手空空。"二十年来，我们只会发出"长于春梦几多时，散似秋云无觅处"的感叹，一无所获。二十年的岁月足以重新塑造一个人，也可以消磨一个人。记得有人说过，成功如同远方的山峰，可望而难以企及，但只要我们每天做一点点，如果我们认准目标，持之以恒地做下去，也许有一天奇迹就会发生……雷证明了这个道理。

酒过三巡，不善饮酒的我醉意朦胧，现在的雷和少年的雷在我眼前重叠。"没有一艘船／能像一本书／也没有一匹马能像一页跳跃的诗行／把人带向远方／这渠道穷人也能走／不必为通行税伤神／这是何等节俭的车／承载着人的灵魂。"我望着一脸风尘，几许华发，写出行云流水般文章的挺拔伟岸的雷，想起中学那有着纯洁笑容的少年，不由自主地背诵着艾米莉·狄金森的诗句……

未来不是梦

宁静的串场河畔，有个美丽的小镇，小镇上有条年代久远的繁华的街，人们称之为老街。在人来人往、高楼林立的老街北端，有一矮屋夹在华美的楼群之中，像是匍匐在高楼的脚下，给人别样的感觉。

矮屋的主人叫祥。他曾是老街上家喻户晓的人物。即使在小镇，祥也是有名气的。他的出名，不是他多富有，也不是他位居高位；不是他臭名远扬，也不是他君子如玉。是他那份笃定，那份气定神闲、喜怒不惊的超脱。

第一次认识祥是我刚来小镇工作时，那是草绿花红的初夏，祥一身质地轻柔的白衣衫，洁净、得体，趿着一双拖鞋，手捧着他独有的茶杯，优哉游哉地漫步在老街上。我眼前一亮，有人告诉我这是祥，嗜赌如命。祥有个人人羡慕的好工作，供销社棉检员。那是个半年闲的工作，可以让祥有大把大把的时间流连在牌桌赌场。

一个偶然的机会我曾一睹祥在赌场上的风采。赌场上的祥，犹如叱咤风云、驰骋沙场的将军，他牌技超人，思维敏捷。即使牌运不佳，摸得一手差牌，输得片甲不留，他亦镇定自如。就连他点钞的动作都十分麻利洒脱。我这样看了几次，对祥竟有几多遗憾。有时我会盯着他那玩牌的灵巧的双手想，假如这双手用到别处也许会有别样的作为，我亦会凝视他那偶尔露出邪邪笑容的英俊的脸和文雅的举止想，假如他不赌，会过一种怎样的生活？我无穷无尽地想象着。可他偏就这样生活着。

城镇建设使小镇仿佛在一夜之间冒出了幢幢高楼。而祥还住在他父亲留下的矮屋里，历经风雨沧桑的矮屋和衣着光鲜的祥显得很不和谐，矮屋和周围林立高楼更显得不和谐。日子就这么像小溪一样静静地流淌着，突然某一天小镇上有人想起好久好久不曾见到祥那优哉游哉的身影了。

　　春花秋月，夏雨冬雪，又一年的某一天，有人告诉我，祥在白水塘养鱼养虾，我不信。养鱼养虾这活苦累不说还要有技术和责任感。对于祥这样未曾吃过生活苦的人去养虾，我真的无法相信。但事实就是这样，祥承包了白水塘一百多亩水面。

　　硕果累累的秋日，我去了白水塘，遇见了祥。祥乘一叶轻舟在茫茫的水面上投放饵料。清风、白云、鱼跃、虾蹦，悠悠的水，小小的船，还有微笑着的黑瘦的祥，构成了一幅水乡绝美的图画。

　　祥见到我忙将小船摇到岸边，邀我上船。船随水去，我们海阔天空。他向我介绍罗氏沼虾、南美白对虾的养殖情况，谈他过去的颓废、彷徨，现在的辛劳、充实，未来的构想和期望。虽然我怎样想象都不会想到祥会来白水塘养鱼养虾。但我为祥高兴，今天的祥，不仅享有劳动的快乐，还拥有着对明天的无限梦想和希望。

　　后来听人说第一年祥的虾养亏了，到底亏多少说法不一，反正亏得不轻，一般人肯定一蹶不振，但祥没气馁，又增包五十亩水面，第二年赚了，第三年赚得更多。有了余钱祥在老街矮屋的老宅基上盖了三层小楼。还在虾塘边建了冷库，买了大货车装鱼运虾。生意做到南边大城市去了。特别到中秋、国庆之后，看到的都是祥马不停蹄、忙碌的身影。现在祥成了小镇真正名人——养殖专业户。

活　着

前不久，我偶感身体不适，到医院检查。检查完毕，医生问我："你丈夫没陪你来？"被医生一问，我心往下一沉，两腿直打哆嗦。我曾听人说查出来绝症时医生都会找亲人谈话。医生告诉我检查结果明天出来，我没心思听医生说什么，慌乱地收拾起病历和药单，晕头晕脑地走出医院。

坐在回家的汽车上，我想了很多很多，想到将离开人世的我和流失的年华，想到爱我且仁厚的丈夫，想到聪明而可爱的女儿，想到年迈而常常牵挂着我的双亲……泪水止不住往下流。望着车窗外急速后移的树木，我想起"岁岁叶飞还有叶，年年人去更无人"的诗句，心中感到悲凉和孤独。

回到家里，端详着和我生活十多年的丈夫，丈夫早已过了不惑之年，过去我总觉得他太平凡，没有工作，没有房子，没有胆识，没有才气，一无所有，为此我不快乐。现在我才意识到他虽不曾给我富贵，却给了我温馨，虽不曾给我浪漫，却给了我宁静。他总是默默地劳动，尽一切力量为我和女儿创造好的生活环境，他的心中永远没有自己，只有别人。望着鬓角已有些许华发的丈夫，我发现以前我苦苦追逐和企盼的诸如财产、虚荣、奢侈……一切的一切，此时此刻一下子变得毫无价值，而过去曾厌倦的比如平淡而虚度的日子，苦而累的工作，窄小的而简朴的小家一下子变得美好而温馨起来，我蓦然醒悟：在婚后十几年的人生旅途中，我一味地抱怨道路泥泞或坎坷，忽视了欣赏路两旁的绿草与鲜花，我觉得我感觉生活的美丽和幸福太迟太迟……

第二天，我到医院，还是那位医生，他说我没什么病，仅是些小问题，开点药吃吃就好。听到这个消息，我就像吹尽狂沙拾到金子一样惊喜，想想这两天的虚惊，我对天长叹"天大的误会"，忽又想，不，是"天大的恩赐"！是冥冥之中"神灵"的点拨，他让我通过这次误会懂得许多许多关于生命的寓意，懂得人应怎样从短暂的生命中和平实的生活里寻找快乐，发现快乐，创造快乐！

莫忘初衷

手机响了。显示：玉儿来电。"瑾，在干吗？""正在外面吃饭，有事吗？""没事，就问问你最近有没有动笔，写写吧！别忘了我们中学时的那个梦啊……"

接完玉儿的电话，瑾沉默不语，端起的酒杯放下了。思绪，飘飞得很远很远……

那时刚上高中，新学校，新同学。玉儿坐在瑾的前排，比瑾小两岁，是班级里的"小不点"。说玉儿是"小不点"，不仅仅因为她年龄小，还因为玉儿娇小柔美的体貌。那时，《红楼梦》电视剧刚开播，因为玉儿的名字里带个"玉"字，也因为玉儿有着林黛玉的"超凡脱俗"的清秀非凡之美，瑾喜欢叫玉儿"林妹妹"。瑾和玉儿有共同的爱好，喜欢在课余时间看小说。《红岩》《林海雪原》《暴风骤雨》……一有好书，就相互传阅。黄昏抑或清晨，小河边的浓荫树下，常常肩并肩地坐着两个手捧书本的女孩，她们有说不完的悄悄话……海阔天空，少女五彩斑斓的梦，从那时放飞……她们梦想将来自己能成为一个写出如诗一样文字的女子。

高考，她们落榜了。定量户口的瑾去了父母满意的单位上班，而玉儿走上了艰难的复读之路。那天，她们道别在校园旁小河边的浓荫树下，相约将来无论在何时何地，无论贫穷富贵，别忘了属于她们的梦。记得当时高音喇叭正唱着"但愿到那时，我们再相会，那时的你，那时的我，那时的成就一定令人欣慰……"她们憧憬着。

流年似水，浮生如梦。一晃二十年。二十年的同学聚会，瑾和玉儿不约而同地来到校园旁的小河边。玉儿仍像中学时一样寡言。瑾这才知道，二十年来，玉儿历经坎坷，生活不尽如人意，进工厂，做三班倒的女工，到学校，做临时代课老师，患病痛，在死亡线上挣扎。苦过，哭过，窘迫过，绝望过……所幸的是，柔弱的玉儿，竟然在无数挫折失望和苦闷中，一路走过来了。是的，玉儿把路走成属于自己的风景，她把每一个困苦的日子，折叠成最美的企盼，"毫端蕴秀临窗写，口齿噙香对月吟"。她在全国各大报刊上陆续发表文学作品700多篇，摘取了几十个奖项，并在同学中积极推动成立笔会，玉儿真的成了那个魁夺菊花诗、重结桃花社的林潇湘！有人这样评价玉儿，在这个社会，她能以云淡风轻的心境，于三尺案头用文字记录时代的脚步，为岁月留下了印记，实在难能可贵，是"纯净"的文化人。

玉儿没变，还是那个有着梦想并为之不懈努力且执着的玉儿，还是那个见人就脸红，只会嫣然一笑的玉儿……玉儿也变了，是额头上那流年的霜花，是脸庞上那岁月的印痕，还有那如诗一样文字的一本本文集。一件事，一辈子，专注到极致，注定有成。这二十多年，玉儿就是这样，不忘初衷，方得圆满。

"我呢，二十年来，我的梦失落何方？"瑾问自己。她的耳畔又响起熟悉的旋律："再过二十年，我们再相会……回首往事心中可有愧？"此时，瑾突然有种重新拿起笔的冲动，她要找寻那曾经失落的梦想、依稀忘却的初衷。

我是近视眼

别看我现在老眼昏花，从前我可有双非常美丽的眼睛。非常美丽。

自从十岁那年……

十岁那年的夏天，一个阳光炙热的午后，我帮母亲收拾衣物，在诸多的纸箱、木板箱中我发现一个木板箱里面放着好多书。我随手拿一本读了起来，渐渐地被书中的内容吸引，后来我才知道这本书叫《青春之歌》。自那以后我一天到晚就爱趴在床肚底下，塞塞窣窣地从木板箱里翻书看。《红岩》《钢铁是怎样炼成的》《林海雪原》……一本又一本，没日没夜地偷看，看完了木板箱里的书，我眼睛望人眯虚眯虚的，有人叫我"眯虚眼"。

那年，参加工作，工作单位对门就是邮局，邮局旁有个租书摊。白天会去邮局借报刊读，晚上没事就看白天从书摊上租来的小说。那时琼瑶小说正风行大陆，我几乎看遍琼瑶的每部书。读着琼瑶的小说，我的泪水总是稀里哗啦流个不停。读完后眼睛肿得像樱桃，现在想想我被琼瑶阿姨到底哄去多少似珍珠般的泪滴，我自己都无法估计，总之，我读遍了琼瑶的书，便成了名副其实的近视眼。

婚后，有了女儿，我一手摇着摇篮，一手捧着书读。《父母必读》《读者》《红楼梦》《三国演义》……书已成为我窘困生活里幸福的源泉。在有风有雨的寒夜，守在炭火旺旺的火炉旁，读着一本好书是何等快乐啊！在坎坎坷坷的人生之路上，书给我慰藉和鼓励，欢愉和陶冶，在享受书的快乐时，我眼睛更近视，近于弱视。居然有人称我是"瞎子"。

小时候常听大人们讲近视眼的故事，听了发生在近视眼身上那些不可思议的事，我笑得前仰后合。而今那些近视眼的故事不仅在我身上——发生过，我还为这些故事注入许多新鲜、惊险刺激的内容。

记得有一次，女儿不小心把茶叶盒打翻，茶叶撒了一桌，我下班回家对先生说："快把芝麻钉收起来，我们要吃饭呢！"引得全家人一阵哄笑。有一年临到春节，先生搞了个时新发型。朝我迎面走来，我理都不理他，从他面前侧身走过，他回头大声叫我，我才知道原来这位帅哥是"熟人"。还有一次看见邻居腌鸭蛋，我也去菜市场准备买点回来腌，老远看到老奶奶面前那么多鸭蛋，就问多少钱一斤，那奶奶说："姑娘我这个是萝卜不是鸭蛋"……

最让我记忆犹新的一次，是个北风呼啸的冬天，我下班回家赶忙着去菜场买菜。半路上看到一化粪池盖子坏了，成了一个大窟窿，正好同事迎面匆匆而来，我忙叮嘱："小心掉到化粪池，掉下去腌赞呢。"临了还念叨一句"真不晓得谁会掉下去呢！"在菜场挑挑拣拣、讨价还价，终于买好了菜。我又急匆匆往回赶，因为着急，因为大意，更因为眼不中用，一脚踩进化粪池。一直提醒别人小心，最后掉进化粪池里的不是别人，竟是自己。那个懊恼啊，真是无以言表。

我不仅如此，还常常迷路、搭错车……我自嘲是"鼠目寸光""有眼不识泰山"……为了使自己能明察秋毫，我决定配副眼镜。

我戴上酒瓶底厚的眼镜，像一条生活在旱地的金鱼，宽大的镜片覆盖在我五官最精致的部位，露出的是我今生最遗憾的部位。不仅如此，岁月的大手在我脸上刻下的"等于""约等于""小数点""大括号""小括号"，"放射线"……在深邃的镜片下也清晰明了，致使我对镜惊呼：是谁偷换了我的容颜？

啊，戴眼镜的时候是我最不快乐的时候。一次我闺蜜对我说她原来找老公和将来儿子找媳妇都有一个重要条件就是不要戴眼镜的。说完还意味深长地瞥了我一眼……

　　这还不是我不愿戴眼镜的理由，我不戴眼镜还有一个重要原因，鼻上架了副眼镜，人们会透过深邃的镜片，觉得我高深莫测，一定有深沉的思想，渊博的学问，我的言谈举止会有人反复推敲、琢磨和研究，我本是大大咧咧、口无遮拦、毫无心计之人，生活在这繁杂的社会里，我已手忙脚乱，无所适从，哪经得起人们如此看重？被人看重着实令我惊恐，罢了，还是摘下令我有压迫感的眼镜吧！

　　摘下笨重的眼镜，我轻松许多，可眼前一片朦胧。那时年轻，心想琼瑶有书"月朦胧，鸟朦胧"，我眼前是"人朦胧，楼朦胧"。朦胧就朦胧吧，那种"花非花，雾非雾"的朦胧感觉也很美！

　　少了深邃的镜片，我也变得糊里糊涂了，糊涂就糊涂吧，郑板桥不是曾叹，"聪明难，糊涂更难"吗？"水至清则无鱼，人至察则无朋"。糊涂，何尝不是智慧、是修养、是豁达呢。只要我心不迷不惑、不近视，只要我有一颗清明洁净的灵魂，近视眼怎么了？

　　话是这么说，我还是悄悄地花了几百元钱配了一副隐形眼镜。这隐形眼镜真不是一般的烦人。不谈戴前戴后的清洁和护理了，就区别左右眼、确认正反面、扒眼睛、瞪眼睛、闭眼睛、转眼睛……有一天戴的时候手一抖，镜片掉了，全家老少齐上阵，磕头碰脑在地上找半天没找到，凭空消失一样。过了好几天发现它粘在桌腿上呢，几百块钱"巨款"就这么"干"掉了……

　　一晃几十年过去，历经岁月风风雨雨的我，眼睛不仅近视，还散光、老花了，眼镜不知从什么时候起戴上就再也没有取下……

说肥道瘦

那时几个小女人凑到一起东扯西拉免不了议论起环肥燕瘦，孰美孰艳。争论方酣，铺天而来的减肥风就将环粉们无情击倒，骨感，成了男性追求的极致，丰腴，也便成了女人心悸的魔咒。女人们都希望自己有着"翩若惊鸿，宛若游龙"的风韵，我也不能免俗。这些年，我不是在减肥，就是在减肥的路上，可依然还是肥姐一个。

我每次有减肥欲望的时间点都在风卷残云，大快朵颐的饭后，我总在酒足饭饱后顿足。一到饭点时，减肥之念想，被我的辘辘饥肠赶跑得无影无踪，只有吃饱再说了。还自嘲吃饱有精神减肥。最大的问题是，我们家的环境和氛围都不宜生长"减肥"二字。

那时婆婆和公公都健在。身材瘦小的婆婆每天工作重心就是操管着我们全家的吃喝，我怀疑她做梦都在思量着帮我们调口味。早晨，四点多钟婆婆就起床熬粥，准备早饭菜，并让公公去买早点。我睡意正浓时，婆婆吆喝我起床吃早饭。婆婆是五分钟一次催醒，顽强且执着地叫我，直到我睡眼惺忪端起碗，可一点食欲都没有，婆婆殷勤地介绍着早饭菜多好吃，吃下去又有多少好处，说着说着，我的胃口就好起来了。婆婆坐在桌旁，笑眯眯地看着我吃，一副享受的样子。一不留神一根金灿灿的香脆大油条戳到我碗里了，还在愣怔间，一个剥好的水煮鸡蛋以迅雷不及掩耳之势扎到碗里，我连呼"不要！不要！"一块麻辣豆腐又飞来了，临了又为我添上一勺粥……

婆婆吽（方言"劝"的意思）饭的形式多样，态度执着，速度惊人，且不厌其烦。我顿顿被吽得迈不动步，一旁的公公还附和说："多吃点，人是铁，饭是钢，一顿不吃饿得慌"之类的激励语言。

吃过早饭，公公婆婆就开始准备中饭。两位老人一起买菜，拣菜，烧菜。中午我还没下班，烧好饭菜的婆婆就坐在巷口等我回来吃中午饭。饭桌上的菜都是我喜欢的，有婆婆在我基本上不用夹菜，桌上好菜会眨眼间飞到我碗里。婆婆吃菜很慢，吃饭也少，说是从前受饥忍饿落下的病根。她喜欢看我狼吞虎咽地吃，会在我聚精会神享受美食时，不时地为我夹菜加饭……我刚结婚那会体重只有九十几斤，在婆婆热情周到的照料下，体重一下子上来了，而且一发不可收拾，看着我蒸蒸日上的体重，我婆婆特有成就感，逢人就炫耀："你看我们家的饭多养人，把一个瘦得皮包骨的丫头养得白白胖胖。"

晚上，一家人围坐着看电视，看完电视，婆婆会问："饿了吗？饿，就弄点吃吃？"本没有吃的想法，被婆婆一提醒，真就饿了，片刻，婆婆拿手的小白菜鸡蛋面就上来了。我能有多强的意志和毅力才能抵抗婆婆那强大的食诱？稀里哗啦吃完大碗面，才记起减肥那事……

减肥难，难于上青天。怪不得有人说世上最狠心的人是戒得了烟和减得了肥的人。用减食减肥法阻力太大，无法实施，我就改成运动减肥，这种方法婆婆赞同。从小到大但凡有一点点技术含量的运动项目我都不会，只会跑步，那就跑步吧。先购行头，运动服两套，运动鞋两双，春夏的，口罩袜子等一并上齐，人，没瘦，先瘦了钱包。婆婆帮我择个好日子，我约上闺蜜一起跑步。天蒙蒙亮，睡意正浓，个小嗓门大的婆婆把我叫醒，从五点连跑带走到七点，我都累成死狗，饿成恶狼了。其结果食量翻番，睡眠翻番。几天跑下来，体重减0.5公斤。

就这样折腾了一阵子，放假去看父母，老远就看见老爸吸着烟站在楼下路口等我，一见到我，就说脸色咋没上次好看的？没吃得好？妈见到我就拉着我的手，左捏右摸的，抚摸好一阵，又前走三步，后退三步地看，说瘦了一圈。火眼金睛？0.5公斤也感觉到？我女儿抢着说，妈妈减肥的。减什么肥呀？你一点都不胖。

在母亲的眼里，女儿永远是"秾纤得衷，修短合度"的最美女儿。中午满满的一桌菜，都是我的最爱，是久违的妈妈的味道，嗅着美味，看着美食，我垂涎欲滴，怎能辜负父母的深情？吃！临回家，母亲千叮咛，万嘱托，保重身体，多吃饭，不许减肥……隔日还打电话向我女儿探听，你妈减肥没？

日子就这么慢悠悠地过着，时光带走了我们许多美好的东西，比如青春和梦想，却没能带走我身上一两肉。我的体重慢悠悠地随着岁月的更迭悄悄地递增着，我终究没能变成想象中的杨柳细腰。

那年冬天，公公生病住院，几天后去世，享年八十八岁。我瘦了一圈。三年后，婆婆生病，一个多月后也离开了我们，享年九十岁。那年，我又瘦了一圈。2013年十月，八十一岁的母亲胃穿孔手术后并发症突然去世，同年十二月，已经住院半年的八十三岁的父亲，距母亲去世七十二天也离开了我们，那阵子，我睡不安，吃不香，像一只陀螺在医院和家之间不停地转。我皮肤黄了，头发白了，脸小了，人瘦了，心碎了，泪流干了。这一年我瘦了十八斤，瘦得心焦神枯，没觉得有一丝美感。

听朋友说过，"世上有一种爱，叫不许减肥。在你下定决心减肥的时候，父母会一边告诉你"孩子你一点都不胖"，一边在你的碗里添上两块肉，这就是爱。父母的爱，除表现在其他各个方面外，还有一项就是低估孩子的体重，因为在他们眼里，胖胖的才是健康，胖胖的才是幸福。

当我瘦成一道闪电的时候，特别怀念体重"噌噌"上升的日子，怀念不许减肥，被长辈爱着的时光。如果时光可以倒流，我宁愿被养出一身肥膘，成一堵坚果墙，也不要肩若削成，腰如束素。

相册里的记忆

流走的岁月，度过的时光，走过的路，爱过的人，储存在相册里，记忆中的美好，便成永恒。思念和回忆，时常驱使我在夜深人静之时，悄悄地披衣端坐桌前，翻开相册，一遍又一遍地看。

相册的首页，是我的祖母。祖母一生没拍过照片，在她八十岁时有个流浪的画家，为她画了一张像，被弟弟制作在相册中。相册中的祖母，踮着小脚，从时光深处，走来。

夏天，祖母穿着"帐纱布"做的短袖衫，被汗水浸湿得隐约能看见肉身，她低首弓腰进出小草屋。草屋不足二十平方米，一灶一桌一床，生活着四个人，祖父祖母，妹妹还有我。夏天的小草屋，蒸笼般的热，热得让人透不过气来，我和妹妹便随祖母睡在凉棚里。凉棚由四根木棍钉成，麦秸盖顶，玉米秆包围着。在多风多雨的夏季，它就像在大海里浮动的小船，晃晃悠悠，尤其在雷雨交加的黑夜，我真担心飓风会将凉棚连同我们仨一起卷走。无数个这样暴风骤雨之夜，为了安抚我们的惊悸，大字不识的祖母会给我们讲故事。

祖母时常讲的故事是，父亲出生那年发洪水。在洪水横流、触目惊心之时，父亲出生在一个四面透风，八面汪洋的水车棚里，取名"国泰"，表达了我的祖辈渴望国家太平，人民安乐的美好愿望。

这张发黄的老照片，是父母的合影。母亲穿着蓝布斜襟上衣，粗长的辫子，年轻的容颜。父亲穿着中山装，上衣口袋别着一支钢笔，是那个时代的时尚标志。背景是两间旧草房，一排猪舍，还有一大片庄稼地。这是一个废弃的队场，是父母在老家的学校做"先生"时大队分给他们的住房。父亲是家族里屈指可数的读书人，上过私塾，后来读了初中。母亲十八岁时新中国成立，在政府的动员下上了小学，读了初中，后考上盐城师范，成为乡村的"女先生"。父母一生为了教育事业，辗转很多乡村小学，他们到哪，我们就在哪安家，漂泊的生活，使我们居住了很多的地方，就像战士行军一样，说走就走，居无定所。

　　这张全家福是那个秋天拍的，背景是三间大屋，两间小屋，砖墙瓦盖，有花墙小院，有井台厕所，还有果树，菜畦。这是真正属于我们自己的家。那时爸妈刚退休，他们在执教多年的小学所在的村庄买了宅基地，自建了我们私下叫的"豪宅"。漂泊大半生的父母终于有了安憩之地。大学毕业的弟弟在"豪宅"结婚，弟媳是市重点高中保送大学的优秀生，他们夫妇同是市重点中学老师；职工大学毕业的姐姐，找了一位陆军学校毕业的现役军人做夫婿；省商校毕业的妹妹和空军军事院校毕业的小伙子相恋；此时我也拥有了全民羡慕的"铁饭碗"，并已成家。我们姐仨每家生了一个可人意的小女儿。高调的父亲常在亲友面前吹嘘："我们家文武双全。神威能奋武，儒雅更知文。"

　　这是一幅彩照，是在弟弟家那两百多平方米的新居拍的。那会儿喜事真多，弟弟的儿子考上北京某校博士；我女儿大学毕业考上了公务员；姐姐的女儿大学毕业后，读硕后留校；妹妹女儿硕士毕业后做了一名大学老师……周末兄弟姐妹相约欢聚于新居。只记得那天的天气特好，天，高远蔚蓝，飘动大朵棉絮般的白云；地，清净空阔，树茂叶绿。室内设计时尚大气简约，木质家具做工细腻精致，让人叹为观止。先进的智能家用电器，让我大开眼界。我们一边参观，一边拍照，一边感叹。姐姐说，若爸妈在，看到今天的一切该会多高兴啊。妹妹说侄儿是我们家族第一个博士，最有学问的人。这时我要求站在侄儿身后，照张相，之后对大家说："我们家族最有学问的是博士——站在博士身后的人，叫博士后。"引来大家一阵欢笑……

在月光如泻的月夜，我翻看着相册，一张张相片像一首首时光的歌，余音袅绕在"生生不息，日趋昌盛"的美好岁月里，不绝如缕在我的深深思念和无穷回忆中……

从现在开始

　　自离职以来她一直提不起精神，感觉分外失落。失落，不是因为她贪恋大都市的繁华，而是她深深地意识到，她失去的是今生最后一份工作；失落，源自于她对日复一日时光流逝的惶恐和对曾经年华蹉跎的懊恼；失落源自于她还有一颗向上的心，却有一副老去的皮囊。此时她把凡其种种的失落都付诸在不停息的家务劳作和对他的唠叨中。

　　细想想，他也够无奈的，从此他将成为她情感垃圾投放点。她将会把这几年对工作的那份认真执着的态度，任劳任怨的精神，全部转化在对他不厌其烦的唠叨和抱怨中，孩子成家，孙子上学，也不工作，没啥事可分散她的注意力的了，余生她会聚焦他。

　　细掰下年龄，这个年纪不应该是再出去打工找工作的年纪，无论怎样都应该是在家享受天伦之乐。看看银行卡上的余额，所有的应该，都不那么应该。记得那时她年轻，性格懒散，爱睡懒觉，见到枕头如见亲人。那份人人羡慕的工作，她不以为意。上班她总是最迟到班的人，下班却比兔子跑得还快，就怕门把"尾巴"夹住。下班后就呼朋唤友去喝茶打牌，美容逛街。她工资不高，却能优哉游哉地过着日子。那时她的理想就是哪天不上班就好了。

　　好像冥冥之中有人递信给老天爷似的，有一天她真的不用上班，她下岗了。别人下岗伤心流泪，她却有着从没有过的一份轻松愉悦。无拘无束的她不是在小镇的美容院茶社一窝就是半天，就是呼朋唤友逛街逛一天。一起下岗的同事为了生活走出小镇去远方打工，她没有外出打工的念想，她像一个井底之蛙，享受井底之下的那份安逸。

生活有时候会用温水煮青蛙的方式，来对待一个没有远见的人。霜去露来，突然有一天他生病了，医疗单上的数目让她第一次因为钱惊慌失措。他病好了，他们欠下了一屁股债，为了还债，已到退休的年龄两人一同出去打工。她像大梦初醒般地意识到幸福的生活是劳动出来的。她很珍惜找到的工作，为此付出百分之百的努力。如今，终究因为年龄，她被离职了。

他看她落落寡合安慰她："这么多年你没工作，不也活得好好的，现在我们还像原来一样过。"她知道终究过不出原来的那份心安理得。好比一个做梦的人一旦被叫醒了，梦还能继续吗？

几年没在家，摸到哪，都是灰。她采用"段段清"的方法收拾，每一个房间都是整理、清扫、擦拭三部曲。收拾到书房，她吃力地爬上凳子，颤颤巍巍地把书从书橱里一摞一摞抱下来整理，书橱里积着厚厚的灰尘，她记不起最后一次摸书是什么时候的事了。其中有一摞书是她很年轻的辰光——刚结婚的时候自学成人大学的教材和学习笔记，她打开一本一本翻看，恍如隔世……

看她手捧着书聚精会神地看，一地的书没收拾，他有些着急地催促说："还不收拾？看什么书？"并戏谑她小时候不肯学习，现在假认真有什么用？回首往昔，该读书的时候，她工作；该工作的时候，她享受；该享受的时候，又需要工作。"红颜弹指老，秋去霜几丝"她竟怀念起自学考试的那段青葱岁月，原来她把人生过错位了，就像穿衣服扣纽扣一样，第一颗粗心扣错了，可直到你扣到最后一颗才发现。

"过去成就现在，当下决定未来。人生的答案不是想出来的，是一步步走出来的。想成为更好的人，过上更好的生活，都依赖于我们现在所做的选择和脚下正在走的路。要相信，我们都有改变未来的力量……"她想起早晨在《新闻早班车》读到的这段话。默默地把书理平，放到书桌前……

掌　眼

我已经到了穿什么衣服都不好看的年龄。前两天我又发现没衣服穿了——难怪有人说女人的衣柜里永远差一件衣服。我要买衣服。老公说对于卖衣服的人来说，衣服之于她们犹如孩子之于母亲一样，没有丑的。只要你穿她们家店里的衣服，她们都会露出惊若天人的表情。你没定力，禁不住人夸，是一夸就迷糊的人，为了慎重起见他自告奋勇地要求和我一起去逛街，帮我"掌眼"。

"掌眼"，我们老家土话。其实就是留心观察，出主意的意思。

我在我常去的店里挑拣，试穿。终于从中挑出满意的三件，让老公定夺。老公之前开过服装店，也算是生意人。是那种将"精明"贴在脸上却没有发财的生意人。他让我前走三步，后退两步，左转，右旋，问："多少钱？"……半晌，摇头说"不怎么好看，风格和你去年买的风格大同小异，没有买的意义。"我又转了一圈让他确定一下，因为我看镜子里的我，挺好看的，他仍然摇头。于是我们只有离开，到别家再望望。

逛了半天，逛得头晕眼花，一直找不到我满意老公认可的衣服。"在以前，我年轻的时候，穿啥都好看，就是没钱，现在不同了，不但没钱，还穿啥都不好看。"我调侃自己。好一会儿老公终于在一家门店驻足，他让我进去试穿，我穿了若干件。他指着一件肥款衣服说："就这件。挺好的。你没穿过这款衣服，换一款衣服会有全新的感觉。"我半信半疑。"这衣服太过宽松，根本不见腰身。灰色，如土般的灰。怎样的女人才能将这衣服穿好看？"我嘀咕。老公说："你选不见身腰的衣服就选对了，你这年龄身腰能见吗？"我白了他一眼，暗想，也对，就我，哪有身腰？一身肥膘。于是我听老公的，买了这件是上家三分之一价格的，我认同，老公又看好的衣服，欢喜地回家。

第二天下水揉了下，第三天穿上身。站在镜子前左看右看，不对劲。再看再望，越望越不舒服。现在终于明白，我老公所谓的掌眼了，掌的就是钱眼。只要是贵的衣服，他会一直把头摇下去的……

越看这衣服，我越生气。他就这么帮我"掌眼"的。人家买衣服，四十岁买三十岁的衣服，五十岁买四十五岁人穿的衣服，朝前提，他总把我往后拽不谈，还总看得惯便宜衣服……又一想过日子人家，有个这样"掌眼人"也不错。毕竟我们不是"不差钱"的人。

换　季

　　女人的衣柜永远差一件衣服。从春到夏，从夏到秋……一到换季，我就没衣服穿。翻遍衣柜没一件衣服能让我穿起来不感到"紧张"的。正当我对着一堆衣服犯愁时闺蜜打来电话，说今天一起去逛街。一拍即合。

　　和闺蜜刚碰面，即遇一位年龄和我俩相仿的妇人，特胖。我与闺蜜耳语："此人分量不轻。一脸横肉、一身赘肉！"闺蜜说："女人到了年龄都这样——发胖！"闺蜜是个说话很有度的精致的女人，虽徐娘半老，仍有身腰。

　　妇人与我们一前一后进了一家服饰门市，千挑万拣拿了一件我瞅准要的外套试穿。最大号穿在她身上就像我小的时候奶奶包裹的粽子。前挺后撅，生生把一身肥拖子勒成鼓鼓的"水煮花生"。我实在看不下去，自信满满地叫服务员拿一件让我试试。服务员拿了同款同号给我，结果——结果令我心碎——套不进，差几厘米。服务员还说了句彻底击碎我自信的话："对不起，没有您穿的号……"

　　这些年我是长点斤两，可万万没想到我这么有"分量"……

　　这让我很受伤。一路我提不上神。曾经的瓜子脸和杨柳细腰，转眼间竟变成二盆和油桶，真的很忧伤。岁月是把猪饲料，活生生地把一个腰如杨柳的小女子，变成虎背熊腰的肥老妪。人变胖都是不知不觉的，温水煮青蛙，让你享受每月长一点点，每月长一点点，直至有一天惊呼：是谁偷换我的模样？

胖容易，减肥就难了，这么多年来，我一直在减肥的路上，但无论怎么努力也敌不过隔三岔五的饭局，名目繁多的小聚，却之不恭的宴请。美味佳肴，在你面前旋过来转过去，食诱你。长肉的人一般都经不住美食诱惑。一圈你不夹菜，还行。两圈你不夹菜，还能忍住。三圈还不动手，这人得要多狠的心才能做到啊？"吃！""拖！"我一身肥拖子就是这么"转战南北"吃出来的。

"都说将时光化作流水，而我将时光化作一身肉。"我对闺蜜苦笑着说。闺蜜笑眯眯地说："没那么严重，你只不过臀大髋宽，肚肥腰粗而已⋯⋯"

我白了闺蜜一眼。长长地叹口气说：你真是"毁"人不倦。"臀大髋宽、肚肥腰粗，妥妥的大力士。"

想想从前我也是个秀气的小女孩啊！细软软的长发，白净净没有一点褐斑的小脸蛋，细胳膊，长腿。那时奶奶常常怜惜地嘱告我说："要把饭量吃上去啊，你瞧瞧这细胳膊一折都能断了。"为此奶奶还曾为我开过小灶，但无论奶奶怎么用心，我依然如摇曳在老屋门前河岸边的细长芦苇秆——精瘦。

长大结婚后回娘家，爸爸妈妈看到黄巴巴的瘦骨伶仃的我就会把肉啊鱼啊，有营养菜往我碗里夹。而我吃啥都好像吃皮里了去一样，不长肉。一米六二，不到五十公斤，妈妈说再瘦，风都能把你刮跑。那时我好羡羡丰胸、肥臀的小女孩，她们像褪了皮的花生仁那样可爱，而我自己就是一个深秋还挂在藤蔓上的紫扁豆角一样，让人瞧不上。

不知从什么时候起我长肉了，起初还挺兴奋的，奶奶夸我这一天天的大米饭没有白吃，长肉了。后来就无组织无纪律、肆无忌惮、蒸蒸日上地长斤重了，一年年一月月不知不觉长成现在幅员辽阔的我。

此时我又羡慕从前的我。有时人真的奇怪，总想着自己无法拥有东西。比如，从前我肩若削成时，偏就梦想自己能珠圆玉润，现在虎背熊腰了，就怀念从前腰如约束。真搞不懂是现实总让人不如意，还是人总是不如意现实？

"逛了半天街，终究没遇到穿上身让人眼前一亮的衣服"我遗憾地对闺蜜说。"老了，人都不能让人眼前一亮，就别指望衣服了"闺蜜索然地说。看看镜中枯黄、爬满皱纹的脸，额头倔强傲挺的白发，我知道我已走过生命里最美好的季节，进入人生的秋季。可又怎么样？每个季节有每个季节的美啊！

一阵秋风吹过，地上落满黄叶，我们怀念春的葱绿、夏的葳蕤。别忘了"长风万里送秋雁，对此可以酣高楼""一年好景君须记，最是橙黄橘绿时"。

"世人只会吟咏春天与恋爱，真无道理。须知秋天的景色，更华丽，更恢奇，而秋天的快乐有万倍的雄壮，惊奇，美丽。我真可怜那些妇女识见偏狭，使她们错过爱之秋天的宏大的赠赐。"邓肯是不是告诉我们生命里每一个季节都很美？

别伤感季节更替。换季，只是让我们去享受岁月季节里另一份美丽！

最美时光

如果有人问你人生最美时光，是在什么时候，你能想到的一定是过往。比如童年、少年、过去的某一阶段……反正不是现在。不是当下。美好的一切似乎要么是再也回不去的昨天，要么就是有着无限可能和未知的明天。

记得我中学毕业，朋友问我最想去哪工作，我豪横地说离家越远越好。我想挣脱"家"这个樊笼，像小鸟一样展翅飞向远方。远方没有妈妈的严厉的管制，妈妈严厉得近于严酷。远方没有妈妈的唠叨，妈妈的唠叨比噪声还让人无法忍受。远方也没有爸爸爱管闲事，不管我去哪他都要盘查，千叮咛万嘱咐，去陌生的地方，他还会不厌其烦拿上笔和纸为我画个路线图……

一路跋涉一路坎坷，人生过半，回望来路，最温暖的地方竟是我曾经煞费苦心要逃离的那个家，世上最美的声音竟是妈妈的唠叨，最温馨的画面是爸爸拿纸为我画路线图的姿势。严厉、爱唠叨、爱管闲事、最烦人的老人啊，我多想再听听他们的喋喋不休，可是他们已离开人世好多年了，此时，只有此时，我才明白，"这辈子做了很多角色，唯有爸妈的女儿最好做。"原来女人的一生最美、最被珍惜的时光是做爸爸妈妈小女儿的时光。

女儿小的时候特别黏人，走路要和我们手拉手，睡觉要睡我们中间。成天就爱缠着我讲故事给她听。反复讲"一个大灰狼和小红帽"的故事，我被她缠得头大。我越忙她越绕在你腿边，时不时地仰起涎着口水的小脸问妈妈这个为什么？那个为什么？每天要问十万个为什么。那时我就想这个小烦人什么时候才会长大？当我体态变臃肿，小女儿长成了杨柳细腰的大姑娘；当霜花飞上我的鬓角，我的小女儿成了别人的新娘；当我走路蹒跚，我的小女儿变成了孩子的母亲……此时，多想女儿在我身边绕来绕去，多希望她还能像小时候那样到哪都要牵妈妈的手，左一声又一声地叫"妈妈"呀，可她不仅是爸妈的女儿，她还是一个妻子，一个母亲……她要努力工作，要经营家庭，要陪伴孩子……这时我才明白，儿女牵着父母手，黏着父母讲故事的时光是那么短暂，又是那么的美好，原来女儿吊着爸妈脖子撒娇、耍赖的日子，竟是为人父母的最美的时光。

她退休以后又拥有了一份工作和一份收入。在朋友圈看到的同龄人跳广场舞，看老同学、老朋友在朋友圈夏天在青岛，冬天去海南，春秋天到远方和田野去看最美的风景，十分羡慕，觉得自己活得有数量没质量，有长度没宽度。总之不如人。

有一天，她有恙，做了手术，回老家了，有时间跳广场舞，也可以旅游了。但这时才发觉一个人最美的时光，不是和一群大妈跳广场舞，也不是游山玩水。一个人最美的时光是还有劳动能力的时光，是那个浑身有使不完劲的日子。幸福的生活是靠奋斗出来的，幸福之花需要汗水浇灌！人生的终极价值不是享受而是创造价值，不断奋进、实现理想的过程。

没有工作能力的时候，郁郁寡欢，也没有跳广场舞的兴致，更没有旅游的闲情。

一天天，懊悔着曾经过往，感叹着人生不满意。也许再过多少年，我们老眼昏花，发稀须白，走路蹒跚时，在冬日，在南墙晒着太阳，一阵清醒，一阵糊涂，清醒时我们一定又很向往现在这个如此平庸的自己过着的平凡日子吧？

"每一段时光都藏着不可复制的美好"。很多人习惯穿越迷蒙的岁月回眸过往，习惯在岁月长河的此岸眺望彼岸的烂漫鲜花，却忽略眼面前的独好风景。其实人生最美好时光就在当下。只有珍惜当下，人生才不会在错过中行走。

附录

良师评点

笔遣春温性情中

—— 夏文瑶散文味、感、性初探

魏正加

年过花甲，记忆力大不如当年，加之酒精作祟，以至与文瑶邂逅过竟记忆模糊，不得不问东道主中国作家协会会员孔令玉，得知"她是盐城市作家协会会员夏文瑶"。追问孔令玉，是陆陆续续从《盐阜大众报》《盐城晚报》《阜宁日报》《阜宁文学》和《人民作家》公众号等媒体读了她几十篇散文，欣赏其文章之味、感、性。

语言的乡土味

文学作品的创作，尤其是纪实性极强的散文，几乎全部源自于作者的生活体验。长期生活在盐阜地区的夏文瑶，运用自己熟悉的小方言圈的语言穿插述说，既是耳濡目染中文化的使然，更是她对一种语言风格的追求。其散文语言浓郁的乡土味，使我这个离乡近20年的游子读来十分亲切。

"当锅摸灶"，是阜宁人对家庭主妇家务中主要事务的一种通俗说法，夏文瑶干脆就来一篇《小时候当官（锅）那些事》，并开门见山写道："'当锅'，方言，烧饭、料理炊事的意思。"此文中"外婆夹的小麦面疙瘩，滑溜透鲜"的"透鲜"，"炖鸡蛋，打死卖盐的"之"打死卖盐的"，前者指食物的味道好极了，后者指烧的某道菜太咸了。《伯母回乡记》中，嫁到沪上多年的伯母，吃到"用老宅铁锅土灶烧的"菜感叹"还是家里的菜投口"，见到二毛家在县城的别墅说"真没想到上几代住丁头舍，到二毛这代拔穷根了"，"投口"表示吃食非常适合自己的口味，"丁头舍"说的是檐墙很矮无法开门只好在山墙上开门的草房子。还有《记忆里的沟墩老街》中表示物资供应需要票证或批条的"上计划"、《悠悠串场河》里一楼可以开店铺的"门面"、《换季》中劝客人多吃菜的"拖"等日常用语，当地人读到即心领神会，有见字如面之感。

更有今年秋天才发表的《大摵布》最让人拍案击节。阜宁人不管穷富，每家都有一块抹餐桌的布，称"大揾布"。在抹餐桌的主要功能外，也经常被拿来抹其他东西，如才涮过的碗上面有水，也要用大揾布抹一下。其实，由于大揾布功能太多，并不是很卫生。一个单位里的办公室主任、一个地方政府的常务副职，由于其他部门或分管负责人有明确职责之外的事务均由这两个岗位上的人打理，实际上类似于外国政府的"不管部"，亦被比喻成"大揾布"。《大揾布》中外地人不明就里，方言如："他老婆无寒腊夏手里捧着打了一半的毛线衣"，这"无寒腊夏"就是一年四季的意思；"有一次他气急败坏，终于出手'悠'（音，方言，打的意思）他老婆一下"，作者担心外地读者实在弄不明白，只好加了个注解。

微信公众号的普及，给文学平台以盛行的土壤。虽然虚拟世界让这些平台打破了地域局限，但事实上大多数平台的读者主要还是集中在某一地区或某类群体。夏文瑶许多作品发表于平台，即使发于报刊也未出盐阜地区，因此恰到好处地运用一些方言俚语，成了读者理解作品内涵的终南捷径。在外地的阜宁人，读到这些耳熟能详的家乡话，自己欣赏之余还有可能转推给其他老乡；父母读到兴起处，说不准会为子女回忆某个词、某句话的历史，无形中起到教化和传承作用。

"诗，不一定在远方，就在脚下。就在这哺育我长大，美丽如画，遍地文章的家乡，她才是人人向往，梦想抵达的诗和远方！"这是夏文瑶写给《我走过的路》的结束语。也许这正是她娴熟运用方言心境的写照吧。

叙述的轻松感

当此浮躁的时代，伴以生活节奏的加快，以及碎片化阅读的特点，作者如果不像营销行业三秒钟留住客户那样，迅速引起读者继续阅读的欲望，很难保证读者会将你的作品读完。

亦如夏文瑶在《记忆里的沟墩老街》所述："那时的老百姓有'七世修来的供销社'的说法，很幸运那时我就在供销社工作。"下岗后，她又租门面开商铺。经历即财富，深受经商之道熏陶的夏文瑶，作品往往以轻松诙谐的笔调引人入胜。

《换季》中有这样的对话再现："闺蜜笑眯眯地说：'没那么严重，你只不过臀大髋宽，肚肥腰粗而已……'""我白了闺蜜一眼。长长地叹口气说：你真是'毁'人不倦。'臀大髋宽、肚肥腰粗，妥妥的大力士。'""'毁'人不倦"+"大力士"，令人目不暇接中浮想联翩。

《小时候当官（锅）那些事》直言外婆之短："重男轻女的外婆每天会去鸡窝掏一个蛋，或炒一小碗蛋炒饭给弟弟吃，或煮一个白水鸡蛋给弟弟磕，有时会冲一个蛋汤放点糖给弟弟喝。"一个"磕"字堪称神来之笔，作者是怎么想得起来的。

《伯母回乡记》寥寥数语就绘就一幅佳偶天成图"曾经有一少年，喜欢用芦叶作笛，吹着家乡的小调做暗号，和女孩约会于葳蕤葱茏的芦苇深处，最终赢得美人归，'执子之手，与子偕老'。那少年就是伯父……"不动声色中，恐怕有的读者哈喇子都要出来了。

母亲在生下我们三姐妹后才生下我们的小弟。小弟生下来张着大嘴"哇哇"大哭，母亲说"没看过这么大嘴的孩子，就叫他'大嘴狼'吧"。从此，我们的小弟便有了个响亮的外号："大狼"。在《寂寞老狼》中文瑶拿亲弟弟的绰号开涮，亦不经意间向读者抛去阅读兴趣的绣球。

鲁迅先生在其《秋夜》中写过："在我的后园，可以看见墙外有两株树，一株是枣树，还有一株也是枣树。"与大师相比，夏文瑶无疑是稚嫩的，但她为《老朱》设计的起笔："老朱，是我先生的姐夫，我女儿的大姑父，我一直叫他大姐夫。"与鲁迅先生那两株枣树一样看似重复，其实异曲同工，都引起读者的关注。

三秒吸引住人是职场小白，让你成回头客才是营销界的高手。请看《老朱》的结尾："老朱很爱打麻将，生前为了生计，没时间打。这下老朱有大把的时间和爱兰大姐，还有我的公公婆婆打麻将了。老朱，祝您赢钱。""享年83岁"的老朱，一定意义上是喜丧，"祝您赢钱"不算违和，当属别出心裁。戛然而止中，我们难道不希望作者再出力作？

立意的导向性

语言也好，叙述也罢，都是为文章立意服务的。玩归玩，笑归笑，曾经的下岗职工夏文瑶，没有怨天尤人，更没有借题发挥，而是让正能量充盈着字里行间。

"和串场河一起变化着的，是世世代代喝着串场河水，生活在串场河两岸的人民，他们正意气风发，一步一个脚印，朝着如诗如画的乡村振兴的明天走去……"这是《悠悠串场河》的卒彰显其志。

豆蔻年华二十岁，从外地来到沟墩，此后经年。当有人提起在沟墩供销下岗的往事，夏文瑶也曾发出过"好汉不提当年勇，梅花不提前世绣"的叹息。但到了《记忆里的沟墩老街》中，她则毫不犹豫地来了这样一句："今天的老街逆生长了，变得越发生机勃勃，神采飞扬。"其胸襟之广阔、格局之高远立现。

于是，夏文瑶把自己的同学代入进《莫忘初衷》，"二十年来，玉儿历经坎坷，生活不尽如人意，进工厂做三班倒的女工，到学校做临时代课老师，患病痛在死亡线上挣扎。苦过，哭过，窘迫过，绝望过……所幸的是，柔弱的玉儿，竟然在无数挫折失望和苦闷中，一路走过来了。是的，玉儿把路走成属于自己的风景，她把每一个困苦的日子，折叠成最美的企盼"。这与一名作家说的"我把荆棘当作铺满鲜花的原野，人间便没有什么能将我折磨"同样意味隽永。

《伯母回乡记》中更有生花妙笔："直到接到堂兄电话，才恍然大悟，原来伯母急着回上海是要卖房子，她要回老家买房养老。"如果不是阜宁发生了翻天覆地的变化，在多少人向往魔都之际，伯母怎么舍得离开上海。这一情景的呈现，作者并没有生发什么议论，却有于无声处听惊雷之奇效。

文学，并不全聚焦宏大的题旨，更多的往往是凡夫俗子的平常生活。夏文瑶在《远去的"唠叨"》中说"我们可以怀疑世上一切情感，唯有母爱不容置疑。母亲对孩子有多爱，就有多唠叨。"母爱作为文学的三大永恒主题，在母亲常见的"唠叨"中升华。《祖父的"碗根脚"》则换了一种描述方法,"从祖母千万遍的念叨里知道,一直以来我们吃的祖父碗根脚,是祖父舍不得吃的,祖父嘴里省出来的美味……"浓浓的隔代亲情,跃然纸上。

小说往往靠情节设计烘托题旨,作者可以天马行空;散文一般没有虚构,表现主题有所束缚,夏文瑶的尝试是成功的。

"试问卷帘人,却道海棠依旧。知否,知否?应是绿肥红瘦。"写出如此传世佳句的宋代才女李清照,喝醉醒来后最先关注的不是自己,而是院子里的海棠花,因而人们公认李清照是一个感性的人。与文瑶相识于酒场,她也曾诙谐地调侃自己"花天酒地",从她一篇篇立意无我的文章不难发现,属性情中人,笔端尽遣春温。

(魏正加,阜宁东沟人,高级政工师,中国企业文化促进会企业文化专家人才智库专家委员。长期在国家电网系统从事文秘、新闻等工作,业余从事文学和摄影创作。)

"碗根脚"，永久的记忆

——读夏文瑶《祖父的"碗根脚"》有感

卞建顺

近日，在《盐城晚报》副刊和《弯弯射阳河》读夏文瑶散文《祖父的"碗根脚"》，激起我心中阵阵涟漪，文章的内核魔力让我沉浸在特定的场景中走不出来。相似的经历，相同的感受，追忆在"碗根脚"往事中。

真切，在字里行间里闪光。"碗根脚"是盐阜地区的土话，是指用餐后碗里剩下的饭菜。作者围绕"碗根脚"那个时代的特殊产物作为文眼，用自己的真情实感抒发同祖父、祖母的情和意。

在酒后迷迷糊糊中，梦见自己蹑手蹑脚猫进祖父的茅草屋，悄悄地端起祖父留给的碗根脚——香甜的米糕汤……梦醒了，思绪仍然沉浸在久远的过往……祖父叫我帮他把吃过的碗端走，说他不想吃了，不嫌有口水，帮我把碗根脚吃了吧，我高兴地说"不嫌"。我"嗯"地接过碗，转身以迅雷不及掩耳之势将祖父的碗根脚"舌"卷一空。"那是人世间最美最美的美味啊！"10岁那年，祖父离开了我们。从祖母千万遍的念叨里知道，一直以来我们吃的祖父碗根脚，是祖父舍不得吃的，祖父嘴里省出来的美味……

这些真切的描述，撞击成心灵火花，潺潺流水般的情感融合，真真切切地流淌到读者心里，引起共鸣，起一到了以小见大，滴水成辉的效果。

细腻，在娓娓叙述中耀眼。作者用简洁的语句，细腻的刻画，牵着读者的手进入"意境"。细腻，成为文章的一个鲜明特色。

细腻的情节编排，由梦引起，勾起对碗根脚的美好回忆，自然顺畅地切入主题，梦境提升了意境。

细腻于情节展开。在祖父咳喘中度过童年，对当时实属奢侈的米糕汤，从袅袅缕缕的炊烟中馋着猫鼻子尖；祖父用他那细长的手把碗根脚小心翼翼地端给我，想着祖父为什么在吃好吃的时候掉碗根脚的呢？祖父离开了，感觉祖父仍躺在夹篱笆里面床上，叫我去端碗根脚，感觉还在咳喘，烟斗里烟火明灭……这些细节细腻的刻画，作品境界跃上了一个新的高度。

细腻于语言表达。灵动而又富有灵气的语言拓展了文章的宽度。诸如：现在物质条件丰富了，碗根脚悄然退出；蹑手蹑脚猫进祖父的茅草屋；只要提到吃，身体的每个细胞都活跃异常，视觉和嗅觉的灵敏度发挥到极致……生动而又富有生气的描述延进了文章的深度。诸如：光滑匀称的芦苇秆编制而成的夹篱笆，因为年久油烟熏烤变成深铜色；我憋着气盼着祖父这上气不接下气的咳会有片刻地停；不管玩得怎么疯，不忘朝家的方向瞄，见到炊烟撒欢似的往家奔；"当心呵，别把碗跌了"……精细地叙说，让读者品味遐思。

传神，在篇章逻辑中生辉。作品篇幅不长，字数不多，围绕"碗根脚"展开的叙说，思维缜密，层层相扣，贯穿着一根主线：沉甸甸的温暖，厚厚实实的爱！写作要素的传神，为作品增添色彩。

通过对祖父语言、行为、动作白描式的勾画，一位栩栩如生，慈祥、慈爱的老人展现在面前，令人顿生敬意。对祖母通过寥寥数语的对白，祖父祖母之间的爱，对子孙们的关爱跃然纸上，似暖流涌遍全身。作者对自己的心理活动，与祖父的过往、回忆与感动等描写，笔下流淌着的情感增强了文章的感染力。

作品首尾呼应，透亮贯通，结尾对生活积累的感慨，让文章进入高潮。不是吗？"几十年过去，风雨岁月，烟火人生，吃过喝过，尝遍了人生百种滋味，可我依然觉得祖父掉的碗根脚，才是人世间无与伦比的美食，无论历尽多少岁月，仍让我垂涎欲滴，唇齿留香，回味无穷。"是呵，"碗根脚"，成了我们永久的记忆。

（卞建顺，中国散文学会会员，盐城市文艺评论家协会会员，《阜商杂志社》副主编。）

越读越有味

—— 赏读夏文瑶散文《那年那月那条街》

卞建顺

夏文瑶的散文《那年那月那条街》以其独特的视角将我们带入了阜宁县沟墩镇的万元街，这条曾经远近闻名的农民街。文章是对一个时代的追忆，是一首创业奋斗的赞歌。阅读这篇散文，我们仿佛穿越时空，与作者一同漫步在那条充满故事的街道上，感受那越读越有味的文化美宴。

一、发展之路，记录奋斗创业万元街，一个名字背后蕴藏着丰富的历史内涵。这条街曾是阜宁县沟墩镇的一个标志性地点，它的兴起、建设和变化，都与当地的经济发展紧密相连。夏文瑶在散文中巧妙地通过万元街的变迁，展现了当地人民奋斗、创业的精神风貌。从最初的简陋集市到后来的繁华商业街，万元街见证了当地人民从贫困到富裕的奋斗历程。这些动人的故事，让我们感受到了生活的艰辛与不易，更让我们看到了人民对于美好生活的追求和向往。

二、生活之香，映照质量提高。夏文瑶在散文中，通过对万元街日常生活的描绘，展示了当地人民生活水平的显著提高。无论是街上的百货商店、肉店、理发店等各式店铺，还是镇上集市的繁华景象，都生动地反映出了当地人民日益丰富的物质生活和精神生活。"家家白墙黛瓦，户户朱红色大理石门柱，门前青石板铺就，主街道是沥青路面……"这些看似琐碎的生活细节，却蕴含着深刻的社会意义。她告诉我们，正是这些普通人的生活改善，才构成了社会进步的基石。万元街就像是一个缩影，它让我们看到了中国农村改革开放以来的巨大变化和发展成就。"如果说沟墩老街是从烽烟滚滚的岁月中走过来的，那沟墩万元街就是改革开放春风走过的。"

三、文化之甜，品尝时代韵味。夏文瑶的散文语言优美、富有文采，她用细腻深情的语言，将万元街的文化韵味展现得淋漓尽致。在谋篇布局上，她紧拽万元街这根红线贯穿全篇，使得文章脉络清晰、层次分明。同时她还巧妙地运用了象征、比喻等修辞手法使得文章更具感染力和表现力。夏文瑶笔下的万元街，不仅是一条普通的街道，更是文化内涵和时代脉搏的象征，我们在品味中感受到文化的魅力和力量。

四、未来之盼，创造美好。从"老破小"的泥墙草屋，一跃到白墙灰瓦的楼房，楼上楼下，电灯电话，这本身就是一个神话。《那年那月那条街》是对过去的追忆，也是对未来的展望。散文通过对万元街的描绘引发我们对高质量发展的思考。她告诉我们高质量发展不仅仅是经济的快速增长更是人民生活水平的全面提高和社会文化的繁荣。万元街的故事启示我们只有坚持高质量发展才能创造更加美好的未来。"在月光洒落的夜晚，漫步在万元街上，徜徉在河畔，感知着新时代的澎湃激情"。这是一篇值得一读再读的佳作。

（卞建顺，中国散文学会会员，盐城市文艺评论家协会会员，《阜商杂志社》副主编。）

一杯香醇的芦叶茶

——看夏文瑶的散文创作

单国顺　张大勇

　　酿造生活之蜜，这是笔者从杨朔散文《荔枝蜜》里借用过来的语言。杨朔是在赞美像蜜蜂一样辛勤劳动热爱生活的劳动者。而我们拿此语来赞美一些业余作者也是恰当的。的确，我们的一些作者们有丰富的生活积累，能通过心灵的酿造，写出一篇篇美文来。我县散文作者夏文瑶即属此例。

　　夏文瑶从事散文创作的时间并不长，只是近两年的事。然而，她却以一篇篇情文并茂的散文照亮了读者的眼睛，引起了读者的注意。许多读者询问，夏文瑶何许人也，其实她只是沟墩供销社的一名普通职工，而且近年来又下了岗。在生活的道路上，她不是幸运儿。然而幸运的是这些生活的酸甜苦辣成了她创作的源泉，而取之不尽。

　　夏文瑶近两年在报纸上发表了一系列的散文，《活着》《快乐其实很简单》《祖父》《祖母》《复苏》《草儿》《拖垃圾车的老人》《二十年进行曲》《陪读》《随母同行》《小巷》等，无不倾注作者的一腔浓情。这些散文为读者展示了普通人生活的世界，展示了芸芸众生相。其中有善良、以德报怨、时时给人关爱的女孩草儿，有憨厚、关心他人比关心自己为重的同学雷，有默默无闻地拖着垃圾车的老人，有小巷中难得的好邻居，也有自己的亲人，如慈爱的老祖母、善良豁达的老祖父，还有爱生敬业的教师母亲，以及平凡而又勤劳的丈夫和纯真可人刻苦学习的女儿，当然也有作者自己的形象，一个走过人生的冬季、下岗后再谋求生路远下南方进货的"小商贩"，一个在女儿身边陪读，与女儿一起学习、相互勉励的母亲，一个陪伴退休的母亲重访故地的女儿。作者展示的人物谱，无不来源于真实的生活，都是生活在作者身边和周围的活生生的人，他们朴素无华，默默无闻，善良勤劳，热爱生活，关爱他人和亲人，有高尚的思想境界，对物质生活没有过高的要求。这些善良诚实的面孔，给人以亲切感。作者没有着意地去雕刻，只是平静地叙说，而画面生动，形象鲜明，感情真挚，感人至深。

夏文瑶的散文许多是回忆散文。能够鲜明地留在人的记忆里的东西是宝贵的，是生活的积淀。过去的生活并不全是鲜花绚烂，充满玫瑰的色彩，有时回想起来甚至有点心酸。当这些辛酸和甜蜜变成一种精神上的东西，成为一种特别的感觉而回放到现实的屏幕上时就特别富有情味，能引起心灵的颤动。作者难忘乡下那冬天挂着门帘的低矮茅屋、夏天在风雨中晃动的凉棚、粉红色的桃花，以及小脚的祖母用独轮车推着狸猫大的"我"走村串户寻医问药的情景，是"米糕拌着药丸，和着祖母那心疼的泪水"，度过了作者的幼年。这种饱蘸厚重亲情的散文曾让作者的亲友们泪湿衣襟。那窄窄的泥土小巷对作者印象尤深，小巷里住过年轻的作者，还有一对善良、有点像祖父祖母一样的邻居。小巷的日子虽然过得清贫，精神却很充实，小孩天真的稚嫩的声音、安徒生的童话、古诗词的韵味，使小巷颇具世外桃源的意味。作者回忆过去，也不回避现实，过去和现实不同的场景相叠折，演奏生命之歌。

对生活的感悟是夏文瑶散文的内质所在。"快乐其实很简单"，上学时母亲将家里聚了多日的鸡蛋煮给"我"，并嘱咐让八位住在一起的同学每人分吃一个。母亲说，一人吃了只享有一份快乐，而八人吃了就有八份快乐。这简单的道理影响了作者若干年。作者拿它来自勉和勉人。作者对草儿的怀念，实质上是对一种至真至善至纯的人性的怀念；对小巷的回忆，实质上是对一种与世无争的恬淡的生活的向往。

读夏文瑶的散文，如同喝一杯我们十分熟悉的芦叶茶，乡情浓厚，清香宜人，很合大众胃口。我们希望夏文瑶和其他业余作者不要放弃努力，继续酿造这生活之蜜，以美文来争飨读者。